KB053486

역시 내 청춘 러브코메디는 잘못됐다.

앤솔로지 **3**

My youth romantic comedy
wrong as I expected.
Anthology 3 yui side

유이 side

퐁칸 ⑧
ponkan

우 카 미
Ukami

U 3 5
Umiko

쿠 로
Kuro

Ponkan⑧

퐁칸⑧ / 담당작으로 『역시 내 청춘 러브코메디는 잘못됐다.』 시리즈(가가가 문고) 외에 『SHIROBAKO』의 캐릭터 원안 등이 있다. (권두 일러스트 p1)

Ukami

Ukami / 만화 『가브릴 드롭아웃(전격 코믹스 NEXT)』 그렸으며, 그 외의 담당작으로 『쓰레기와 천사의 2호 생활』 시리즈(가가가 문고) 등이 있다. (권두 일러스트 p2~3)

Kuro

쿠로 / 담당작으로 『편집장 죽이기』 시리즈(가가가 문고) 등이 있으며, 『여고생 BEST 포즈집(하비 저팬)』, 『엉덩이투성이(이치진샤)』에도 일러스트를 제공하였다. (권두 일러스트 p6~7, 삽화 p19)

Umiko

U35 / 담당작으로 『청춘 반드시 파괴남인 내게 구제는 필요 없다.』(가가가 문고), 『험상궂게 생긴 거인 군은 플래그만은 잘 세웁니다.』(가가가 문고) 등이 있다. (권두 일러스트 p4~5, 삽화 p81)

Shirabii

시라비 / 담당작으로 『용왕이 하는 일!』 시리즈(GA 문고), 『86—에이티식스—』 시리즈(전격 문고) 등이 있다. (삽화 p128)

Sunaho Tobe

토베 스나호 / 담당작으로 『인류는 쇠퇴했습니다』 시리즈(가가가 문고) 외에 『뿌요뿌요 4』의 캐릭터 원안 등이 있다. (삽화 p157)

Kukka

쿳카 / 담당작으로 『여름의 끝, 이별의 출구』(가가가 문고), 『어제의 봄에서 너를 기다린다』(가가가 문고) 등이 있다. (삽화 p223)

Ayumu Kasuga

카스가 아유무 / 만화 『성단델리온』(망로의 터널, 아랫마을의 가타임 KR 코믹스)을 그렸으며, 그 외의 담당작으로 『저, 트윈 테일이 됩니다』 시리즈(가가가 문고) 등이 있다. (삽화 p267)

역시 내 청춘
러브코메디
잘못됐다.
앤솔로지 3

y youth romantic come
rong as I expected.
nthology 3 yui side

유이 side

Contents

일본판 오리지널 디자인 : numata rina

이래 봬도 유이가하마 사브레는 똑똑하다.

카 와 기 시 오 우 교

삽화: 쿠로

여름방학이 다가오는 7월 중순.

오늘은 일요일이라 학교도 쉰다.

나, 즉 유이가하마 유이는 치바 포트타워 근처에 있는 공원에 왔는데…….

역시나 7월답게 태양이 이글이글!

선크림을 바르긴 했지만, 그래도 탈 것 같아…….

그보다 제가 여기서 뭘 하는 중이냐면요, 약속한 사람을 기다리는 중이랍니다!

누구를 기다리느냐면…….

유미코, 그러니까 미우라 유미코랑 카와사키 사키(히나는 사키사키라구 부르지만, 내가 그렇게 부르긴 좀 쑥스러우니까…….).

아무튼 그 두 사람을 기다리는 중이에요!

우음, 슬슬 올 때가 됐는데…….

아! 저기 있다! 역 쪽에서 둘이 같이 걸어오는 게 보여!

"야헬롱~!"

나는 힘차게 양손을 흔들며 이쪽으로 오라고 어필했다.

"여기야, 유미코! 카와사키! 여기라구! 헬로헬로~!"

어라? 둘 다 열렬히 손을 흔드는 내 모습을 본 게 확실한데, 아무런 반응이 없잖아!

그냥 묵묵히 걸음을 옮길 뿐이구!

같은 전철을 타고 왔는지 나란히 이쪽을 향해 걸어오는데, 둘이 대화라고는 한 마디도 안 한 눈치였다.

일행이라고 생각하기 힘들 만큼 절묘한 거리를 유지하며, 비슷한 속도로 다가온다.

"얘들아, 야헬롱~! 일요일에 불러내서 미안!"

어딘지 모르게 날선 분위기를 누그러뜨리고자, 나는 한 번 더 야헬롱을 외쳐봤지만……

"있잖아, 애초에 왜 나아인데?"

유미코는 여전히 심기가 불편한지, 내 앞까지 오자마자 대뜸 불만을 토해냈다.

"나도 궁금해. 왜 나야? 그것도 하필이면 쟤랑……."

카와사키도 그렇게 물으며 옆에 있는 유미코를 가볍게 째려봤다.

헉, 그러니까 유미코두 바로 마주 째려보잖아?!

순식간에 파직파직 불꽃이 튀었다.

우움, 쟤들 이 정도루 사이가 나빴던가?

아무튼 내가 오늘 이 두 사람을 불러낸 까닭은 바로……

우리 집 애견 사브레에게 개인기를 연습시키는 걸 도와줬음 해서야!

요즘 사브레가 자꾸 도망치는 바람에, 애가 좀 맹한 거 아니냐는 의혹이 싹텄거든…….

우리 사브레, 알고 보면 진짜 똑똑한데!

이대로 넘어가기는 억울하니까, 굉장한 개인기를 가르쳐서 사브레가 똑똑하다는 사실을 보여주고 말 테야! 그리고 성공할 경우의 이야기지만, 그 후에 부탁하고 싶은 것두 있구…….

"그치만 나 혼자 사브레한테 개인기를 가르치기는 힘든걸? 사브레는 하면 되는 애라구 생각하거든. 좀 도와줘, 응?"

나는 두 사람 앞에서 두 손을 모으고 간곡하게 부탁했다.

"아니, 그건 상관없는데……."

유미코는 여전히 납득이 가지 않는 눈치였다.

"근데?"

"뭔가 납득이 안 가서 그래. 애초에 유이 넌 고민을 해결해 주는 동아리 부원이잖아? 근데 왜 거기서 해결 안 하는데?"

"그건…… 사브레가 폐를 끼친 사람은 힛키구, 유키농은…… 걔를 무서워하는 거 같으니까."

힛키는 한 번 크게 다치게 한 적두 있구…….

그 후에두 판매전을 구경하다가 사브레가 난입한 적이 있어서, 그 일을 계기루 유키농이랑 힛키가 사귄다구 오해하는 바람에 서먹해지기도 했으니까.

그러다 이제 겨우 옛날 같은 관계로 돌아온 마당이구.

아무리 나라두 이 시점에서 사브레에 관해 봉사부에 상담하기는 좀 껄끄럽다고나 할까?

그런 부탁을 했다간 힛키한테 무슨 말을 들을지…….

힛키, 빈정대는 데는 아주 도가 텄으니까!

"그래도 왜 하필 쟤하고 나야? 나 말고 에비나를 불러도 됐을 텐데."

여름철 직사광선을 받아 나른해 보이는 얼굴로 카와사키가 물었다.

하기는 내가 교실에서 주로 붙어 다니는 사람은 유미코랑 히나구, 카와사키는 혼자 있는 걸 좋아하는 눈치라 이야기는 잘 안 하니까.

"아, 히나는 『이맘때 바쁘지 않은 부녀자는 없어!』라구 해서 못 불렀구, 또 카와사키는 전에 봉사부에서 한 번 도와준 적이 있으니까! 그치?"

나는 그 점을 강조하며, 눈만 살짝 들어 카와사키를 빤히 쳐다보며 열심히 어필했다.

그러자 어찌된 영문인지 카와사키가 살짝 얼굴을 붉히더니, 시선을 피했다.

"뭐, 그때는 동생하고 같이 도움을 받기는 했지만……."

"그치? 맞지? 그니까 이번에는 내가 도움을 좀 받아볼까 하구."

"아……. 음, 하긴……."

하지만 설명을 듣고 나서도 카와사키는 여전히 어정쩡한 태도를 보였다.

나는 그런 카와사키의 손을 잡고, 힘을 주어 꼭 움켜쥐었다.

……거의 다 넘어왔어. 마지막으루 쐐기를 박자.

"게다가 카와사키는 남을 잘 챙기구 다정한 타입이잖아! 그리구 유미코두."

"뭐? 내가?"

"나아도 포함이야?!"

둘 다 자기가 남을 잘 챙겨주는 성격이라는 자각이 전혀 없었는지, 동시에 눈을 크게 뜨고서 어안이 벙벙한 표정을 지었다.

"응, 그렇다니까. 둘 다 좋은 엄마가 될 타입이야. 그래서 사브레를 맡겨두 되겠다구 생각한 거구."

나는 에헴 가슴을 펴고 단언했다.

그러자 유미코와 카와사키가 서로 얼굴을 마주보았다.

딱 봐도 둘 다 「얘는 아니잖아?」라고 생각하는 표정이었다.

그치만 그렇게 말했다가는 이내 부메랑이 되어 돌아올 걸 아니까, 쉽게 입에 올리지 못하는 느낌이랄까?

어쨌든 둘 다 납득한 눈치니까(납득한 거 맞겠지?) 바로 사브레를 소개해야지!

"그럼 말 나온 김에 소개할게. 우리 집 귀염둥이, 미니추어 닥스훈트 사브레입니다!"

그렇게 말하며, 나는 발치에 놓아둔 소형견용 이동장의 지퍼를 열었다.

"사브레, 인사해야지!"

이름을 부르자, 사브레가 고개를 쏙 내밀었다.

그리고 조그만 코를 씰룩거리며 주변 상황 파악에 들어갔다.

그 모습을 보고…….

""귀여워!""

유미코와 카와사키가 아까보다 한층 더 완벽한 싱크로를 선보였다!

성격적으로 닮은 부분이 있다 보니 학교에선 미묘한 관계로 지내지만, 그래도 역시 공통점이 많으니까 이런 상황에서는 완벽하게 하모니를 이루나 보다.

아무튼 두 사람은 사브레가 마음에 든 눈치였다.

"에헤헤, 고마워. 그렇게 말해주니까 기쁘네."

왠지 내가 칭찬받는 것보다 기쁘구!

사브레도 본인이 환영받는다는 사실을 알아차렸는지, 자기 앞으로 내민 두 사람의 손을 번갈아가며 킁킁 냄새를 맡았다.

"아유, 귀여워라~. 그래서? 우리가 얘랑 뭘 하면 된다고?"

사브레를 보자마자 유미코의 태도가 돌변했다.

딱 봐두 도와줄 분위기잖아!

"공원에서 같이 놀면서 개인기를 가르치는 걸 도와줬음 해!"

"그래, 좋아!"

카와사키도 대번에 적극적이 되었다.

게다가 사브레를 바라보는 카와사키의 눈, 뭔가 반짝반짝하구!

평소의 쿨한 행동거지가 거짓말 같잖아? 조금만 더 노력하면 진짜로 눈에서 하트를 발사할 수 있을 거 같아!

그리하여……

셋이 힘을 합쳐 사브레의 특훈, 개시!

"그래서 말인데, 기본은 역시 공을 던져서 물고 오는 거라구 생각하거든. 그거 해보구 싶어!"

"아, 좋아~. 나아두 찬성!"

"그럼 유미코, 이거 좀 던져줄래?"

나는 물어도 찢어지지 않는 말랑말랑한 강아지용 고무공을 유미코에게 넘겨주었다.

"응응, 오케이! 자아, 사브레! 물어와~!"

유미코가 샤방한 롤빵머리를 살랑 나부끼며 멋진 폼으로 공을 던졌다. 분홍색 고무공이 파란 여름 하늘로 솟구쳐 올랐다.

그 공을 쫓아 사브레가 힘차게 달음박질쳤다.

유미코의 나이스 피칭으로 부웅 날아간 공은 15미터쯤 떨어진 잔디밭에 내려앉았다.

"캥! 캥!"

그쪽을 향해 사브레가 맹렬하게 돌진했다.

짧은 앞다리와 뒷다리를 만화처럼 뱅글뱅글 돌리며 뛰어가는 사브레.

미니추어 닥스훈트치구는 꽤 민첩한 거 같은데?!

그렇게 사브레는 순식간에 공의 낙하지점에 다다랐다.

"캥! 캥!"

그리고 쌩하니 공을 지나쳐갔다!

"멈춰, 사브레~!"

유미코의 목소리에도 전혀 반응을 보이지 않고 그대로 힘차게 전력질주!

점점 더 멀어져간다…….

완전히 달아나버렸잖아!

"안 돼, 사브레! 공은 여기 있다구!"

나도 전속력으로 사브레를 쫓아갔다.

"못 말려, 느닷없이 도망이라니……."

카와사키도 부지런히 달려가서 사브레를 한쪽으로 몰아넣어 주었다.

"캥! 캥!"

"거기 서~!"

"사브레!"

"캥?!"

카와사키와 내가 협공하는 형태로 사브레를 붙잡았다.

그리고 품에 꽉 끌어안았다.

에고고, 죄송합니다. 소란을 피웠네요.

"미안해. 유미코, 카와사키. 도망쳐버렸네."

"음~ 뭐 그럴 수도 있는 거 아냐? 나아, 실수로 사브레가 공에 관심을 갖기도 전에 던져버렸는지도 모르고~."

유미코는 이러니저러니 해도 착하니까, 본인 책임으로 돌리면서 넌지시 사브레를 두둔했다. 역시 은근히 착하다니까.

물론 사브레는 유미코가 자기를 감싸주는 줄도 모르고, 내 품에 안긴 채로 학학학 가쁜 숨을 내쉬느라 바빴다.

나는 사브레를 살며시 유미코 앞에 내려놓았다.

"그렇구나. 그럼 이번에는 공을 조금 더 잘 보여준 다음에 던져보자!"

"응."

카와사키와 내가 사브레와 술래잡기를 벌이는 사이에 공을 주워왔는지, 유미코는 이미 공을 들고 있었다. 그 공을 다시 한 번, 아까보다 훨씬 신중한 자세로 사브레의 눈앞에 대고 보여주었다.

"흥흥흥……."

사브레가 앙증맞은 코를 공 앞으로 가져가서 열심히 냄새를 맡기 시작했다.

유미코의 손가락과 그 사이의 공.

그것을 상하좌우 다양한 방향에서 킁킁 할짝할짝해댔다.

"애 좀 봐, 벌써부터 볼을 갖고 싶은가 본데?"

사브레가 손가락까지 가볍게 핥는 바람에 유미코도 간지러운 듯 웃었다.

유미코 말처럼 사브레는 공에 무척 관심이 많아 보였다.

이번에는 기대해도 될 거 같아!

"좋아, 간다~! 사브레, 물어와!"

유미코가 공을 던졌다.

또다시 파란 여름 하늘로 고무공이 부웅 날아올랐다.

"캥!"

사브레는 아까보다 빠른 속도로 뛰어서 공을 따라갔다.

공이 잔디밭에 떨어졌을 때, 사브레는 이미 그 코앞까지 와 있었다. 땅에 부딪친 공이 튀어 오른 순간, 사브레가 그에 맞추어 점프했다.

둥실 떠오른 공을 향해 사브레도 폴짝 몸을 날리는가 싶더니······.

"캥!"

그대로 도망쳤다!

게다가 사브레, 공을 훌쩍 뛰어넘었잖아!

결과적으로 사브레는 공보다 훨씬 앞쪽에 착지했다.

"뭐야, 사브레! 너 왜 뛰어넘는데?"

유미코의 목소리에도 전혀 반응을 보이지 않고, 사브레는 그대로 전력질주!

점점 더 멀어져간다!

"안 돼, 사브레! 카와사키!"

"미치겠네, 또야?"

카와사키와 나는 또다시 부리나케 달려 나갔다.

우리는 사브레를 잡으러 사방팔방 정신없이 뛰어다녔다.

"캥!"

그게 재미있었는지, 사브레는 지그재그로 달리며 카와사키와 내 손을 피해 요리조리 도망쳐 다녔다.

"야, 거기 서라니까! 보기보다 엄청 잽싸네! 꺅!"

사브레가 카와사키의 다리 사이로 쏙 빠져나갔다.

기겁한 카와사키가 엉덩방아를 찧었다.

위험했어, 하마터면 팬티가 보일 뻔했다구!

"헉헉, 사브레! 거기 서! 그게 아니라니까! 공을 물구 돌아오란 말이야!"

나는 겨우 사브레를 붙잡는 데 성공했다.

우리는 다시 유미코가 있는 곳으로 돌아갔다.

유미코의 손에는 이미 아까 던진 공이 들려 있었다.

"나아, 아까부터 계속 공 주워오고 있거든? 이거, 원래는 사브레 역할 아냐?"

카와사키와 내가 사브레와 술래잡기를 하는 사이, 유미코는 혼자 자기가 던진 공을 가져와서 기다려준 눈치였다.

"그, 그러네. 미, 미안."

"너네는 사브레랑 놀았으니까 그나마 낫지. 나아, 엄청 외롭거든?"

토라진 기색으로 볼을 살짝 부풀리며 유미코가 불평했다.

어쩐지 좀 귀엽잖아?

"이유가 뭘까? 왜 자꾸 도망치는 거지?"

"한번 검색해보는 게 어때?"

유미코는 그렇게 말하며, 자기 휴대폰 검색창에 『개 도망치는 이유』라고 입력했다.

뒤이어 유미코와 카와사키는 머리를 맞대고 강아지 교육법을 체크하기 시작했다.

이것두 나름 진풍경이네…….

훈련법 사이트를 꼼꼼히 살펴보던 유미코가 마침내 휴대폰에서 고개를 들었다.

"유이, 너 사브레를 다시 불러들일 때 뭐라고 해?"

"웅? 이리온~ 하구 부르기두 하구, 얘~나 우쭈쭈~, 이쪽이야~라구두……."

"그래가지고는 사람도 안 오겠다……."

카와사키도 조금 어이없어하는 표정을 지었다.

"역시 부르는 방식에 문제가 있는 거 아냐? 그런 식으로 매번 다르게 부르니까, 사브레 입장에선 헷갈린다든가?"

유미코는 그렇게 말하고 한 번 힘주어 고개를 끄덕였다.

듣구 보니까 일리가 있는데……?

"아하! 유미코, 대단하다! 역시 예리해!"

나는 한껏 감탄해서 저도 모르게 박수를 쳤다.

"그러게. 의외로 똑똑하네?"

카와사키도 동의했지만…….

"뭐?"

"왜?"

느닷없이 눈싸움을 벌이기 시작하는 두 사람.

아참, 얘네들 사이 별루 안 좋았지……?

"우, 으음, 있잖아, 그럼 부르는 법을 정하면 되려나?"

"그래. 그리고 공을 가지러 갈 때의 명령어도. 인터넷에는 『캐치』라고 돼 있던데? 또 돌아올 땐 『백』이고."

"아하, 도그 트레이너 같네."

그 정도면 어쩐지 사브레두 기억해줄 거 같은 느낌이 들어……!

"좋아, 일단 연습해보자. 사브레, 캐치!"

유미코는 사브레로부터 두 발짝쯤 떨어진 위치에 공을 놓아두고, 「캐치!」 하고 딱 부러지게 명령했다.

우선 캐치와 백이 무슨 뜻인지 알려주려는 거구나…….

역시 남을 잘 챙겨주는 유미코답다. 미래의 좋은 엄마 타입 넘버원이라니까!

"사브레, 캐치. 공을 캐치하는 거야, 알겠지? 자, 사브레! 캐치!"

여러 번 되풀이되는 「캐치」 명령.

그리고 눈앞에 놓인 고무공.

마침내 사브레도 그 의미를 이해했는지……

"캥!"

또 도망쳤어?!

한 번 귀엽게 짖는가 싶더니, 우향우해서 전속력으로 달아났다!

앞다리와 뒷다리를 뱅글뱅글 돌리며, 점점 더 멀어져간다!

"사브레! 캐치! 아니지, 백!"

"캥!"

"캥이 아냐! 캐치!"

공은 결국 유미코가 캐치해서 사브레를 향해 흔들어대는 중이고!

그러거나 말거나 사브레는 들은 척도 안 하고!

어느새 30미터 앞까지 뛰어가 버리고 말았다.

"카와사키……."

"또야……?"

카와사키는 대놓고 피곤한 표정을 지었지만, 결국 잰걸음으로 사브레를 쫓아가기 시작했다. 역시 카와사키두 착하다니까!

"미안해!"

나도 카와사키 반대편으로 커브를 그리며 사브레를 추격했다.

"사브레, 너 왜 자꾸 달아나?"

카와사키가 반대쪽에서 서서히 사브레에게 접근했다.

"맞아! 사브레, 도망치면 안 돼! 힘들어두 맞서야지!"

"주인을 닮은 거 아니야?"

"너무해, 카와사키! 난 도망 안 친다구. 내가 무슨 힛키두 아니구!"

"정말로? 그보다 너, 히키가야하고는 어때?"

"뜨, 뜬금없이 뭔데? 어떻기는 뭐가?!"

"아니, 잘은 모르지만. 그냥 왠지."

"그러니까 그냥 왠지 뭐? 나, 나나난 딱히……."

"됐어, 잡았다! 요놈, 도망치면 못써!"

대화 도중에 카와사키가 냅다 사브레를 캐치했다.

아이참, 뭔가 살짝 로맨스 드라마 같은 전개루 흘러가나 해서 두근두근했는데!

의외로 냉정하잖아!

"그나저나 얘는 툭하면 도망가네."

"응, 딱히 낯을 가리거나 하는 건 아니야. 그냥 집중력이 좀 부족하구, 학습능력이 없다구나 할까……."

"그거야말로 주인을 닮은 거 아냐?"

"아하하, 그건 차마 부정 못하겠네……."

그런 이야기를 주고받으며 스타트 지점, 원래 있던 장소로 돌아왔지만…….

"어라? 유미코, 어딜 갔지……?"

주위를 두리번두리번 둘러봐도 유미코의 모습은 보이지 않았다.

"걔도 도망갔나?!"

"말두 안 돼~ 유미코, 백! 어딜 간 거야?! 유미코, 백!"

"나 걔는 안 쫓아갈 거니까 그렇게 알아."

"응, 하긴 포위해두 교묘하게 빠져나갈 거 같구. 유미코, 보기보다 똑똑하니까. 유미코, 캐치!"

"왜 내가 캐치해야 되는데?"

뒤에서 유미코의 목소리가 들려왔다!

돌아보니 어느새 유미코가 편의점 비닐봉지를 든 채 서 있었다.

"나아, 이거 사러 갔다 왔거든?"

유미코가 비닐봉지에서 꺼낸 물건은 뼈다귀 모양을 한 강아지용 쿠키였다.

"우와, 이거 사브레두 좋아하는 건데!"

"역시 잘했을 땐 뭔가 상을 줘야 하나 싶어서."

사브레도 그 포장지와 뼈다귀 모양을 보고 자기가 좋아하는 간식임을 알아차렸나 보다. 카와사키의 품속에서 코를 킁킁대고 다리를 바동거리는 게 잔뜩 흥분한 기색이었다.

"앗, 사브레, 가만히 있어……. 뭐 그래도 좋은 아이디어기는 하네."

"그렇지?"

유미코가 조금 우쭐한 기색으로 대꾸했다.

"너 의외로 센스 있네."

"뭐래? 시비 거는 거?"

"뭐? 시비 비슷한 것도 안 걸었거든? 그냥 칭찬한 거잖아!"

"왜 싸우는 거야?! 전혀 싸울 타이밍이 아니었는데?!"

사브레두 도통 개인기를 익힐 기미가 없지만, 애들두 도통 친해질 기미가 없잖아!

내가 불러놓구 할 소리는 아니지만, 뭔가 좀 고달픈 일요일이 돼버렸네…….

◆

"역시 아직 공 물고오기는 너무 이르다니까. 갑자기 시키니까 어렵지? 사브레."

"캥!"

카와사키가 머리를 토닥토닥해주자, 사브레가 기쁜 듯 짖었다.

"그럼 일단 앉아부터 해볼까? 얘 앉아는 할 줄 알아?"

유미코는 사브레의 등 언저리를 쓰담쓰담하는 중이었다.

"응, 그래두 앉아 정도는 할 줄 알아."

나는 유미코가 사온 뼈다귀 쿠키를 한 개 손바닥에 올려놓고, 사브레 앞으로 쓱 내밀었다.

그리고 왼손 검지를 사브레의 코앞에서 가볍게 흔들어 주의를 끌며…….

"앉아!"

낭랑한 목소리로 앉으라고 명령했다.

"……캥!"

사브레가 즉시 짧은 다리를 굽혀 앉은 자세를 취했다!

대성공!

"아유, 잘했어요. 우리 사브레 앉아 했어요? 귀여워라, 착하기도 하지~. 아이참, 누구네 집 강아지가 이렇게 귀엽대요~?"

내 안에서 귀여움이 대폭발!

충동적으로 사브레를 와락 끌어안고 잔디밭 위를 데굴데굴 굴러버리고 말았다!

"유이, 너무 좋아하는 거 아니야? 말투가 완전 무츠고로[1] 처럼 됐거든?"

"그치만 귀여운 걸 어떡해? 봤어? 유미코."

"봤지. 근데 그렇게 기뻐하는 걸 보니까 성공률이 낮은가 보네……."

유미코는 조금 어이없어하는 기색이었다.

"그럼 다음은 기다려인가? 유이, 애 기다려는 할 줄 알아?"

"우웅, 조금은? 한 0.5초쯤?"

"그건 할 줄 아는 게 아니잖아!"

카와사키가 냉큼 핀잔을 주었다.

그야 그렇기는 하지만.

사브레는 귀여우니까, 매번 성공한 걸루 치구 간식을 주거든!

#1 무츠고로 본명 하타 마사노리. 작가이자 동물 연구가로, 동물 사랑이 지극하기로 유명함.

"그럼 기다려부터 가르쳐야겠네."

"그러게."

유미코의 결론에 카와사키가 고개를 끄덕였다.

그리고 먼저 카와사키가 쿠키를 사브레 앞으로 내밀며 말했다.

"사브레, 앉아."

"캥!"

"사브레, 기다려!"

카와사키가 비어 있는 왼손으로 단호하게 사브레를 제지했다.

"캐, 캐앵?!"

새로운 미션에 사브레는 당혹스러워하는 기색이 역력했다.

앉아 있는 사브레. 그 코앞에는 카와사키의 손바닥에 놓인 쿠키가 있다.

그리고 이어진 「기다려」라는 명령.

사브레, 잘 해낼 수 있을까?

시키는 대루 기다릴 수 있을까……?

—도망쳤잖아!

어찌된 영문인지 우향우하더니 전력질주 해버렸다구!

"사브레, 이유가 뭐야?! 차라리 못 참고 먹어버리면 이해라도 가지! 왜 도망치는 건데?"

카와사키는 불평하면서도 어김없이 뛰쳐나갔다.

어느덧 추격전에 익숙해진 느낌마저 들었다.

나도 별다른 신호 없이도 자연스럽게 카와사키와 협공하는 느낌으로 사브레를 뒤쫓았다.

"캥! 캥!"

사브레도 나름대루 익숙해졌는지, 엄청 신나 보이는 게 탈이지만!

카와사키와 나는 사브레와 몇 분간 술래잡기를 했다.

그러다 간신히 사브레를 품에 안고 유미코가 있는 곳으로 돌아왔다.

"헉헉…… 기다렸지? 유미코."

나는 완전히 땀에 절어버렸다. 티셔츠도 축축했다.

언제나 쿨한 이미지인 카와사키도 잔디밭에 털썩 주저앉아 손수건으로 목덜미의 땀을 닦느라 바빴다.

"쟤 대체 뭐야? 뭘 하든 무조건 도망치잖아!"

유미코는 툴툴대며 카와사키와 내게 페트병에 든 녹차를 휙 던져주었다. 아까 편의점에 가는 김에 사왔나 보다.

이렇게 은근히 살뜰한 구석이 유미코가 F반의 여왕으로 군림하는 이유인지도 모른다.

"잘 마실게……."

카와사키도 나직하게나마 유미코에게 고마움을 표했다.

유미코와 카와사키는 별로 사이가 좋지 않지만, 이번 일을 계기로 친해지면 좋겠다.

"아무튼 근성을 발휘해서 한 번 더 해보자. 한 번에는 안 되더라도 또박또박 명령어를 대며 두어 번 훈련하면 되겠지……."

유미코가 준 녹차를 꿀꺽꿀꺽 호쾌하게 마시고 한숨 돌린 카와사키가 엉덩이에 묻은 풀잎을 툭툭 털며 일어섰다.

카와사키, 외모가 주는 인상과 달리 무척 끈기 있구 성실한 성격이구나…….

오늘 이렇게 불러낸 보람이 있다구나 할까?

카와사키는 다시 사브레 앞으로 다가가서 강아지용 쿠키를 내밀었다.

"자, 사브레. 앉아."

"캥!"

벌써 도망쳤잖아!

전력 질주하는 사브레!

"퇴화했잖아! 대체 어떻게 된 거냐고!"

"나두 몰라!"

"아까까지만 해도 앉아는 잘 하더니!"

볼멘소리를 늘어놓으면서도 카와사키는 부지런히 사브레를 쫓아갔다.

하지만 이제는 사브레도 추격전에 익숙해진 눈치였다.

카와사키와 내 움직임을 파악하고, 요리조리 급격하게 방향을 틀며 미꾸라지처럼 피해 다니기 시작했다!

"뭐야? 도망치는 법은 학습했잖아!"

또다시 사브레가 카와사키의 손을 아슬아슬하게 빠져나갔다.

"유미코, 부탁이야! 도와줘!"

나는 유미코에게 도움을 청했다.

"뭐? 나아도?"

투덜거리면서도 유미코도 착실하게 추격전에 가세해준 덕분에, 결국 셋이서 사브레와 술래잡기를 벌였다.

개를 뒤쫓아 여름의 공원을 달리는 세 여고생.

혹시 그림만 보면 좀 산뜻한 거 아냐? 스포츠 음료 CF 같은 느낌이랄까?

그런 생각이 한순간 머릿속을 스쳐갔지만, 그런 여유는 이내 사라졌다.

"캥!"

사브레는 기운이 넘쳤다.

아까보다도 훨씬 먼 곳까지 폭주를 계속했다.

그렇게. 우리 셋을 뿌리치고 점점 더 앞으로 나아가는가 싶더니……

급기야 어디론가 모습을 감추고 말았다.

"캥!"

사브레의 울음소리가 희미하게 들려왔다.

"헉헉……"

"후욱후욱……"

"후우우아, 콜록콜록, 우웩……"

더 이상 스포츠 음료 같은 산뜻함이라곤 찾아볼 수 없는 상태로, 여고생 삼인조는 가까스로 사브레를 따라잡는데 성공했다.

사브레가 있는 곳은…….

잔디광장을 완전히 가로질러야 나오는 덤불숲 앞.

화단 바로 옆이었다.

사브레는 그 화단 안쪽을 서성거리며 열심히 캥캥 짖어댔다.

어쩐지 우리에게 뭔가 호소하는 느낌이 들었다.

그러나 화단에는 아직 아무것도 심지 않았는지 식물은 눈에 띄지 않았고, 검은 흙만 가득했다.

"캥!"

사브레는 벽돌로 둘러싸인 화단 속이 아니라, 그보다 약간 뒤쪽의 땅바닥을 코로 쿡쿡 찌르며 또다시 날카롭게 짖었다.

그 모습을 유심히 지켜보던 유미코가 불현듯 가슴 앞에서 짝 손뼉을 쳤다.

뭐지? 뭔가 알아차린 눈치인데……?

"이거 혹시 그거 아냐? 여기 파봐 멍멍 같은 거!"

유미코……. 의외루 소녀틱한 발상이잖아!

"아, 그 옛날이야기 말이야? 개가 여기를 파보라고 짖어서, 거기를 팠더니 보물이 나왔다는 이야기?"

"그래. 뭐야, 너 설마 몰라?"

"뭐?! 모르기는 누가 모른다는 거야?! 그냥, 뭐랄까……. 으음, 하긴 있을 법도 한가?"

카와사키……. 의외루 소녀틱한 발상이잖아!

"아무튼 일단 함 파봐?"

"아까부터 끈질기게 달아난 걸로 봐서 사브레가 정말 여기서 뭔가를 느끼고, 그걸 우리에게 알리려고 했을 가능성도 있겠네."

카와사키도 파볼 마음이 나는 눈치였다.

"저기, 사브레는 그 정도루 명견은 아니라구 생각하는데……."

"그래도 아까부터 우리한테 엄청 어필하는 느낌 아냐?"

"캥캥캥!"

"그렇기는 한데, 보물을 찾아내는 능력 같은 건 없달까, 굳이 따지면 오히려 좀 맹한 구석이 있다구나 할까……."

"캐앵?"

웃…… 사브레, 어쩐지 화난 거 같아.

"어쨌든 파는 데까지 파보지 뭐. 어차피 그냥 화단 뒤의 맨땅이니까."

카와사키가 근처에 굴러다니던 나뭇가지를 주워 와서 신속하게 화단 뒤쪽을 파기 시작했다. 그러자 유미코도 나뭇가지로 후비적후비적 땅파기 작업에 들어갔다.

이러면 나두 같이 파는 수밖에 없나……?

"뭐가 나오려나?"

집중해서 땅을 파헤치며 카와사키가 중얼거렸다.

"코방$^{\#2}$이 정석 아냐?"

대답하는 유미코의 시선도 화단에 못 박힌 채였다.

"치바에서도 코방이 나오던가?"

"캥?"

"잘은 모르지만, 치바도 에도 시대엔 코방을 썼을 거 아냐?"

"글쎄, 포트파크 근방은 아마 매립지일 거 같은데."

"그래서 뭐? 불만 있어?"

#2 코방 에도 시대에 쓰였던 납작한 타원형 금화.

유미코가 다시 카와사키를 째려보았다.

"왜 또 시비야? 딱히 불만은 없어. 단지 코방이 유통될 때이 동네는 바다 밑이었다고! 그러니까 뭔가 나온다면 화석이겠지!"

카와사키가 단호하게 주장했다.

"뭐래? 화석 따위 나와 봤자 좋을 거 하나 없잖아!"

"뭐? 장난쳐? 좋은 게 얼마나 많은데!"

분명히 살벌하게 싸우는 중인데……

둘 다 왠지 묘하게 귀엽잖아!

저렇게 꿈 많은 어린이 같은 말다툼이라니…….

"자자, 진정하구. 이번 여기 파봐 캥캥의 주인공은 사브레니까, 둘 다 너무 기대하지 않는 게 좋다구 봐."

"그건 나도 알아. 하지만 저렇게까지 캥캥대는데 안 파고 넘어가면 마음에 걸리잖아?"

"이 상황에서 그냥 지나쳤다가는 계속 신경 쓰일걸?"

티격태격하면서도 의견은 비교적 일치하는 두 사람이었다.

"아하하, 하긴. 그럼 너무 큰 기대는 말구 파보자."

사브레의 영리함에 너무 기대하는 눈치면 내 입장에서는 좀 불안해진다구나 할까……

아무튼 그렇게 셋이서 30분쯤 땅을 팠다.

삽 같은 도구가 없는 것치구는 꽤 깊게 판 거 같은데…….

"아무것도 안 나오잖아?"

우리가 파놓은 구덩이를 바라보며 유미코가 언짢은 표정으로 중얼거렸다.

"화석도 없어……. 응? 근데 사브레는?"

"어라?"

그러구 보니 아까부터 캥캥대던 소리가 뚝 그쳤어!

허둥지둥 주위를 둘러봤지만, 사브레는 코빼기도 보이지 않았다.

사브레, 우리한테는 땅 파라구 해놓구 슬그머니 어디론가 사라졌잖아?!

"아이참, 사브레! 어딨어? 이 바보 강아지야~!"

나는 사브레의 이름을 부르며 원래 있던 곳으로 돌아갔다.

그러자 사브레의 모습이 눈에 들어왔다.

"앗, 사브레! 뼈다귀 쿠키 몽땅 먹어치운 거?!"

사브레를 본 유미코의 눈이 휘둥그레졌다.

잔디밭에 드러누운 사브레.

그 주둥이 옆에는 텅 비다시피 한 쿠키 봉지가 있었다.

"설마 우리한테 땅 파게 시켜놓고 그 틈을 타서 혼자 돌아와 쿠키를 먹은 거야……? 사브레, 진짜 똑똑하다!"

카와사키는 도리어 감탄한 기색이었다.

"캥!"

사브레는 봉지에 코를 박고 쿠키를 하나 꺼내서 입에 물더니, 카와사키의 발치로 내밀었다.

"원위치로 돌아왔다고 상 주는 거야? 세상에, 완전 명견이네!"

"아냐아냐, 사브레는 그렇게 똑똑하지 않다구!"

"그래? 왠지 굉장한 강아지 같은 느낌이 드는데?"

"그냥 우연이라니까!"

사실은 맹하기만 한 게 아니라 야무진 구석두 있다는 걸 확인하구 싶어서 개인기를 연습시키려구 한 건데, 어째서인지 정반대 주장이 나오구 있잖아……? 어떻게 된 거지? 나도 똑똑한 편은 못 되니까, 잘은 모르겠지만…….

"엄청나게 영리한 개인지 아닌지는 몰라도, 바보가 아니란 건 확실하네."

유미코는 쓴웃음을 지으며 사브레의 배를 어루만졌다.

사브레도 배가 빵빵하게 불러서 약간 나른해하는 분위기였다.

"아하하, 그런데두 여태까지 앉아 한 번밖에 못한 게 이상할 정도지?"

나는 가벼운 쓴웃음을 지으며 말했다.

"그래도 이제는 슬슬 결판을 내야겠어. 이대로는 내가 먼저 쓰러지겠다고."

카와사키도 상당히 지친 눈치였다.

실제로 카와사키는 아까부터 내내 뛰어다녔고, 나도 상당히 지쳤다.

무엇보다도 이 더위가 문제다.

기온은 아마 30도가 넘겠지.

발바닥에 땀나게 뛰어다니기에는 너무 더운 날씨다.

이렇게 계속 사브레와 술래잡기를 하다가는 뻗어버릴지두 몰라.

이쯤에서 사브레한테도 단단히 일러둬야겠다.

"사브레, 왜 자꾸만 전력질주를 하는 건데……? 우리한테는 그럴 만한 체력은 없다구. 그럼 못써요."

나는 볼멘소리를 하면서도 사브레의 머리를 부드럽게 쓰다듬어주었다.

사브레도 기쁜지 꼬리를 살랑살랑 흔들었다.

유미코는 잠시 그런 우리의 모습을 유심히 관찰했다.

"왜 그래? 유미코."

"으음, 어쩐지……."

"어쩐지……?"

뭔가 중요한 이야기를 할 거 같은 분위기다.

"아니, 뭐랄까. 이건 그냥 내 감인데…… 사브레, 우리를 얕잡아보는 거 아냐?"

"뭐?!"

갑자기 튀어나온 일진 같은 발언에 나는 무심코 고개를 갸웃했다.

"그 왜, 개는 서열을 중시하는 동물이라고 하잖아? 그러니까 우리가 하는 말은 안 들어도 된다고 생각하는 게 아닌가 싶어서."

유미코는 팔짱을 끼고 가볍게 사브레를 쏘아보았다.

"하긴 아까부터 이리저리 도망 다니면서 놀려먹는 느낌이 들기는 했지."

카와사키도 유미코의 의견에 동의하는 눈치였다.

……듣구 보니 그러네.

사브레, 혹시 날 주인으루 여기지 않는 거니?

"있잖아, 사브레. 나는 네 주인님이야. 알아?"

나는 사브레를 두 손으로 안아들어 눈높이를 맞추었다.

이른바 「눈과 눈을 마주하고 대화하기」다.

"캥?"

사브레가 고개를 갸웃했다.

"혹시 친구라구 생각하는 거야?"

"캥?"

사브레가 다시 고개를 갸웃했다.

"아님 좀 더 부하 같은 느낌이라든가?"

"캥, 캥!"

사브레가 보일락 말락 고개를 끄덕였다!

유미코는 잠시 그런 우리의 모습을 유심히 관찰했다.

"으음, 역시 유이를 약간 아래로 보는 게 분명하네~."

그리고 고저스한 롤빵머리를 찰랑이며 흠흠, 힘차게 고개를 끄덕였다.

"뭐?! 유미코, 그런 무서운 소리 하지 말라구!"

"확실해. 우린 그런 문제에 민감하거든?"

유미코는 그렇게 말하며 흘긋 카와사키 쪽을 보았다.

그러자 카와사키도 힘주어 고개를 끄덕였다.

사브레, 설마……? 식구들의 서열을 매기면 아빠, 엄마, 사브레, 나 순서인 거야?

그러고 보니 엄마가 『기다려』라고 하면 꽤 참을성 있게 기다렸던 거 같기도 하다.

사브레, 내가 시킬 때만 참지 않는다는 가설 급부상!

때로는 엄격하지만 애정을 듬뿍 담아서, 동생 같은 느낌으루 키워왔다구 생각했는데! 내 무츠고로 마인드를 돌려줘!

충격을 받은 나는 잔디밭에 털썩 쓰러지고 말았다

유미코는 그런 내가 보기 안쓰러웠나 보다.

"할 수 없지. 살짝 타일러서 말을 듣게 만들어볼까?"

"좋아, 나도 협력할게."

유미코와 카와사키가 사브레 앞에 쪼그려 앉았다.

"사브레, 우리 말야. 알고 보면 무섭거든?"

"맞아, 말 안 들으면 재미없다고."

둘이 양아치 포즈로 쭈그려 앉아서, 매섭게 사브레를 노려본다.

이, 이건……

뭔지는 몰라두 엄청난 박력이 느껴져!

역시 유미코랑 카와사키야!

꼬라본다구 하나? 눈빛의 험악함으루 치면 F반 넘버원과 넘버 투겠지.

누가 일등인지는 알구 싶지 않지만!

사브레는 그런 압력을 정면으로 받아야 했다.

"캐, 캐앵……. 캥캥!"

사람이 아니라 강아지여두 수수께끼의 압박감이 느껴지나

보다.

사브레가 약간 겁에 질린 얼굴을 했다.

"저기, 사브레가 겁먹은 거 같은데……."

"걱정 마. 우리도 마음을 독하게 먹고 이러는 거니까."

아마 사브레에게 누가 우위인지를 확실하게 보여주고, 말 안 들으면 혼난다는 걸 알려주려는 거겠지만…….

"어때? 사브레, 이제 잘 할 거지~?"

유미코가 변함없이 살벌한 표정으로 사브레에게 말했다.

"캐~앵! 캥, 캐애앵, 캥. 캐앵! 캥요."

사브레가 들어본 적 없는 소리를 냈어!

뭔가 「아이쿠, 지금까지는 장난이었던 게 당연하잖습니까요! 열심히 하겠습니다요!」라고 한 것 같은 느낌이 든다.

그러자 유미코는 다시 고무공을 가져와서 사브레의 눈앞에 대고 찬찬히 보여주었다.

"캥요!"

그러자 사브레는 킁킁 가볍게 냄새를 맡는가 싶더니, 그전과는 달리 진지한 표정을 지었다.

저렇게 진지한 분위기의 사브레는 처음 보는 거 같아…….

"좋아, 그럼 간다! 사브레, 캐치!"

유미코는 힘 있는 목소리로 「캐치」를 외치며 고무공을 던졌다.

뭉게구름이 떠다니는 하늘.

그것을 배경으로 핑크색 고무공이 부웅 포물선을 그렸다.

"캥요!"

어딘가 존댓말 같은 울음소리를 내며, 사브레가 짧은 다리를 바지런히 움직여 달려 나갔다.

그리고 눈 깜짝할 사이에 공을 따라잡는가 싶더니, 땅에 떨어져 살짝 튀어 오른 순간에 덥석 물어 캐치 완료!!

……마침내 캐치에 성공했다.

기특해! 기특해라, 사브레!

뒤이어 사브레는 공을 문 채로 이쪽을 쳐다보았다.

"사브레, 돌아와! 이리 온, 백!"

유미코가 『백』이라고 소리쳤다.

그 명령에 반응한 사브레가…….

진짜 돌아오잖아?!

사브레가 폴짝폴짝 뛰어서 이쪽으로 달려온다!

입에는 착실하게 공을 문 채로.

너무 기특해! 그리고 너무 귀여워!

착해! 착한 아이구나, 사브레!

사브레는 우리 세 사람 앞에 캐치해온 고무공을 내려놓고 오도카니 앉았다.

그리고 두 사람의 얼굴을 올려다보더니…….

"캥요!"

오늘 본 것 중 가장 야무진 표정을 지었다.

"……"

"……"

유미코와 카와사키는 사브레에게 얕보이지 않도록 무서운

표정을 유지했다.

그리고 고무공과 사브레를 흘끗흘끗 곁눈질했다.

"그럼 한 번 더 해볼까? 우연일지도 모르니까. 이번에는 내가."

카와사키가 다시 공을 던졌다.

"캥요!"

사브레가 그 공을 캐치해서 전속력으로 되돌아왔다.

카와사키의 발치에 공을 내려놓은 사브레가 야무진 표정으로 두 사람을 올려다보았다.

"……"

"……"

""잘했어~!""

결국 인내심의 한계가 온 유미코와 카와사키의 감정이 폭발했다!

터져 나오는 함박웃음!

"사브레, 정말 장해!"

"하면 되잖아?"

앞 다투어 사브레를 거칠게 쓰다듬는다!

배, 등, 머리, 꼬리 밑동까지!

둘이서 동시에 더블 무츠고로 어택!

"캥요! 캥요!"

느닷없는 스킨십에 사브레는 조금 놀란 기색이었다.

어쩐지 약간 귀찮아하는 느낌두 드는데…….

한동안 격렬하게 쓰다듬어준 다음, 카와사키가 내게 말했다.

"해냈구나. 마침내 성공했잖아."

"응. 괜찮으려나 걱정했는데, 고마워."

나는 꾸벅 고개를 숙였다.

카와사키는 여러 번 전력질주로 사브레를 잡으러 다녀주었고, 정말 많은 도움을 받았다.

만약 히나였음 탈진해서 쓰러졌을 거야.

"고맙기는. 나도 즐거웠는걸 뭐."

카와사키는 조금 쑥스러운 기색으로 대꾸했다.

"이 정도루 똑똑해졌으면 가족여행두 갈 수 있겠다."

"응?"

"아, 그게 사브레는 어리바리하단 의혹이 늘 따라다녔거든. 너무 말귀를 못 알아들으면 여행갈 때 남의 집에 맡기기두 미안하니까."

"아, 하긴. 그렇겠네."

"그래서 갑작스럽지만 다음달, 그니까 여름방학 때 말인데……."

나는 눈만 빼꼼 들어 카와사키를 보았다.

그렇다. 만약 오늘 훈련이 성공하면 부탁하고 싶었던 일이란 바로……

"정말 갑작스럽네."

"사브레를 잠깐 맡아줄 수 없을까 해서."

"나야 딱히 상관은 없는데……."

"정말?!"

"원래는 그럴 생각이 없었는데, 사브레랑두 친해졌으니까 너희들 중 한 명한테 맡길 수 있음 좋겠다 싶어서."

사실은 그럴 생각이 좀 있기는 했지만.

급할 때 사브레를 맡길 수 있는 사람이 있음 여러모로 도움이 될 테니까.

특히 카와사키나 유미코처럼 야무진 사람이면 더 마음이 놓이구!

"뭐 그런 거라면 못할 것도 없지만."

카와사키는 썩 싫지만도 않은 분위기로 그렇게 말하고서, 자연스럽게 사브레를 안아 들려고 자세를 낮췄지만…….

"캉요!"

사브레가 피했다!

"어라? 사브레?"

"캉요! 캐지캉요!"

카와사키를 무서워하는 기색이 역력하잖아!

좀 무서워서 공은 물어왔지만, 같이 지내지는 못하겠습니다요.

그렇게 말하는 듯한 태도였다.

"아하하, 뭐야? 너 미운털 박혔잖아! 자, 사브레. 무서운 언니는 내버려두고 이리 온!"

"캐캉요!"

유미코가 내민 손도 슬쩍 피해서 사브레가 내 뒤로 숨었다.

그쪽도 무섭기는 마찬가지입니다요!

그렇게 말하는 느낌이었다.

"에고, 전혀 친해진 게 아니었구나…… 아하하."

"너무해……. 나아, 사브레를 위해서 마음을 독하게 먹은 건데……!"

"맞아. 나도 다정한 모습만 보여주고 싶었는데, 공을 가져오게 하려고……."

둘 다 엄청 낙심했잖아!

"미안해! 사브레두 언젠 이해할 거야. 애정 어린 채찍질이었다는 걸!"

나는 부랴부랴 위로의 말을 건넸지만…….

"강아지가 이해할 리 없잖아……."

유미코는 충격에서 헤어나지 못했다.

"그치만 사브레랑 친해지지 못해두, 유미코랑 카와사키가 친해지면 그게 더 좋은 일이니까……."

"난 쟤랑 친해지고 싶은 마음 없어."

말이 떨어지기가 무섭게 카와사키가 쓸데없는 소리를 했다!

"뭐 그렇겠지. 그건 피차 마찬가지고. 뭣보다 우리, 별로 사이 나쁘지 않거든?"

"그렇기는 하지."

유미코의 말에 카와사키가 나직하게 맞장구를 쳤다.

"뭐? 진짜루?"

"그냥 자연스럽게 거리를 두는 거야. 왜냐면 우리, 약간 캐릭터가 겹치잖아?"

"약간이지만."

카와사키가 조금 쑥스러운 기색으로 덧붙였다.

그랬구나…….

"캥, 캥!"

두 분 다 좀 무섭습니다요.

그렇게 호소하는 듯한 사브레.

아무튼 저 두 사람에게 사브레를 맡기기는 힘들 거 같다.

그럼 야무진 사람이 또 누가 있지?

우웅, 누구 마땅한 사람 없나……?

주위 사람들의 얼굴이 빙글빙글 머릿속을 맴돌았다.

강아지를 겁내는 유키농의 얼굴.

인생을 겁내는 힛키의 얼굴.

의외일지 몰라두 개인적으루 거북한 사가밍.

뭔가 이상한 소리를 주절주절 늘어놓는 하나.

큰일이다. 더는 생각나는 사람이 없잖아!

또 누가 있더라?

다시 한 번 힛키의 얼굴이 떠올랐다.

아, 맞다!

코마치가 있었지!

나보다 어리지만 아주 야무진 타입이구, 사브레두 많이 예뻐해 줄 것 같아!

좋아, 결정했다! 코마치한테 부탁해야지!

그럼 덤으루…….

맡기러 그쪽 집에두 찾아가야 되구, 답례두 해야 되니까…….

—캥! 캥!

마음속에서 사브레가 짖었다. 여길 파보라고 신호를 보내는 느낌이 들었다.

유이가하마 유이는
역시 요리를 못한다.

사 카 이 다 요 시 타 카
삽화: U35

  사건이라고 할 만큼 거창한 이야기는 못 된다.

  하지만 그와 동시에 약간의 유머를 담아 『사건』이라고 부르고 싶어지는 희비극이기도 했다.

  어쨌거나 딱히 대단한 이야기는 아니다. 그리고 이제 와서 생각해보면 나와 관련된 이야기도 아니었을지 모른다.

  그것도 모든 일이 다 과거가 된 지금이기에 할 수 있는 소리지만 말이다.

  이번 이야기에서 빼놓을 수 없는 등장인물은 둘이다.

  하나는 유이가하마 유이.

  하나는 유키노시타 유키노다.

  결국 이것은 철저하게 그 두 사람의 이야기였다고 할 수 있으리라.

  황금연휴를 눈앞에 둔 5월 X일.

  어느 점심시간에 그 희비극은 막을 올렸다.

                    ×　　×　　×

  그것은 거무죽죽한 갈색을 띤 데다 질척질척해서, 적어도 인간이 먹을 만한 물건으로는 보이지 않았다.

"야, 유이가하마."

"으, 으응?"

"……이게 뭐냐?"

나는 귀여운 분홍색 도시락에 담긴 수수께끼의 물체 X를 가리키며 물었다.

"우움, 일단은 달걀말이……라구 생각해. 아마두……."

유이가하마에게서 자신 없는 대답이 돌아왔다.

이곳은 특별관 1층. 내가 매일같이 들러서 남몰래 점심을 먹는 장소다.

점심시간을 맞이해 평소처럼 매점에서 사온 빵을 와구와구 먹어치우던 내 앞에 유이가하마가 불쑥 나타나서…….

『저, 저기, 힛키. 잠깐 봐줬음 하는 게 있는데…….』

그렇게 말하며 그 물체 X, 본인 말로는 달걀말이라는 물건을 내 앞에 내보인 것이다.

"달걀말이라고? 이게……?"

나는 도시락통에 덩그러니 담긴 그 무시무시한 물질을 뚫어지게 응시했다.

참고로 달걀말이란 달걀을 풀어서 간을 한 다음, 두툼한 직사각형 형태로 부친 달걀 요리를 가리킨다. 사람에 따라서는 달걀부침이라고 부르기도 한다.

그리고 내가 유치원생도 알 법한 상식을 새삼 언급하는 까닭은 유이가하마가 가져온 그것이 눈을 씻고 봐도 달걀말이로는 보이지 않았기 때문이다.

뭐랄까, 이게 정말 달걀말이라면 일본어가 왜곡된다고. 달걀말이라는 개념을 새롭게 정의할 필요가 생긴다니까? 킨다이치 쿄스케[3]에게 상담하러 가야 할 수준이잖아.

그렇게 생각하며 말끝을 흐리자, 이어지는 침묵을 견디기 힘들었는지 유이가하마가 쭈뼛쭈뼛 입을 열었다.

"있잖아, 힛키. 이거 어떻게 생각해? 그러니까 모양이라든가, 뭐 그런 면에서……."

"엉? 어, 그래. 근데 난 지금 밥 먹는 중이니까 일단 그것 좀 치워주지 않겠냐?"

"뭐?! 잠깐, 그게 무슨 뜻이야?! 일단은 이것두 음식이거든요?!"

무슨 뜻이고 자시고, 보기만 해도 입맛이 뚝 떨어지는 시각 테러라서 하는 소리거든? 애초에 그게 음식이 맞는지부터가 비교적 의문이다만.

나는 남은 빵을 서둘러 입에 욱여넣고, 다시 유이가하마 쪽으로 돌아앉았다.

"……그래서, 어떻게 된 건데? 대체 어떤 무슨 미러클을 거치면 달걀말이가 그 꼴로 매지컬 체인지하는 거냐고?"

"웃…… 그렇게 물어봐두, 나두 모른다구……."

"뭐? 모른다고?"

"그, 그치만 평범하게 만들었더니 이렇게 돼버렸는걸? 그냥

#3 킨다이치 쿄스케 일본 어문학자.

평범하게 달걀 풀어서, 평범하게 프라이팬에 붓구…….”

“아, 미안. 그럼 이거 네가 만든 거야? 그 말을 들으니까 이해가 간다만. 그야 당연히 이렇게 되겠지.”

“잠깐, 그게 무슨 뜻이야?!”

말했잖아. 무슨 뜻이고 자시고 할 것도 없다고. 더도 덜도 말고 그냥 그 말 그대로의 의미라니까?

나는 유이가하마가 처음 봉사부를 찾아온 날 먹은 숯덩이 같은 쿠키 맛을 떠올렸다. 그 이를 직격하는 철광석 같은 식감, 혀를 강타하는 강력한 쓴맛…….

쿠키를 구우려다 숯을 연성하는 분 아닌가. 달걀말이를 하려다 이 꼴이 되는 건 필연이라 할 수 있다. 오죽하면 음쓰의 연금술사라는 칭호를 증정하고픈 심정이라니까?

“그나저나 이거 말이다만…… 7억번 양보해서 가령 먹는 거라 쳐도, 굳이 따지면 달걀말이라기보다는 스크램블 에그에 더 가까운 형태 아니냐?”

달걀말이라고 부르기에는 지나치게 부정형이랄까, 모양이 지나치게 흐물흐물했다. 이 몰골로 달걀말이를 자칭하다니, 겸허함이 다소 부족하다고 본다. 아니, 직설적으로 말해서 뻔뻔하기 그지없다.

“웃, 그건 그럴지두 모르지만……. 그, 그게, 부칠 때, 이렇게…….”

설명하던 유이가하마가 왼손에 투명 프라이팬, 오른손에는 투명 요리용 젓가락을 들고 얇게 부쳐낸 달걀을 돌돌 마는 시능을 했다.

"말려구 했는데, 생각처럼 안 돼서……."

"아하, 하긴……."

실제로 달걀말이를 할 때 최대의 난관은 바로 그 공정이다. 꾸물거리면 타고, 조급한 마음에 서둘렀다가는 달걀이 제대로 응고되지 않아 질척해진다.

그런 과정을 반복한 끝에 이 시각 테러가 탄생한 거구만. 어째 SF 영화에 등장하는 공포의 외계 생명체 중에 얘하고 비슷한 아메바 형태의 생물이 있을 거 같은데.

"우웃……."

내 말이 좀 심했는지, 도시락통을 들고 있는 유이가하마를 보니 눈에 눈물이 글썽거렸다.

아무리 그래도 부녀자를 울리다니 꿈자리가 사나울 것 같다. 살짝 달래줘야겠다.

"어, 그래도 그 뭐냐, 솔직히 요리는 비주얼보다 맛이라고, 맛. 캐비어만 해도 고급 식재료로 취급되지만, 그거 사실 시커먼 벌레들의 집합체처럼 생겼잖아?"

"으아, 듣구 보니 진짜 그런 거 같아……."

리얼하게 상상해버렸는지, 유이가하마가 부르르 몸서리를 쳤다.

하지만 실제로 캐비어가 진미로 귀하게 대접받는 것처럼, 자고로 음식이란 생김새보다 맛이 중요한 법이다. 낫토도 그렇고, 문어도 그렇고.

고로 이 물체 X 역시 맛만 있으면 장땡이라는 논리다만…….

"……근데 힛키, 이거 맛있을까?"

"……기적을 바라는 수밖에 없겠구만."

"……."

반박하지 않는 걸 보니 유이가하마도 그 말에는 이견이 없는 눈치였다.

우리는 마치 약속이라도 한 것처럼 또다시 도시락통 안으로 시선을 향했다.

햇살을 받아 음산한 광택을 내뿜는 그『달걀말이』라는 물건은 살짝 맛을 보기조차 망설여질 만큼 무시무시한 기운을 풀풀 풍겼다.

× × ×

이 상황의 발단은 불과 며칠 전으로 거슬러 올라간다.

『그러고 보니 유이가하마, 너 요즘 요리 하니?』

점심시간에 부실에서 둘이 사이좋게 밥을 먹는데, 유키노시타가 불쑥 그런 질문을 던졌다고 한다.

『전에 요리에 재미를 붙였다고 했던 기억이 나서.』

유키노시타의 말처럼 나도 유이가하마가 전에 그런 말을 했던 걸 기억한다.

그건 분명 유이가하마가 처음 봉사부를 찾은 날로부터 얼마 후.

도와준 데 대한 답례라며 그 불길하기 짝이 없는 하트모양 쿠키를 주러 왔을 때였다.

―알다시피 내가 요즘 요리에 취미를 붙였잖아?
―아니, 막상 해보니까 재밌더라구~. 다음엔 도시락 싸기에 도전해볼까나? 아, 그래서 말인데 유키농, 점심 같이 먹자.

대충 그런 요지의 발언을 했을 터였다.

아무튼 그래서, 유키노시타의 질문에 유이가하마는……

『웅? 요리? 우음…… 응, 공부 중이란 느낌?』

참고로 여기서 『공부 중』이란 엄마가 요리하는 모습을 가끔 옆에서 지켜본다는 의미로, 딱히 진지하게 요리 연습을 한다는 뜻은 아니다.

그럼에도 유이가하마는 분위기에 휩쓸려, 그만 이런 말까지 내뱉고 말았다.

『앗, 그럼 말이야, 다음에 내가 유키농 것까지 도시락 싸올게! 걱정 마, 이래 봬두 꽤 실력이 늘었을 테니까!』

그 말에 유키노시타는 약간 불안한 표정을 지은 모양이지만, 최종적으로는 그 제안을 받아들였다.

『그러니? 그러면 기대할게.』

유키노시타의 그 말에, 그 미소에 유이가하마는 생각했다고 한다.

기필코 맛있는 도시락을 싸서 유키노시타를 놀라게 해주겠다고.

그리고 반드시 유키노시타의 기대에 부응하겠다고.

그리하여 완성된 것이 바로 이『달걀말이』라는 이야기였다.

"근데 너, 왜 그런 무모한 개뻥을 친 거냐?"

"웃……."

내 지적에 유이가하마가 얼굴을 팍 찡그리며 기어들어가는 목소리로 해명했다.

"어, 아니, 그게…… 거짓말 할 생각은 전혀 없었다구나 할까……. 요즘 엄마가 요리하는 걸 옆에서 보구 그랬으니까, 어쩐지 할 수 있을 거 같은 기분이 들었다구나 할까……."

"야, 얄팍해……."

알았다. 너 그거지? 인터넷으로 게임 영상 보면서 자기도 고수가 됐다고 착각하는 타입이지? FPS 쪽에서 자주 보이는 타입이지(편견)?

"우웃…… 잘못했어요……."

아니, 나한테 사과해서 어쩌라고…….

그렇지만 유이가하마 입장에서는 경솔한 발언을 해서 유키노시타에게 기대를 안겨주고 만 이 상황에 일종의 죄책감이 드는 거겠지. 그야말로 자업자득이라 동정의 여지도 별로 없다만.

"뭐 그래도 만약 이게 맛있으면 원만하게 수습될 거다만. 결과적으로는."

"아, 그치?! 만약 이게 맛있음 원만하게 수습되겠지?! 결과적으로는!"

—만약 이게 맛있으면.

""휴우…….""

우리는 미리 연습이라도 한 것처럼 놀라운 싱크로를 선보이며 한숨을 푹 쉬었다.

"……게다가 말이야, 혹시 유키농이 이걸 보면 뭐라구 할까?"

뒤이어 유이가하마가 한층 어두운 표정으로 중얼거렸다.

"그게, 왜냐면 유키농, 솔직히 이런 거짓말 싫어할 거 같잖아? 그러니까……."

"하긴……."

유이가하마의 지적처럼 유키노시타는 『절대정의』가 좌우명인 냉혈녀. 이런 식의 무책임한 발언에는 꽤나 가차 없을 타입이랄까? 그런 유키노시타가 이렇게 보기에도 처참한 달걀말이를 보는 날에는 과연 어떤 독설을 퍼부을 것인가. 상상만 해도 무섭구만…….

"그, 그래도 이 달걀말이가 맛있을 가능성도 아직은 남아 있다고, 미묘하게."

"그, 그치?! 이게 맛있을 가능성두 아직은 있지? 미묘하게!"

—미묘하게.

그 말은 바꿔 말하면 그럴 확률은 미묘한 수준에 그친다는 뜻이기도 하다만.

"조, 좋아!"

그렇게 결론이 났다면…… 하고 유이가하마가 내 옆으로 와서 앉더니, 오른손으로 젓가락을 들었다.

드디어 맛을 볼 마음이 난 모양이다. 희박한 승률에 모험을 거는 승부사의 귀감 같은 애구만.

유이가하마는 어디…… 하고 달걀말이를 집어 들려 했지만, 거의 젤 형태를 띤 그것은 물컹 젓가락 사이로 흘러내렸다.

"…………"

그 엽기적인 비주얼에 우리는 얼굴을 마주보고 침묵했다.

젓가락에서 흘러내릴 때의 그 질척한 느낌이라니, 위험하다. 섭취했다가는 왠지 오장육부에 이상이 생길 것 같다고. 그것도 모자라 저도 모르는 사이에 몸을 강탈당할 것 같다니까? 베놈 같은 뭔가에게.

"괘, 괜찮아. 아마두 괜찮을 거야……."

유이가하마는 울상이 되어 스스로를 타일렀다. 그렇게 불안하면 그냥 먹지 말지 그러냐……? 아니, 애초에 자기가 만든 음식에 그렇게 겁먹다니 어떻게 된 거냐고. 그렇게 생각하며 나는 한숨을 내쉬었다. 그리고 야, 하고 유이가하마에게 오른손을 내밀었다.

"웅?"

"……뭐 빵으로 때워서 좀 허기지던 참이니까. 기미 정도라면 못 해줄 것도 없지."

"힛키……. 그, 그치만……."

기미상궁 역할을 맡기기가 꺼림칙한지 미안한 표정을 짓는 유이가하마에게 자, 하고 다시 한 번 오른손을 내밀어 반쯤 뺏다시피 도시락통을 넘겨받았다.

"미, 미안해. 고마워."

작은 목소리로 그렇게 말하는 유이가하마에게 고개를 끄덕여 보이고, 나는 그『달걀말이』에 젓가락을 댔다.

그리고 퍼 올리는 식으로 능숙하게 그것을 들어올렸다.

"……웃."

유이가하마가 마른침을 삼키며 지켜보는 가운데, 나는 그것을 입에 넣었고…….

―훗날『유이가하마의 홈메이드 도시락 사변』이라고 (내게) 불리게 되는 이 사건.

그 달걀말이의 맛에 관해서는 언급을 삼가도록 하겠다. 떠올리면 암담한 기분이 드니까. 또 어차피 구체적으로는 형용하기도 어렵고 말이야.

그날 수업이 끝난 후, 봉사부 부실에서.

"……야, 유키노시타. 이건 그냥 가정이다만……."

나는 혼자 책을 읽던 유키노시타에게 물었다.

"예를 들어서, 만약 네 친구가『고급 프랑스 요리를 해줄게!』라고 약속해놓고 갑자기 미니카 고무 타이어 같은 걸 먹이면 넌 어떨 거 같냐?"

마지막 비유 부분은『고무 타이어』가 아닐지라도 각자 그에

준하는, 또는 그 이상으로 강렬한 무언가를 대입해도 무방하다. 그 달걀말이는 그런 비유조차도 온건하게 느껴지는 파워를 지녔으니까.

그리고 내 뜬금없는 질문에 유키노시타는 『갑자기 무슨 소리니?』라고 묻듯 깜찍하게 고개를 갸웃하더니…….

"당연히 절교하지 않겠니?"

단칼에 잘라버리듯 그렇게 대답했다.

네, 그러시겠지요…….

×　×　×

그 공포의 달걀말이에 관해 유이가하마는 이렇게 설명했다.

『아니 그게, 도시락이라구 하면 달걀말이잖아? 그리구 기왕에 달걀말이를 할 거면 확 단 게 좋을 거 같아서.』

『또 예전에 인터넷에서 봤는데, 달걀말이를 할 때 우유를 넣으면 엄청 촉촉하게 된대.』

『근데 냉장고를 보니까 우유가 떨어졌길래, 그 대신에……』

―대신에 있던 커피 우유를 넣었다고 한다.

있잖니, 그 발상부터가 에러야. 『우유가 없으면 커피우유를 넣으면 되잖아? 달달하니까 설탕 대용으로두 쓸 수 있구!』라는 그 발상 자체가 에러고 호러라고.

그딴 걸 먹였다가는 유키노시타가 정말 유이가하마와 절교해버릴지도 모른다는 생각이 드는 수준이라니까?

그만큼, 그만큼이나 유이가하마의 요리 맛은 엄청났다.

아무튼 유키노시타와의 약속은 잊어버리는 게 서로를 위하는 길이라고 생각했으나, 유이가하마의 의견은 정반대인 모양이었다.

『노력은 훌륭한 해결책이야. 올바른 방식으로 노력한다는 전제하에서지만.』

언젠가 유키노시타가 그런 말을 한 적이 있었다.

역시, 참으로 유키노시타다운 정론이다. 그리고 곤경에 처한 지금, 어쩌면 그 정론이 유이가하마의 머릿속에 메아리쳐 돌아왔을지도 모른다.

"노력은 훌륭한 해결책……."

봉사부 활동을 마치고 집으로 돌아가는 길에, 마침 단둘이 남은 타이밍에 유이가하마가 불쑥 그렇게 중얼거리는가 싶더니…….

"힛키, 나 결심했어."

그리고.

"유키농이 맛있다구 할 만한 도시락을 쌀 수 있도록 최선을 다해서 특훈을 해볼래."

주먹을 불끈 쥐며 비장하게 선언했다.

"흐음, 그러냐? 그럼 잘해봐라. 내일 보자."

그리고 나는 쿨한 대꾸를 끝으로 집으로 돌아갔다.

"앗, 힛키?! 잠깐, 가지 마!"

죄송합니다. 수정할게요. 돌아가려고 했으나, 유이가하마가 있는 힘껏 내 옷자락을 잡아끄는 바람에 뜻을 이루지 못했다. 히키가야 하치만은 쿨하게 떠나고 싶었다고……(희망사항).

"도대체 왜 그렇게 냉큼 돌아가려구 하는 건데?! 조금쯤은 이야기를 들어줘두 되잖아!"

"너 바보냐? 난 언제나 귀가에 모든 정열을 쏟아왔거든? 최대한 빨리 집에 가고 싶다고. 가능하면 집에서 한 발짝도 나오고 싶지 않고, 독립도 가능하면 안 하고 싶다고."

그리고 말 나온 김에 덧붙이면, 네 그 사정에는 죽어도 얽히기 싫다고.

그만큼 그 달걀말이는 내게 큰 트라우마를 안겨주었다.

오죽하면 나에 이어서 맛을 본 유이가하마마저도 울었다. 그런 비극은 결코 되풀이되어서는 안 된다.

"자, 내 말 잘 들어. 유이가하마."

나는 빙글 몸을 돌려 유이가하마를 보고 섰다. 그리고 어린아이를 타이르듯 조곤조곤 풀어서 설명해주었다.

자, 일본이라는 풍요로운 사회에서 살다 보면 깜빡하기 쉽지만, 이 세상에는 식량난이라는 큰 문제가 존재한다고. 그리고 그런 세상에서 먹고 사는 데 부족함이 없는 우리는 아주 축복받은 삶을 누리고 있다는 자각을 가져야만 해. 고로 음식은 절대로 허투루 해서는 안 돼. 급식도 남기면 안 되고. 그리고 네 달걀말이는 가난한 나라의 배고픈 어린이들조차도

『이거 맛없어서 안 먹을래』 하고 남길 지경이니까, 다시는 요리에 손을 대서는 안 돼. 그게 더 나아가서는 이 세상의……

"아, 맞다. 전에 쿠키 구웠을 때처럼 가정 실습실을 빌려 쓸 수 없으려나? 히라츠카 선생님께 말씀드려봐야지!"

하나도 안 들었구만. 뭐 됐고, 마음대로 하시죠. 어차피 나하고는 상관없으니까.

히키가야 이등병은 지금부터 본대로 귀환한다. 통신 종료.

"웅? 어디 가? 힛키두 도와줄 거지?"

아유, 농담도 잘하시네. 내가 그런 위험해 보이는 사안에 발을 담글 리 없잖아. 그럼 이만…… 하고 이번에야말로 쿨하게 떠나가려 했으나, 결국 교무실까지 강제로 동행하는 처지가 되고 말았습니다.

"호오, 히키가야. 놀라운걸? 설마 네가 자진해서 이런 사안에 힘을 보태다니. 그런가, 봉사부 활동이 네게 적잖이 긍정적인 영향을 미친 모양이군."

대충 사정을 듣고 군말 없이 사용 허가를 내준 히라츠카 선생님의 얼굴에는 미소가 감돌았다. 아유, 이분도 농담을 잘하시네. 난 이제 정말 집에 갈 거라고. 집에 가서 빈둥대고 싶다고.

"하지만 따지고 보면 이것도 봉사부 활동의 연장선상에 있는 거니까. 어차피 너에게 거부권은 없었지만 말이다."

거부권, 없었던 거냐고……

나는 힘없이 어깨를 떨구었다. 뭐 이렇게 될 줄은 어렴풋이 짐작했다만.

×　×　×

　목표는 맛있는 도시락……이라는 원대한 꿈은 접어두고, 비주얼은 다소 떨어질지라도 최소한 먹을 수 있는 수준의 도시락을 유이가하마가 만들 수 있게 되는 것.

　그런 소박한 목표를 내걸고 『(혀와 위의) 한계를 향해서! 유이가하마의 비밀 쿠킹 ~지옥도~』라고 명명하고픈 극비 미션은 시작되었다……고 한다. 아마도.

　"좋아! 그럼 열심히 하자! 내일부터!"

　"야, 시작부터 그렇게 미묘한 기합을 넣지 말라고."

　불안하기 짝이 없잖아.

　그래도 휘말려든 이상, 이제는 저도 진지하게 임할 수밖에 없지만 말이지요.

　관여한 만큼 책임을 다한다 같은 멋진 동기에서가 아니라, 단순히 유이가하마의 요리를 먹었다가는 생명에 지장이 있을 것 같으니, 최선을 다해서 돕지 않으면 신변에 위험이 느껴진다는 이유로.

×　×　×

　아무튼 그리하여, 마침내 『GAHAMA'S 키친』의 시간이 찾아왔습니다~!

　이튿날, 봉사부 활동을 마치고 비밀리에 가정 실습실에 모인 우리는 바로 특훈에 돌입했다.

"그럼 유이가하마 선생님, 오늘의 메뉴는 뭔가요?"

나는 요리 프로그램의 보조 진행자를 흉내 내어 그렇게 물었다. 참고로 물어보기는 했지만, 보조로서 채소를 썰거나 할 마음은 딱히 없습니다.

"우음, 이번에는 일단 도시락용 미니 햄버그스테이크에 도전해볼까 하는데……."

그렇게 말하며 유이가하마는 집에서 챙겨 와서 낮에는 냉장고에 보관해뒀던 각종 재료(다진 고기, 양파, 빵가루, 달걀, 그 외 기타 등등)을 조리대에 늘어놓기 시작했다. 알고 보니 레시피 사이트에 올라온 조리법을 미리 탐독하고 온 모양이었다. 재료는 빠짐없이 갖추어진 것처럼 보였다.

"좋아, 그럼 시작할 테니까 힛키, 만드는 거 봐 줘!"

그리하여 조리 스타트.

나는 우선 참견하지 않고 조용히 지켜볼 요량으로 유이가하마가 요리하는 모습을 관찰했다.

일단 여기서 햄버그스테이크 만드는 법을 한번 쭉 되짚어보자.

① 양파를 다져서 프라이팬에 볶습니다.

② 다진 고기를 보울(bowl)에 넣고 각종 재료와 조미료, ①에서 볶은 양파를 넣고 잘 치대며 섞어줍니다.

③ 완성된 반죽을 적당한 크기로 빚어 공기를 뺍니다.

④ 기름을 두른 프라이팬에 노릇노릇하게 구워내면 완성입

니다.

일반적인 햄버그스테이크의 조리 순서는 이런 느낌이다.
그리고 여기서부터는 유이가하마가 실제로 거친 과정이다.

① 다진 고기를 보울에 넣고 물로 씻습니다.

"⋯⋯?!?!?!"
어, 어라? 쟤 초장부터 뭐하는 거지? 다진 고기를? 물로?
씻는다? 어라?
설마 이거 환각이냐? 저기 다진 고기를 씻고 있는 호모사
피엔스가 보이는데, 혹시 내 머리가 이상해졌나? 아니면 유이
가하마의 머리가 이상해진 건가?
"저기요, 유이가하마 양?"
말을 걸자, 유이가하마는 「응? 왜?」 하고 태연하게 되물어왔
다. 이쯤 되니 그 반응이 도리어 무서울 지경이었다.
"그게요. 지금 뭘 하시는 건가 싶어서⋯⋯."
"응? 뭘 하다니, 보면 알잖아? 고기 손질하는 중이라구."
고기 손질을⋯⋯? 물로⋯⋯?
혼란스러운 나머지 사고회로가 꼬이려는 내게 유이가하마
가 에헴, 뻐기는 표정으로 설명했다.
"전에 엄마가 간 부추 볶음을 만들 때 고기를 씻는 걸 보구 『아
하, 고기는 씻는 거구나』 하구 놀랐거든. 그래서 알게 됐어."

어때? 굉장하지? 굉장하지? 칭찬해줄만 하지? 같은 분위기로, 반짝반짝 눈을 빛내며 그렇게 말씀하시는 유이가하마 양.

네, 그렇죠. 간 같은 내장 종류는 씻지요. 핏물을 빼야 하니까요. 그렇지만 다진 고기는 어떠려나, 씻어도 되려나? 내 생각에는 절대 좋은 꼴은 못 볼 거다 싶다만.

……유이가하마네 어머니, 당신은 조금도 나쁘지 않습니다. 나쁜 건 자제분의 머리예요.

덤으로 다진 고기를 물에 씻어 햄버그스테이크를 만들면 어떻게 될지도 대단히 궁금했는데, 이쪽은 예상을 크게 벗어나지 않는 결과를 낳았다.

치명적인 문제는 역시 다진 고기가 물에 축축하게 젖는 바람에 햄버그를 만드는 데 필요한 「찰기」가 기능을 상실했다는 점일 테지. 그 바람에 둥글게 빚는 데도 애를 먹었고, 가까스로 프라이팬에서 굽기 시작하자 역시나 눈 깜짝할 사이에 부슬부슬하게 그 형태가 무너져버리고 말았다.

결국 프라이팬에는 새까맣게 타버린, 한때는 다진 고기였던 무언가의 잔해만이 남았다.

Q. 이건 햄버그스테이크입니까?

A. 아니오, 단순한 발암 물질입니다.

"뭐야?! 어째서?! 레시피를 그대루 따라했는데!"

안 했거든? 대체 어떤 레시피에 다진 고기를 물에 씻으라고 돼 있냐고.

말해두지만 어느 요리책에도 『다진 고기는 씻지 마세요』 같은 주의사항이 적혀 있지 않은 건 그게 구태여 언급할 필요도 없는 일반상식이기 때문이거든?

내가 대놓고 그렇게 말하지 못하는 건 배려 차원에서인가? 아니면 그냥 현실도피인가?

자문해 보아도 답이 나올 기미는 없었지만, 어쨌거나 나는 일단 위로의 말을 건넸다.

"……뭐 그래도 모양새로 보아 익기는 한 거 같으니까, 아주 못 먹을 건 없지 않냐?"

"아, 응. 그치?! 의외루 먹어보니까 맛있더라는 결론이 나올 수두 있으니까!"

천만에, 그럴 가능성은 없어. 그보다 마치 칭찬이라도 받은 것처럼 살짝 기쁜 표정을 짓는데, 그런 거 아니라고. 고기를 익혀 먹는 건 원시인도 했던 일이라고. 절대 칭찬이 아니라고…….

아무튼 그래서 일단 요리가 완성되었으니 우선 시식을 해보자는 이야기가 나왔는데…….

"사실은 오늘을 위해 도우미를 초빙했다고."

나는 그렇게 통보했다.

왜냐하면 유이가하마의 특훈을 거드는 것까지는 좋다 쳐도, 사실 내가 남한테 요리를 가르칠 주제는 못 된다. 게다가 지금부터 양산될 터인 유이가하마의 실패작을 우리 둘이서 먹다 보면 정신적으로도 육체적으로도 힘겨울 게 틀림없다. 유이가하마의 요리라니, 그런 걸 대량으로 먹었다가는 건강을 해칠 것 같고 말이지.

그런 까닭에 내 독단이지만 오늘은 미리 도우미를 섭외했다. 그것도 단순한 도우미가 아니다. 최강의 시식 담당이라고 해도 무방한 비장의 조력자다.

"웅? 최강의 시식 담당이라니, 그게……."

누군데? 하고 유이가하마가 물으려 한 바로 그 순간.

슈팟! 하고 힘차게 문이 열렸다.

뒤이어 쑤욱 모습을 드러낸 것은 땅딸막한 바디가 특징인 그 남자였다.

녀석은 펄럭! 하고 이 계절에 껴입은 코트 자락을 요란하게 휘날리더니, 덤으로 안경을 번쩍 빛냈다.

나하고 눈이 마주치자마자, 녀석은 쓸데없이 근사한 목소리로 이렇게 말했다.

"……여자가 해주는 요리를 먹을 수 있다 하여 왔는데, 이곳이 틀림없는가? 친우(호적수)여."

최강의 시식 담당, 자이모쿠자 요시테루의 등장이었다.

"므하하! 본관에게 맡겨라! 걱정할 것 없다. 비록 생긴 게 이럴지라도 못 먹을 리는 없으니! 여자가 직접 한 요리라면 다소 맛이 없을지언정 깨끗이 먹어치울 각오가 되어 있노라!"

최강의 시식 담당 이콜 자이모쿠자는 난입하자마자 그렇게 소름 끼치는 대사를 쳤다.

하지만 오늘만큼은 자이모쿠자의 그 변태스러움이 도리어

믿음직스럽게 느껴졌다.

"든든한걸? 자이모쿠자. 우리는 바로 너 같은 인재를 기다렸다고."

"무, 무어라?!"

웬일로 내가 대놓고 칭찬하자, 자이모쿠자가 눈을 쿠옷 부릅떴다.

"하, 하치만……. 본관을, 본관을 그토록 필요로 해주는 것인가……? 요즘은 엄마한테도 약간 천덕꾸러기 취급을 당하고 있는 본관을……?"

"그래. 지금이야말로 네 능력이 필요하다고. 네가 지닌 검호 쇼군의 힘이……."

"하치마―――안!!"

자이모쿠자는 감격에 겨워 울부짖었다. 와락 뜨거운 포옹을 나누기라도 할 기세였으나, 그건 생략하기로 했다.

아니 그게 왜냐면 덥고 갑갑하잖아. 사내놈들끼리 그러는 거, 좀 징그럽고.

"그렇게 됐으니 유이가하마, 너도 팍팍 만들고 팍팍 실패해도 괜찮다고. 자이모쿠자가 죽기 일보직전까지 먹어줄 테니까."

"응? 아아, 으응……. 알았어, 그럼 열심히 할게……."

내 말에 유이가하마는 그야말로 더없이 미묘한 표정으로 고개를 끄덕였다.

아무튼 그렇게 들뜬 기색이 역력했던 자이모쿠자였으나, 그로부터 불과 한 시간 후.

"저기요. 제발 살려주세요……. 괴로워요……. 이제 그만할래요……."

극적인 비포&애프터.[#4] 이게 어떻게 된 일일까요? 자이모쿠자는 새하얗게 불타버리고 말았다.

하긴 그럴 만도 하다. 유이가하마가 이번에야말로 성공시키겠다며 햄버그 만들기에 도전해서 지옥 같은 실패작이 나올 때마다 번번이 그 시식을 담당했으니까.

"크허억! 하치만, 이건 뭐냐? 왠지 삼키면 안 될 것 같은 느낌의 해괴한 맛이…… 어, 아니, 므하하. 그래도 못 먹을 정도는 아니지만 말이다!"

처음에는 그렇게 허세를 부릴 여유도 있었으나…….

유이가하마가 도전을 거듭하고 그 실패작을 맛볼 때마다, 자이모쿠자의 여유는 와르르 소리 내어 붕괴해갔다.

"……이, 이것은, 그, 음, 뭐랄까. 으음, 못 먹을 것은 없느니. 고기에서 이제껏 맛본 적 없는 오묘함이……. 아, 아뇨, 한 입이면 충분합니다. 괜찮습니다. (두 번째)"

"먹지 않으면 죽는다. 먹지 않으면 죽는다, 본관. 힘내라 본관. 지지 마라 본관. 이런 곳에서 생을 마감할 수는 없느니, 본관……. (다섯 번째)"

"다진 고기…… 죽음……. (열 번째)"

#4 극적인 비포&애프터 주택 리폼을 다루는 일본 TV 프로그램. 결과물을 보여줄 때 「이게 어떻게 된 일일까요?」라는 내레이션이 자주 들어감.

보다시피 이런 꼴이 되고 말았다. 내가 아는 사람 중 유일하게 이 역할을 흔쾌히 받아들여줄 것 같으면서 유이가하마의 요리를 먹여도 1미리도 마음이 아프지 않은 귀중한 인재라여기고 도움을 청했으나, 실제로 이렇게 되니 그저 가슴이 아프기만 했다.

"미안하다. 오늘은 이만 쉬어라. 많은 도움이 됐다……."

이번만큼은 진심에서 우러난 감사의 말을 건넬 수밖에 없었다. 살다 살다 자이모쿠자에게 이토록 솔직하게 고마움을 표하는 날이 올 줄이야. 스스로도 놀랍기만 했다.

"우웃…… 미안해, 중2……."

유이가하마 본인도 살짝 젖은 눈으로 사죄했다. 그보다 사과할 때 정도는 중2 말고 본명으로 불러주지 그러냐?

정지(STOP). 더 이상은 속행 불능이라는 판단을 내릴 수밖에 없었다. 오늘은 이쯤에서 마무리하는 게 좋을 테지.

지독하게 슬픈 사건이었다……. 착잡한 심경으로 우리는 귀갓길에 올랐다.

× × ×

그렇게 슬픈 일을 겪기도 했지만, 그렇다고 그냥 포기할 수도 없는 노릇이다. 자이모쿠자의 시체를 (짓밟고) 넘어서 가라.

그리하여 호평에 힘입어, 곧바로 제2회 『GAHAMA'S 키친』의 시간이 찾아왔습니다~!

"오늘은 깜짝 이벤트로 게스트 선생님을 모셨습니다."

나는 어제에 이어 요리 프로그램 보조 진행자 풍으로 설명했다. 참고로 어제에 이어 보조로서 채소를 썰거나 할 마음은 딱히 없습니다.

"웅? 뭐야, 오늘두 도우미를 불렀단 말이야?"

"그래. 그것도 이번에는 개그용으로 부른 자이모쿠자와 달리 순수하게 지도 담당으로 초빙한 거니까 기대해도 좋다고."

"아, 응. 근데 어제 중2 부른 거, 개그용이었구나……."

아니 그게, 결과적으로 그렇게 돼버렸으니까. 어쩔 수 없지.

하지만 따지고 보면 어제는 어디까지나 리허설 같은 거였다. 학원 강사도 강의에 들어가기에 앞서 학생이 어느 정도의 실력을 지녔는지 파악하는 과정을 거치지 않는가. 잘은 모른다만, 대충 그런 느낌이라고 보면 된다.

따라서 실질적으로는 오늘부터가 진짜 유이가하마의 요리 특훈인 셈이다.

"근데 그 지도 담당이란 게 누구야? 요리 잘하는 사람이야?"

"엉? 음, 글쎄. 나도 잘 모르겠는데."

"잘 모르겠다니, 힛키……."

유이가하마가 어이없다는 표정을 지었지만, 유감스럽게도 정말로 잘 모르겠는 걸 어쩌랴.

다만 나이가 찼으니 요리 정도는 잘 했으면 하는 바람을 담아 모셔보았다. 표현을 달리하면, 내 교우관계의 범위 내에서 요리 실력이 뛰어날 것 같으면서 이 자리에 불러낼 수 있을 만한 인재가 그 양반밖에 없었다.

"아무튼 걱정 마. 이러니저러니 해도 요리 정도는 해낼 수 있는 사람이라고 생각하니까. 만약 아니면 정말로 혼기를 놓쳐버릴 것 같아서 불쌍하기 짝이 없잖아……."

"다 들린다, 히키가야……."

그런 살기등등한 목소리가 들려옴과 동시에 가정 실습실 문이 드르륵 열렸다.

오늘의 게스트이자 지도 담당인 히라츠카 선생님은 이마에 핏대를 세우고 귀신같은 형상으로 나를 노려보았다.

×　×　×

"으음, 그 뭐랄까, 미리 말해두는데, 혼자 사는 성인 여성은 모두 요리에 능하다는 건 잘못된 인식이라서 말이다……."

우리의 사정을 이미 알고 있는 히라츠카 선생님은 상당히 미묘한 표정으로 한없이 변명에 가까운 말을 늘어놓기 시작했다.

"아, 네에……. 그럼 선생님, 역시 무리인가요?"

"바, 바보 같은 소리 마라, 히키가야! 요리 좀 못한다고 무리라며 포기해버려서야 결혼할 수 있을 리 없잖나!"

"아뇨, 저기, 결혼이 아니라요……."

무리냐고 여쭤본 건 결혼이 아니라 요리였는데요…….

나이를 생각하면 그쪽 문제에는 예민해져 있을 테니 하는 수 없지만, 저렇게 생생한 초조함을 내비치면 이쪽도 보고 있기가 괴롭다. 제발 누가 이 사람 좀 데려가 달라고……!

"그보다 힛키, 아까부터 실례라구! 히라츠카 선생님은 오랫동안 싱글이었으니까 요리 정도는 하실 줄 아는 게 당연하잖아!"

"크윽!"

불쑥 끼어든 유이가하마의 악의 없는 두둔에, 히라츠카 선생님은 보디 블로에 정확하게 강타당한 복서처럼 무릎을 털썩 꿇고 말았다.

"야, 유이가하마. 그건 민감한 화제니까, 싱글 생활이 길었다는 식으로 정곡을 찌르는 소리를 함부로 하면 안 돼. 선생님, 완전히 치명상을 입었잖아."

"헉?! 아니, 그게 아니구! 뭐랄까, 선생님은 강단 있어 보이구……. 우음, 마, 맞다! 선생님은 야무진 성격이니까 평생 결혼 못해두 분명 괜찮을 거예요!"

"크윽!"

차로 한 번 치고 후진해서 다시 치는 거나 다름없는 유이가하마의 통렬한 후속타에 히라츠카 선생님은 숨이 꼴딱 넘어가기 일보 직전이었다. 야, 너 진짜 두둔할 작정으로 이러는 거냐? 아니면 사실 히라츠카 선생님을 증오해서 자살로 몰아넣으려는 거냐?

"제, 제발 그만해라, 유이가하마. 악의가 없는 만큼 더 고통스럽구나……."

힘없이 고개를 떨구는 히라츠카 선생님을 보고, 교사 괴롭힘은 나쁜 짓이라고 생각했습니다. 끝.

어쨌거나 그런 이야기는 접어두고…….

"그나저나 진지하게 여쭤보는 건데요. 히라츠카 선생님, 요리 할 줄 아세요?"

그렇게 묻자, 아까와는 딴판으로 히라츠카 선생님이 자신만만하게 대답했다.

"나를 너무 무시하지 말도록, 히키가야. 잘한다고 할 정도인지는 모르겠지만, 어쨌든 『식극의 소마』와 『중화일미』는 전권 독파했다."

"그, 그래요……?"

뭔가 읽은 만화의 시대 차이가 굉장해서 나이를 실감하게 되는구만. 게다가 읽은 요리 만화와 실제 요리 솜씨 사이에는 상관관계가 없다고 보는데…….

"저기, 그럼 오늘은 뭘……?"

"으음, 클래식한 메뉴지만 이런 경우에는 볶음밥이 좋지 않을까 싶어서 말이다. 재료도 대강 준비해왔다."

"아, 그거 좋은데요? 도시락에 든 식은 볶음밥이 오히려 맛있기도 하니까요."

"훗, 그렇지? 그러니 내게 맡기도록."

히라츠카 선생님이 씨익 웃었다.

여차저차하여 GAHAMA'S 키친, 아니 HIRA'S 키친이 막을 올렸다.

"재료는 이거다."

그렇게 말하며 히라츠카 선생님이 조리대에 올려놓은 것은…….

『얼린 밥』, 『삼겹살』, 『에○라 황금의 맛』#5 세 가지였다.

"어?! 어라?! 이게 볶음밥 재료예요?!"

유이가하마도 경악했다. 참고로 그 옆에서 나도 헉 하고 경악했다.

"저기요, 선생님. 이거 설마 엄청나게 고도의 개그인가요?"

"진정해라, 히키가야. 그 반응도 이해가 가지만, 잠자코 지켜보도록. **이것**이…….."

그렇게 말하며 히라츠카 선생님은 『에○라 황금의 맛』의 흰 뚜껑을 손가락으로 톡 쳤다.

"**이것**이 볶음밥에 마법을 걸어주는 모습을…….."

그 대사는 뭐야, 무진장 멋지잖아……? 이 양반, 어제 『식극의 소마』를 보고 온 게 틀림없어……. 이거, 우리 앞에서 치려고 아껴둔 대사인 게 분명하다고…….

그로부터 불과 십분 후.

"완성됐군. 이것이야말로 대중식당 히라츠카의 비밀 메뉴, 『특제 에○라 황금 볶음밥』이다."

잡쉬봐! 하고 히라츠카 선생님이 그 『볶음밥』을 우리 앞으로 내밀었다.

#5 에○라 황금의 맛 식품회사 에바라에서 나온 양념장 「황금의 맛(黃金の味)」을 말함.

그 조리법은 『프라이팬에 고기를 볶는다(양념장 콸콸)→밥을 투하한다(양념장 콸콸)→그릇에 담는다(양념장 콸콸)』라는 내 예상에서 크게 벗어나지 않는 터프한 방식이었다. 가난한 남자 대학생이나 프리터가 자취요리를 빙자해서 만들어먹을 것 같은 무지막지한 스타일이랄까?

지적하고 싶은 점은 산더미처럼 많았지만 꾹 참고, 우리는 숟가락을 들어 시식에 착수했다.

어디 보자, 우선 핵심이라고 할 수 있는 맛은…….

"……쓰, 쓸데없이 맛있잖아? 야, 유이가하마. 너도 먹어봐. 양념 맛밖에 안 나는 게 정말로 맛있다니까?"

"뭐야, 그거 칭찬이야? ……앗, 진짜다. 양념 맛밖에 안 나! 맛있어!"

에이라 쩐다, 황금의 맛 쩐다. 그렇게 감탄하다가 정신을 차려보니, 우리는 눈 깜짝할 사이에 그 황금 볶음밥이라는 놈을 깨끗이 먹어치운 후였다. 그런 우리의 반응에 히라츠카 선생님도 더할 나위 없이 의기양양한 얼굴로 말했다.

"홋, 어떠냐. 이것으로 내 실력을 통감했겠지?"

아뇨, 죄송한데요, 분명 맛있기는 한데요. 그건 선생님이 아니라 에이라의 실력이거든요? 일본에서 탑을 달리는 대기업의 실력이라고요. 입 안에서 느껴지는 거라고는 온통 양념 맛뿐이고.

"그보다 선생님, 이렇게 아저씨 같은 요리만 하다가는 정말로 혼기를 놓친다고요."

"뭐……라고……?!"

경악으로 털썩 무너져 내리는 요리사 겸 서른 줄 여교사, 히라츠카 선생님.

선생님이 결혼을 못한 이유를 잘 알 수 있는, 참으로 남성적인 요리였다.

제발 누가 이 사람 좀 데려가 달라고요. 양념장 볶음밥 같은 걸 해줘도 질색하지 않고 웃는 낯으로 먹어줄 수 있는, 도량이 넓은 남자 분을 기다립니다.

"……게다가……."

빈 그릇을 내려다보며 유이가하마도 생각났다는 듯 입을 열었다.

"게다가 잘 생각해 보니까 유키농한테 이걸 해줄 순 없을 거 같아……. 어이없어 할 게 분명하다구……."

하, 하긴…….

× × ×

어제의 자이모쿠자에 이어 오늘의 도우미 히라츠카 선생님도 멋지게 격침당하고 말았다.

그래서인지 유이가하마도 초조해하는 기색이 역력했다.

"휴우…… 이런 식으루 해가지구 진짜 잘 될까……?"

크게 낙담한 기색으로 유이가하마가 중얼거렸다. 옳거니, 확실히 걱정될 만하다. 달리 의지할 만한 사람도 없고, 언뜻 보기에는 이젠 항복하는 수밖에 없는 것처럼 느껴지니까.

그렇지만 아직 한 명, 믿음직한 남자가 남아 있다는 사실을 잊으신 게 아닌지요?

"뭐?! 어디, 어디? 어디 있는데? 그게 누구야?!"

"어, 전데요……."

"에이……."

입후보하자마자 표정+음성의 합동기로 실망한 티를 팍팍 냈지만.

"그치만 힛키, 카레 정도밖에 못 하잖아?"

"야 이 바보야, 내가 마음만 먹으면 카레 말고 다른 것도 얼마든지 만들 수 있다고. 도시락 정도는 누워서 떡먹기라니까?"

"에이……."

자신만만하게 대꾸하자마자 표정+음성의 합동기로 영 기대가 안 된다는 티를 팍팍 냈지만.

"훗, 가만히 보기나 하라고. 내가 내일 너에게 진정한 『도시락』이 뭔지 알려줄 테니까."

나는 호언장담했다.

왜냐하면 내게는 비장의 무기가 있었으니까.

이튿날 방과 후.

가정 실습실 테이블 위에는 도시락 반찬으로 어울리는 다양한 식품들, 즉 김의 바삭한 식감이 기막히게 살아 있는 주먹밥(속 재료는 연어)과 어린이들에게 대 인기인 미트볼, 도시락의 얼굴이라고 할 수 있는 육즙 가득한 닭튀김, 통실한 미니 오믈렛 등이 하나같이 완벽하다고 해도 손색이 없는 완성도로 늘어서 있었다.

"말두 안 돼……. 이거, 진짜 힛키가 만든 거야? 전부?"

가정 실습실로 들어온 유이가하마는 그 반찬들을 하나하나 살펴보며 경악한 목소리로 중얼거렸다.

"우와, 굉장하다……. 비주얼두 진짜 근사해……."

감탄하는 유이가하마를 보며, 나는 그렇지? 너도 그렇게 생각하지? 하고 고개를 끄덕였다.

그리고 미리 챙겨두었던 나무젓가락을 내밀었다.

"일단 먹어보라고. 비주얼뿐만 아니라 맛도 자신 있으니까."

실제로 요리에 대한 평가는 더없이 완벽했다. 주먹밥, 미트볼, 닭튀김, 크로켓. 유이가하마는 순서대로 하나씩 맛을 보았고, 그때마다 맛있다는 말을 연발했다.

"이야~ 힛키, 대단해! 사실은 요리 박사였다니, 좀 존경스러워!"

시식을 마친 유이가하마가 두 눈을 반짝반짝 빛내며 말했다.

그렇게 직접적으로 칭찬받으니 역시 낯간지러운 기분이 들었다.

하지만 그렇게 감동하는 유이가하마도 내가 마련한 이 『비법』을 쓰면 이 정도는 손쉽게 만들 수 있다. 그것도 백퍼센트 확실하게.

"뭐? 진짜루?"

"그래, 내가 보증하마."

대답한 순간, 유이가하마가 반색을 하며 승리 포즈를 취했다.

"그럼 그『비법』이란 걸 쓴다구 쳤을 때, 얼마나 시간을 들여야 이런 걸 만들 수 있게 돼?"

"엉? 아, 걱정 마. 정말 금방이니까. 이거 만드는 데 실질적으로는 15분 정도밖에 안 걸렸고, 너도 그 정도면 할 수 있겠지 싶다만."

"그렇게 짧은 시간에 이렇게 맛있는 걸 만들 수 있다구?!"

"그렇다니까."

"굉, 굉장해……. 마법이잖아……!"

감동한 나머지 부들부들 떨며 유이가하마가 그렇게 중얼거렸으므로, 나도「그렇지. 전적으로 동감이야」하고 힘주어 고개를 끄덕였다.

"하여간 정말 대단하다니까,『세○ 프리미엄』[#6]. 이렇게 맛있는 걸 간편하게 해먹을 수 있다니, 역시 쩔어. 기업의 쩌는 노력이 느껴진다고."

"…………뭐?"

"그래, 역시 국내 편의점 중 넘버원을 자랑하는 이유가 있다니까? 냉동식품의 퀄리티부터가 달라. 아마 매일 먹어도 질리지 않을걸? 세○일레븐 좋은 기분[#7]이니까."

"웅? 어라? 잠깐, 잠깐만? 그니까, 어라?"

#6 세○ 프리미엄 세븐일레븐 PB 상품.
#7 세○일레븐 좋은 기분 일본 세븐일레븐 CF의 캐치프레이즈.

마치 혼란에 빠진 것처럼 잠깐, 잠깐을 되풀이하며 유이가하마가 손바닥을 이쪽으로 향했다.

"……뭐야, 그럼 설마 이게 다 냉동식품이야?!"

"엉? 설마고 뭐고, 전부 냉동식품 맞다만?"

정확히는 주먹밥 하나만은 예외지만, 그것 빼고는 죄다 냉동식품이라고. 그렇게 덧붙였지만, 유이가하마의 귀에 들어갔는지는 모르겠다.

"………………."

충격을 받은 탓인지, 유이가하마는 입을 딱 벌린 채로 동상처럼 뻣뻣하게 굳어 있었으니까. 어쩌면 맥박마저 멎었을 가능성도 있다.

그렇게 생각한 순간, 비로소 정신을 차린 유이가하마가 빽 소리를 질렀다.

"……히, 힛키, 이 바보! 멍청이! 둔탱이! 냉동식품이면 의미 없잖아! 한 치두, 1미리두 직접 만든 게 아니잖아!"

"엉? 야, 너 전국의 어머님들이 도시락에 얼마나 많은 냉동식품을 넣는 줄 아냐? 중요한 건 직접 만들었느냐가 아니라 마음이라고, 마음."

"마음 같은 거 하나두 안 담겼다구! 그냥 전자레인지에 땡 한 거잖아! 설령 담겼다 쳐두 그건 세ㅇ일레븐 공장 사람의 마음이라구!"

"천만에, 내 마음도 엄청나게 담겨 있거든? 무진장 깊은 애정을 담아 6백 와트로 2분 버튼을 눌렀다고."

항변해보았지만, 내 주장은 씨알도 안 먹혔다.

"으아앙~! 힛키 바보~!"

급기야 유이가하마는 대성통곡하며 실습실을 뛰쳐나가고 말았다.

마치 석양을 향해서 달려가기라도 할 듯한 기세였다. 그대로 브라질까지 완주해서 행복하게 살려무나.

그리하여 GAHAMA'S 키친이 아닌 HACHI'S 키친은 조용히 막을 내렸다.

×　×　×

이번에야말로 두 손 두 발 다 들고 말았다.

자이모쿠자와 히라츠카 선생님, 나는 그야말로 아무 짝에도 도움이 되지 못했고, 비밀 요리 특훈은 고작 사흘 만에 파국을 맞이했다.

"……이렇게 되면 착실하게 노력하는 수밖에 없겠네."

유이가하마는 몹시 불안한 목소리로 그렇게 중얼거렸다.

착실하게, 즉 정공법을 택하겠다는 뜻이다. 말이야 쉽지만 그게 가장 험난한 길임은 구태여 설명할 필요도 없다. 모름지기 정도(正道)란 가시밭길이기 마련이니까.

그리고 그날부터 진정한 지옥이 시작되었다.

도시락 메뉴로 적합하면서 요리 초보도 쉽게 만들 수 있을 만한 반찬을 일일이 시도해봤고, 나도 없는 지혜를 쥐어짜내 유이가하마를 도우며 연습을 거듭었지만, 그 결과는 참담했다.

이 단계에 이르러서야 우리는 비로소 『도시락』이란 게 얼마나 까다로운 물건인지를 깨달았다.

그 자그마한 상자를 채우려면 반찬을 최소한 네댓 가지 이상 담아야 한다.

내가 제안한 대로 한두 가지쯤은 냉동식품의 힘을 빌린다 쳐도, 그 사방 십 몇 센티미터짜리 상자를 채우기는 쉽지 않다. 네댓 가지는커녕 제대로 만들 줄 아는 게 하나도 없는 우리에게 그 귀여운 도시락통은 50미터 풀장 못지않게 거대하게 느껴졌다. 전국의 어머님들이 평소에 쏟는 노고가 짐작이 가고도 남는 고행이었다.

그런 고행이 무려 일주일간 계속되었다.

"휴우, 또 실패야……. 아무리 해두 뜻대루 안 되네……."

벌써 몇 번째일까. 유이가하마가 완성된 요리를 맛보더니 인상을 썼다.

그런 표정도 더해져서 유이가하마의 얼굴은 어딘가 혈색이 나쁜 것처럼 보이기도 했다. 아마 이렇게 매일같이 실패작을 먹어버릇한 게 화근이 되어 평소 식사가 소홀해진 거겠지. 요즘은 나한테 미안하다는 이유로 본인이 거의 다 맛을 보았으니까.

"야, 괜찮냐? 너 요새 진짜로 컨디션이 나빠 보인다고."

"웅? 그, 그래? 아니, 딱히 그런 건 아닌데, 아하하……."

그보다 미안해. 다시 만들어올게. 그렇게 말하며 유이가하마는 터덜터덜 조리대 쪽으로 돌아갔다.

저 분위기로는 또다시 실패작만 늘어날 뿐이겠지.

어디 그러면 저도 살짝 거들어줘 볼까요? 그렇게 생각하며 가스레인지 앞에 서는 유이가하마 옆으로 다가갔다.

오늘의 도전 메뉴는 초심으로 돌아가서 달걀말이다. 유이가하마는 달걀을 하나씩 깨서 보울에 담았다.

"엇, 야, 방금 껍질 들어갔다만."

"뭐?! 진짜?! 어디?!"

"봐, 여기 쪼끄만 게⋯⋯. 그나저나 유이가하마."

그리고 나는 보울 밑으로 가라앉는 달걀 껍데기의 파편을 가리키며 물었다.

"이제 와서 할 이야기는 아닌지도 모른다만, 유키노시타도 지금쯤 너하고 약속했다는 사실을 까맣게 잊어버린 거 아니냐?"

여기서 약속이란 당연히 이 모든 사태의 발단이 된 『도시락을 싸오겠다』는 약속을 가리킨다.

새삼스레 그런 질문을 던진 까닭은 반은 실제로 그런 가벼운 잡담은 잊어버렸어도 이상하지 않다고 생각했기 때문이고, 나머지 반은 미래가 불투명한 이 특훈이 조금씩 버거워져갔기 때문이다.

게다가 나도 그렇지만, 그 이상으로 유이가하마도 슬슬 힘겨워지기 시작했을 터였다.

나를 끌어들인 체면상 먼저 그만두겠다는 말을 꺼내기 힘든 거라면 신경 쓸 필요 없다는 암묵적인 제안이기도 했다.

그러나…….

"우웅, 그야 그럴지두 모르지만……."

유이가하마는 특유의 얼버무리듯 난감한 표정을 지으며 대답했다.

"그래두 역시 약속은 약속이니까. 유키농이 까먹었어두 난 기억하구. 그러니까 그런 건 관계없다구나 할까……."

그리고 그 직후에 퍼뜩 깨달은 것처럼 허둥지둥 덧붙였다.

"아! 그치만 힛키가 힘들면 됐어! 그냥 집에 가두 괜찮아!"

내 표현이 서툴렀던 탓도 있으리라. 괜히 마음 쓰게 만들어 버리다니, 내 불찰이다.

그렇지만 더 큰 불찰은 따로 있었다.

유이가하마는 약속을 어겨서 유키노시타에게 거짓말을 했다는 사실이 들통 날까봐 걱정했던 게 아니다.

그저 단순히 약속을 어겨서 유키노시타를 실망시키고 싶지 않다는 이유로 이토록 필사적으로 노력해온 거다. 그 사실을 이제야 깨달았다는 게 내 가장 큰 불찰이었다.

그런 대화가 오가는 와중에도 유이가하마는 프라이팬에 달걀물을 붓고, 타지 않도록 부쳐지는 모습을 빤히 응시했다.

이마에 땀이 맺힌 것도 모르고 잔뜩 집중한 기색인 그 옆얼굴을 보고, 나는 나직하게 말했다.

"……그럼 나도 끝까지 책임지고 도와주마."

하도 필사적이라 못 들을지도 모르겠다고 생각했으나, 그런 일은 없었다. 휙 이쪽을 돌아본 유이가하마의 표정이 확 밝아졌다.

"아, 응! 힘낼게!"

초등학생 같은 결의 표명이었다. 그리고 유이가하마는 다시 요리에 집중했고, 나도 어떻게든 성공시키겠다는 일념으로 프라이팬으로 시선을 향했다.

그 직후였다.

똑똑 노크 소리와 함께 실습실 출입문이 열렸다.

어쩌면 히라츠카 선생님이 상황을 살펴보러 왔는지도 모른다. 그렇게 생각하며 나는 무심히 그쪽으로 시선을 향했다.

"……컥, 너?!"

내가 기겁해서 외치자, 유이가하마도 그제야 방문객의 등장을 깨닫고 우아앗?! 하고 비명을 질렀다.

우리의 호들갑스러운 리액션과는 달리 그 초대받지 못한 방문객의 반응은 담백하기 그지없었다.

"……인사 한번 독특하구나. 어느 언어권의 인사법이니?"

그 방문객, 즉 유키노시타 유키노는 눈썹 하나 까딱하지 않고 차갑게 내뱉었다.

×　×　×

띄엄띄엄 유이가하마는 설명했다.

그 이야기를 유키노시타는 말없이 그저 조용히 들었다.

그리고 나는 둘 사이에 끼어 있었지만, 어딘가 제삼자가 된 느낌이었다.

요리 솜씨가 늘었다는 건 사실 거짓말이었다는 것.

실제로 도시락 싸기에 도전해보니 도무지 마음처럼 되지 않았다는 것.

그래서 오늘까지 이렇게 몰래 특훈을 해왔다는 것.

전후사정을 쭉 설명하고 나서, 유이가하마는 꾸벅 고개를 숙이며 「미안해」 하고 사과했다.

"그게, 거짓말 할 생각은 없었지만……. 그래두, 미안……."

그 사과의 말에 어떤 반응을 보여야 좋을지 모르게 된 것은 오히려 유키노시타 쪽인 듯했다.

침묵에 빠진 유키노시타는 보기 드물게 난처한 얼굴로 뭔가 말하려다 잠시 망설이더니 역시 그만두기를 되풀이했다.

그러다 그 시선이 흘끗 프라이팬 위에 방치된, 만들다 만 달걀말이 쪽으로 향했다.

만드는 도중에 덜 익은 상태에서 계속 집적댄 탓인지 모양이 완전히 망가져버린 달걀말이를 보고, 유키노시타가 조용히 입을 열었다.

"……그거 아니? 유이가하마."

그리고 덧붙였다.

"달걀말이는 약불로 하면 망치는 경우가 많아."

"응?"

"탈까봐 약불로 하는 사람이 많은데 그러면 오히려 실패하기 쉬우니까, 반대로 센 불에 빨리 부쳐내는 게 기본이야. 익숙해지면 그렇게 어렵지는 않거든."

"아, 그, 글쿠나. 알았어……."

느닷없이 시작된 유키노시타 선생님의 요리 교실에 유이가하마는 눈을 동그랗게 뜨고 열심히 고개를 끄덕였다.

"……웅? 근데 지금 가르쳐주는 거야? 유키농."

화 안 났느냐고 묻는 것처럼 유이가하마가 말하자, 유키노시타는 쑥스러움을 감추려는 듯 휙 고개를 돌리고 대답했다.

"……그래. 그보다 다음부터는 무조건 나한테 상담하렴. 저 남자보다는 훨씬 더 잘 가르쳐줄 테니까."

야, 너도 쿠키 만들 때 결국은 제대로 못 가르쳤잖아. …… 그렇게 핀잔을 주는 건 주변머리 없는 짓이겠지.

이건 유이가하마의 「미안해」에 대한 유키노시타 나름의 「괜찮아」라는 대답이니까.

피차 말로 하지는 않았지만, 방금 전의 짧은 대화를 통해 그런 감정의 교류가 이루어진 것이리라.

어디까지나 제삼자로서 옆에서 이야기를 듣고 있었던 내 추측에 불과하지만 말이다.

"재료를 빌려주지 않겠니? 내가 먼저 시범을 보여줄 테니까."

"그, 그래! 알았어!"

그런 대화를 나누면서 달걀말이에 도전하는 두 사람을 보다가, 나는 슬그머니 가정 실습실을 빠져나왔다.

또 실패작을 먹게 되는 건 사양하고 싶어서가 아니라……. 아니, 뭐 물론 그런 이유도 적지 않게 작용하기는 했지만.

어쨌거나 더 이상 이곳에 머무르는 것도 눈치 없는 짓일 테지.

왜냐하면 지금부터는…… 아니, 어쩌면 한참 전, 첫 시작의 순간부터.

이것은 유이가하마와 유키노시타.

두 사람의 이야기였으니까.

× × ×

이튿날.

점심시간이 되어 나는 평소에 점심을 먹는 장소……가 아니라 봉사부 부실로 걸음을 옮겼다. 그 까닭은…….

『괜찮으면 오늘은 힛키두 같이 먹어!』

아까 쉬는 시간에 유이가하마에게서 그런 권유를 받았기 때문이다. 다름이 아니라 어제 유키노시타와 같이 연습한 성과를 보여주고 싶다나?

보아하니 그 후에 실시한 특훈이 꽤나 효과가 있었던 모양이다.

"글쎄, 적어도 먹을 수 있는 수준의 음식은 나오지 않겠니?"

먼저 와서 부실에서 책을 읽고 있던 유키노시타가 그런 의견을 내놓았다.

"흐음, 그래? 그럼 기대해볼까?"

대수롭지 않다는 듯 그렇게 대꾸했지만, 나도 내심 살짝 기대감이 싹텄다는 건 비밀이다.

그리하여 한동안 기다린 끝에…….

"야헬롱~! 기다렸지?"

활기찬 인사와 함께 유이가하마가 모습을 드러내, 즐겁고 신나는 도시락 타임이 시작되었다. 그러나…….

그것은 거무죽죽한 갈색을 띤 데다 질척질척해서, 적어도 인간이 먹을 만한 물건으로는 보이지 않았다.

"……야, 유이가하마."

"웅?"

"이게 대체 뭐냐?"

강렬한 데자뷔가 느껴지는 내 질문에 유이가하마는 천연덕스럽게 대답했다.

"뭐긴. 보면 몰라? 달걀말이잖아."

아뇨, 보면 알고 말고를 따지자는 게 아니라요. 이거 분명 전에도 본 적이 있다는 이야기를 하고 싶었던 거거든요? 무지하게 낯이 익다 못해서 눈을 의심하는 중이거든요? 심지어 첫날 먹은 그것과 비주얼 면에서 완벽하게 일치하는데요?

"아, 하긴 보기에는 아주 쪼끔 별루랄까, 저번 거랑 좀 비슷할지두 모르지만, 걱정 마! 맛은 완벽할 테니까! 그치? 유키농."

"………………………………."

침묵. 질문을 받은 유키노시타는 완전히 침묵했다.

그 과도하게 자유로운 비주얼에 천하의 유키노시타도 말문이 막힌 눈치였다.

그리고 유키노시타는 왠지 나를 매섭게 노려보았다. 그 눈빛이 유키노시타의 심정을 전적으로 대변해주었다.

—이게 대체 어떻게 된 일이니?

나도 모른다고. 도리어 내가 묻고 싶다고. 먹을 만한 게 나올 거라는 말은 뭐였던 거냐고.

"좋아, 그럼 다 함께 먹어볼까? 자, 힛키랑 유키농두 젓가락 들어!"

그렇게 말하며 건네주는 나무젓가락을 됐다고 거절할 수 있으면 얼마나 좋을까.

하지만 저렇게 반짝반짝 기대에 찬 눈동자로 바라보니, 차마 거절할 수가 없었다.

"잘 먹겠습니다~!"

""……잘 먹겠습니다.""

유이가하마의 선창에 이어 우리도 두 손을 모았다.

물컹거리는 달걀말이를 가까스로 집어서 입으로 가져가자, 코끝에서 기묘한 냄새가 솔솔 풍겨왔다.

아아, 이건 죽어도 맛있게 먹을 만한 물건은 못 되겠구만. 그렇게 확신하면서 우리는 그것을 입에 넣었고…….

그 후에 벌어진 일에 관해서는 가급적 언급을 삼가도록 하겠다.

유이가하마 유이는 반드시 면을 먹고 싶다.

시 라 토 리 시 로

삽화: 시라비

 최강의 음식은 무엇인가.

 이 까다로운 질문에 대한 답으로 나는 예전에 라면을 꼽은 바 있다.

 라면이야말로 최강이다. 라면은 고독한 남자 고교생에게 가장 친숙한 먹거리 중 하나이기도 하다. 고독을 관철하는 고결한 영혼을 치유하고, 그 주린 배를 채워주는 지고의 양식, 라면.

 최강의 외톨이 식사, 그것이 곧 라면이다.

 하지만 그런 라면에도 약점이랄까, 먹기에 적합하지 않은 상황이라는 게 존재한다.

 그것은 바로…… 데이트다.

 남녀 커플이 데이트할 때 라면을 먹으러 가는 것만은 절대 금지다. 식권 발매기 앞에서 꾸물대거나 카운터에서 조잘조잘 끝없이 수다를 떠는 행위는 민폐 그 자체다.

 이야기하다 보면 면이 분다. 국물이 식는다.

 따라서 커플로 라면을 먹으러 가는 것은 결코 용납되지 않는다.

× × ×

별 탈 없이 흘러간 일주일을 마감하는 금요일 방과 후.

불쑥 부실로 찾아온 히라츠카 선생님이 열변을 토하는 것을 우리는 각자 다른 일에 집중하며 묵묵히 듣고 있었다.

귓등으로 흘렸다고도 할 수도 있다.

"요즘은 역시 치바에서 치바 중앙 쪽이 가장 치열하다고 봐야겠지. 공급층이 아주 두터워."

학생들이 자기 말에 무관심하다 못해서 성가셔하는 티가 팍팍 나는 데도 불구하고, 히라츠카 선생님은 입에 침이 마르도록 떠들어댔다.

평소에는 학생을 배려할 줄 아는 유능한 교사지만…… 특정한 화제만 나왔다 하면 사리분별을 못하게 되어버린다.

"학부모회 임원진과의 친목회라니 시대착오도 유분수인 데다, 그런 식의 술자리에서 나처럼 젊고 예쁜 여자 교사의 역할은 불쾌한 쪽이 될 수밖에 없다는 이유로 한동안 피해 다녔거든. 도우미 노릇을 해야 하는 것도 싫지만, 어머님들이 자꾸만 『선생님, 결혼은요?』, 『좋은 분 안 계세요?』, 『이왕 할 거면 빨리 하는 게 좋을 텐데』 하고 참견하는 건 더더욱 견디기 힘들다. 부모님이나 친척과는 달리 이 경우에는 이쪽이 저자세로 나갈 수밖에 없다 보니, 죽도록 후려침을 당해서 샌드백처럼 너덜너덜해지고 마니까……."

중간부터 이야기가 엉뚱한 방향으로 샜다.

요약하자면 결국 학부모들과의 술자리에 참석하느라고 밤거리로 나갔다는 소리에 불과하지만 말이다.

"그래서 오랜만에 참석하게 되었는데…… 설마 그토록 뜨겁게 불붙었을 줄이야……. 치바역 인근의 라면 전쟁이!"

그렇다.

주말을 앞둔 부실까지 일부러 행차한 이 고문 교사가 뭘 하는 중이냐면, 단순히 지난 주말에 본인이 먹은 라면 이야기를 늘어놓느라 바빴다.

히라츠카 시즈카. 싱글. 봉사부 고문. 그리고 싱글.

때로는 귀엽고, 때로는 멋지다. 그 사실을 부정할 마음은 없지만, 지금의 히라츠카 선생님은 『시즈큐트』도 『시즈쿨』도 아니다. 그냥 『시끄카』일 뿐이다.

아무튼 히라츠카 선생님은 줄기차게 장광설을 늘어놓더니, 어깨를 으쓱하며 이렇게 이야기를 끝맺었다.

"다만 교사 입장에서 그쪽 동네에 있는 가게는 추천하기 껄끄럽지만 말이다."

해설이 필요하리라.

평소에는 『치바역』이라고 뭉뚱그려서 부르지만, 따지고 보면 JR 치바역, 니시치바역, 히가시치바역, 케이세이 치바역, 신치바역, 치바 중앙역, JR 혼치바역 등 치바라는 이름을 단 역은 무수히 많다(모노레일 치바 미나토 역도 있다).

그중에서도 JR 치바역에서 케이세이 치바 중앙역으로 이어지는 구역은 환락가로 유명해서 밤과 낮의 풍경이 판이하게 다르다.

거기까지 듣고서야 나는 히라츠카 선생님이 왜 구태여 봉사부 부실까지 와서 이런 이야기를 하는지 깨달았다.

교무실에서 학부모회를 비판할 수는 없다. 그렇다고 일반 학생에게 치바역 근처의 라면집 이야기를 하는 것도 바람직하지 못하다.

한마디로 말동무가 되어줄 만한 사람이 우리밖에 없었던 셈이다.

그럼에도 우리의 반응이 영 시큰둥했기 때문인지, 히라츠카 선생님은 결국 한 명씩 지목해서 말을 걸기 시작했다.

"너는 어떻지? 유키노시타. 교토에서 먹었던 그 맛이 떠오르지는 않나?"

"사실……."

문고본 책장을 넘기던 손을 잠시 멈추고, 유키노시타 유키노는 고개를 끄덕였다.

"가끔 몹시 먹고 싶어질 때가 있기는 합니다. 그건…… 정말 폭력적인 감칠맛이었으니까요."

유키노시타가 저렇게까지 이야기하는 경우는 드물다. 애초에 음식 맛을 평가하는 일 자체가 드물기도 하지만 말이다.

하긴 천하일품의 라면은 독특한 타입이라『꺼끌거린다』며 꺼리는 사람마저 있다고들 하니까. 소량이었다지만 그런 라면을, 그것도 총본점에서 한 요리를 맛보지 않았던가. 혀가 그 맛을 잊지 못할 만도 하다.『헤헤헤! 입으로는 부정하지만 몸

은 솔직하게 기억하고 있구만!』『아, 앙대라며어어어~!』라면
이라 라며어인가? 뭔 헛소리냐.

"그 임팩트가 너무 강해서, 수학여행에서 먹었던 다른 음식
의 맛이 가물거릴 정도였어요."

"그 정도냐?"

"그래. 히키가야 너는 안 그랬니?"

"뭐 나도 천하일품은 처음 가봤으니까. 어쩌면 수학여행 최
고의 추억일지도 모르겠다만."

"교토까지 가서 라면을 먹은 게 최고의 추억이라니, 정말이
지 너답구나……. 그렇지만 오로지 그걸 먹기 위해서 교토에
간 거라고 생각하면 호사스러운 경험일지도 모르지. 좋아하
는 사람에게는 그만한 가치가 있을 테고."

"체인점이야 도쿄에 가면 먹을 수 있겠지만, 아무래도 총본
점이니까."

성지순례를 마친 기분이다. 살짝 우월감이 느껴지는구만.

그런 우리의 추억담을 내내 말없이 듣고 있던 사람이 있었다.

"……."

"유이가하마, 아까부터 왜 그러니? 네가 5초 이상 입을 다
물고 있는 일은 드문데……. 혹시 어디 아프니?"

딴 사람이 하면 틀림없이 비아냥대는 말로 들렸을 테지만,
유키노시타의 경우에는 진심으로 걱정해서 하는 소리일 테지.

몸 상태를 걱정하는 말을 들은 유이가하마 유이의 반응은
어땠느냐 하면…….

"우웃……."

새치름한 눈으로 유키노시타와 나를 번갈아 보는가 싶더니, 어딘가 원망스러운 기색으로 물었다.

"그보다 유키농이랑 힛키, 둘이서 같이 라면 먹으러 갔었다……는 거지?"

"아니, 그건……."

나는 무심결에 엉거주춤 몸을 일으켰다.

내가 왜 이렇게까지 동요하는지는 모르겠지만, 요즘 들어 유이가하마가 저런 태도를 보이면 왠지 이렇게…… 반사적으로 엉덩이를 들썩이고 만다.

연주 중인 안젤라 아키#8처럼 앉았다 일어났다 일어나려다 말았다 하며 전전긍긍하고 있자니, 유키노시타가 한숨을 쉬며 입을 열었다.

"……둘이서 간 건 아니야. 수학여행 날 밤에 히라츠카 선생님의 권유로 셋이서 간 거니까."

"그렇다."

라면 이야기가 나오자 희희낙락하며 불쑥 대화에 끼어든 히라츠카 선생님이 더 자세한 설명을 덧붙였다.

"내가 저 둘을 억지로 끌고 갔지. 교사가 학생을 꼬드겨서 외출했다는 게 알려지면 문제가 될 소지가 있으니 비밀로 했지만, 봉사부는 한 식구 같은 느낌이라 무심코 말해버리고 말

#8 안젤라 아키 파이널 판타지XIII의 테마곡 「Kiss Me Good-Bye」 등으로 유명한 피아니스트 겸 가수.

았다.”

그러니 비밀로 해주면 고맙겠다고 히라츠카 선생님이 덧붙이자, 유이가하마도 「아, 네……」 하고 납득한 건지 아닌지 헷갈리는 대답을 했다.

애초에 그 라면 자체가 수학여행날 밤 혼자 숙소를 빠져나와 라면을 먹으러 가려던 히라츠카 선생님이 유키노시타와 나에게 입막음조로 사준 거였으니까.

“단 나는 여름방학 때 히키가야와 둘이서 라면을 먹으러 간 적이 있지만 말이다.”

“뭐?! 힛키, 히라츠카 선생님이랑 둘이서 라면을 먹으러 갔어? 그것두 방학 때? 뭐야, 왜?”

“어…… 글쎄다, 왜 그랬을까?”

그것은 당사자인 내 입장에서도 도무지 이해가 가지 않는 사건이었다.

여름방학에 어중간하게 늦잠을 자버린 날, 점심을 먹을 겸 새로운 라면집을 개척해볼까 하고 나갔다가 지나가는 길에 있는 결혼식장에서 혼자만 시커먼 기운을 뿜어내던 미녀와 마주치는 바람에…….

그 시커먼 기운의 미녀가 추억을 더듬듯 아련한 말투로 중얼거렸다.

“그건 분명 카이힌 마쿠하리에 있는…… 바다가 보이는 결혼식장 근처였지.”

“겨, 겨겨겨, 결혼?!”

"식장에 있던 나를 히키가야가 억지로 끌어내서……."

"억지루?! 힛키가?!"

"그 후에 둘이서 라면을 먹으러 갔지."

"어떡해!! 둘이서 라면이라니…… 응? 라면? 왜 갑자기 라면?"

저기요, 애초에 라면을 먹었다는 부분 빼고는 순 거짓말이 잖습니까…….

히라츠카 선생님은 하객으로 참석한 결혼식에서 친척들이 퍼붓는 『너도 어서 결혼하려무나』 공격에서 벗어나려고 나를 이용한 것뿐이었다고. 억지로 끌려간 쪽은 오히려 나였고.

한껏 빼입은 싱글 여교사와 둘이서 카운터에 나란히 앉아 라면을 먹는다……. 으음, 아무리 생각해봐도 그게 뭐야, 영 문을 모르겠어…….

그런 자초지종을 일일이 설명하기도 귀찮고, 해명하면 할수 록 오해만 깊어질 것 같았으므로 나는 침묵을 지켰다.

"치이……."

유이가하마는 한쪽 뺨을 볼록 부풀리고는 어찌된 영문인지 세 사람 중 나만을 흘겨보았다.

그러다 갑자기 벌떡 일어나더니 이렇게 선언했다.

"나두 갈래!"

"엉? 가다니…… 사이제로?"

"여기서 뜬금없이 사이제가 왜 나와?!"

"왜기는……."

라면 이야기를 한다 → 면이 먹고 싶어진다 → 여자니까 파스타 → 파스타는 사이제

음, 완벽하게 아귀가 맞아떨어진다.

"그야 사이제 파스타, 싸구 맛있긴 하지만! 그래두 지금 가구 싶은 데는 사이제가 아니라구!"

"그럼 어딘데?"

"나두, 힛키랑, 라면, 먹으러 갈래."

알아듣기 쉽도록 한마디씩 또박또박 끊어서, 어린아이를 타이르듯 허리를 굽혀 내게 얼굴을 가까이한 채로 유이가하마가 말했다.

엉? 나하고…… 라면을 먹으러 가겠다고? 지금부터?

이 시간에 치바까지 가서 밥을 먹는다면 저녁식사가 되는 셈이다. 그러면 『오늘은 밖에서 밥 먹고 들어간다』고 집에 연락을 해야 하는데, 이유를 물어보면 설명하기가 번거롭다.

게다가 오늘은 금요일, 즉 불금이다.

밤거리는 학생과 직장인으로 넘쳐날 테고…… 사람이 많으니까 가게도 붐빈다. 덤으로 소부 고등학교 학생도 많을 테지.

그런 동네를 유이가하마하고 둘이 돌아다녔다가는, 뭐랄까…… 오해를 살 수도 있지 않은가. 게다가 애초에 남녀가 같이 라면을 먹는 건 내 신념에 위배된다. 유이가하마하고 나는 딱히 커플은 아니지만, 사정을 모르는 사람 눈에는 그렇게 비칠 테니까.

생각 끝에 나는 결론을 입 밖에 냈다.

"아니, 난 안 갈 거다만."

"면~!"[#9]

유이가하마가 검도할 때처럼 손날을 세워 내 이마를 찰싹 때렸다.

"힛키, 바보!"

그리고 어린아이처럼 소리치더니, 자기 가방을 휙 낚아채서 부실을 뛰쳐나갔다. ……나가다 말고 잠시 멈춰서 노골적으로 나를 쳐다봤지만…… 저기, 안 따라갈 거거든?

얻어맞은 이마로 손을 뻗어 앞머리를 정리하며, 나는 나직하게 중얼거렸다.

"……나 참. 진짜 바보는 어느 쪽인데?"

"히키가야 너 아니니?"

"맞다. 히키가야로군."

"엉?"

저기요, 여러분? 방금 그 대화, 제대로 들으신 거 맞습니까?

"그렇잖니."

유키노시타 유키노는 문고본에 책갈피를 끼우더니, 이 세상 만물을 꿰뚫어보는 듯한 미소를 띠며 말했다.

"공연히 거절해서 자기가 할 일만 늘리고 있으니까."

#9 면 검도에서 머리를 때릴 때 붙이는 구령 면(面)과 면 요리의 중의적 표현.

×　×　×

결론부터 말하면, 나는 코마치에게 전화를 걸었다.

『뭐? 오빠 오늘은 밖에서 밥 먹고 온다고? 어디서? 누구랑?』

누구하고 뭘 먹든 너하고는 상관없지 않냐고 대답하자, 코마치는 잠시 침묵하는가 싶더니…….

『……유이 언니?』

"……."

『알았어, 그럼 괜찮아.』

우후훗, 하고 기묘한 콧소리와 함께 전화가 끊어졌다.

젠장, 벌써부터 성가시구만…….

"나 참, 이래놓고 못 찾으면 정말 바보짓 하는 셈인데……."

나는 치바역에서 나와 상가 빌딩이 늘어선 번화가를 정처 없이 걸었다. 역시 금요일 밤답게 사람이 많았다. 이 속에서 단 한 명을 찾아내라니, 사막에서 바늘 찾기다.

"차라리 전화해볼까? 하지만 화났을 거 같은데……."

안 받을 가능성이 크다. 조금만 더 내 힘으로 찾아보자.

해가 저물어 네온사인이 빛나기 시작한 번화가에는 술집과 라면집이 즐비했다. 무수히 많은 라면집을 일일이 뒤지고 다니는 건 현실적이지 못하다.

생각해라.

유이가하마라면 어떻게 할까?

"유이가하마는 이 동네를 잘 모르고, 또 라면집에 대한 지식도 없을 테지. 그렇다면 걔 성격상……."

다른 사람에게 물어본다. 직감적으로 그런 생각이 들었다.

그리고 이런 동네에 무지한 유이가하마라면, 예를 들어 딱 봐도 수상하기 짝이 없는 『무료 상담소』[#10] 같은 데 가서 물어보려고 할지도…….

"에이…… 설마 그러겠어? 가하마 양이 아무리 퓨어퓨어하다지만, 그런 데서 맛있는 라면집을 알려줄 거라고 생각할 리 느아아아아아아!"

찾았다.

무료 상담소 앞에서 유이가하마를 발견했다.

심지어 대놓고 길거리에서 껄렁해 보이는 형씨들과 옥신각신하는 중이었다.

"아, 저기, 그니까 전 그냥 라면집을 소개해주셨음 해서……."

"라면? 그런 데보다 훨씬 수입이 짭짤한 가게를 소개해준다니까?"

"앗, 아뇨, 제가 일하려는 게 아니라…… 라면이 먹구 싶어서……."

"그렇게 큰 가슴으로 돈벌이를 안 하다니, 아깝잖아!"

큰일 났다. 저러다 일 나겠다.

나는 잰걸음으로 거의 뛰어가다시피 그쪽으로 다가갔다. 그리고 형씨들과 시선이 마주치지 않도록 조심하며 실랑이 중인 유이가하마의 팔을 잡았다.

#10 무료 상담소 번화가에서 물 좋은 유흥업소를 소개해주는 곳.

"야, 가자."

"어?! 히, 힛키?!"

유이가하마는 놀라서 눈을 휘둥그렇게 떴지만, 이내 내 손을 맞잡고 종종걸음으로 따라왔다.

"뭐야?"

"남자친구가 있으면 그렇다고 말을 하던가."

투덜대는 소리가 들려오기는 했지만, 쫓아오는 기미는 없었다. 다행이다…….

큰길로 나와 모퉁이를 돈 후에야 나는 비로소 걸음을 멈추고 손을 놓았다. 그리고 뒤따라온 바보를 돌아보았다.

야단맞기를 기다리는 강아지 같은 얼굴을 한 유이가하마 유이를.

"야, 야헬롱……."

"인사나 할 때가 아니잖아."

"아하하……. 미안해……."

유이가하마가 고개를 푹 수그렸다.

"일단 와보긴 했는데, 어느 가게루 가야 좋을지 몰라서……. 그래서 『무료 상담소』라구 쓰여 있는 데 가서 『저두 받아줄 만한 좋은 가게 있나요?』하구 물어봤더니……."

"거기는 그런 상담을 하는 데가 아니라고."

"응, 그런 모양이네……. 미안."

그렇게 엄청난 착각을 하기냐…….

하지만 이렇게 솔직하게 사과하니 화낼 마음도 사라져버렸다.

"휴우……. 못 말리겠구만."

잡았던 손을 놓고 한숨을 쉰 다음, 나는 여전히 풀죽은 기색인 유이가하마에게 말했다.

"그럼 갈까?"

"웅? 어딜?"

"라면 먹고 싶다며? 데려가줄 테니 다 먹으면 집에 가라."

"만세~! 힛키, 친절해!"

호들갑스럽게 만세를 부르며 와락 끌어안으려는 유이가하마를 백스텝으로 피하고, 나는 곧장 목적지를 향해 걸음을 옮겼다.

유이가하마도 졸래졸래 따라왔다.

그러다 내가 JR 치바역 쪽으로 가고 있음을 알아차렸는지, 불현듯 걸음을 멈추었다.

"어라? ……어디루 가는 거야?"

"역에 있는 토미타 제면."

"거긴 개찰구 안쪽에 있는 서서 먹는 국수집 같은 데잖아! 그런 덴 싫다구! 좀 더 본격적인 데 가구 싶어!"

뭐……라고……?

"장난 치냐……? 토미타 제면을 우습게보지 말라고."

혼돈의 치바역에 강림한 새로운 패왕, 그것이 바로 토미타 제면이다.

그 정도 수준의 라면을 역사 안에서 맛볼 수 있다는 사실! 그것이야말로 치바의 라면 문화가 얼마나 무르익었는지를 보여주는 단적인 예다. 다른 지방에서 치바를 찾은 방문객이 맨 먼저 목격하는 광경이 전면 유리로 된 매장 안에서 카운터를 둘러싸고 일사불란하게 면을 흡입하는 사람들의 모습이라니……. 그 풍경을 떠올릴 때마다 저절로 가슴이 뜨거워진다니까……?

"이 일대에서 지금 가장 핫한 가게는 토미타 제면이라고. 입장권을 사서라도 먹어볼 가치가 있어. 믿기 힘들면 인터넷으로 이용객 평가를 찾아보든가."

"응? 그, 그래? ……그치만, 우읍……."

유이가하마는 짤랑거리는 스트랩이 달린 휴대폰을 꺼냈지만, 그 화면을 보고 난처한 표정을 지으며 말끝을 흐렸다.

"왜 그래? 치바역에 무슨 문제라도 있냐?"

"그, 그게, 실은 치바역 개찰구 앞에 공차 생겼잖아? 오늘 유미코네두 거기 갔을 거거든."

"미우라가 공차에서 버블링 중이라고……?"

치바의 힙한 영스터들은 JR 치바역에서 버블링을 즐긴다. 따라서 중학교 때의 인싸 동창생과 조우할 가능성이 크다. 높은 확률로 오리모토가 출현하다니, 진짜 어떻게 좀 해보라고. 후나바시에 있는 라라포트에나 가라니까?

"나한테두 같이 가자구 했는데, 선약이 있다구 거절하구 온 거라서……. 거기는 좀 그래."

"……그래?"

나는 잠시 생각한 끝에 반대편에 있는 케이세이 치바역으로 발길을 돌렸다.

"그럼 소고 백화점으로 갈까?"

"소고?"

"위층 레스토랑 플로어에 탄탄면 가게가 있거든."

"아, 거기 엄마아빠랑 가본 적 있어! 세트로 이것저것 먹어 볼 수두 있구, 맛있었어!"

"그렇지?"

우리 코마치도 그 가게는 좋아한다. 여자도 부담 없이 들어 갈 수 있는 계열의 중식집이랄까?

그러나 가하마 양께서는 납득하지 못한 눈치였다.

"그치만 아니야. 실제루 맛집이구 가구 싶기두 하지만, 내가 힛키랑 가구 싶은 가게는 그런 데가 아니라구⋯⋯."

"⋯⋯뭐어어어?"

"그런 데 말구⋯⋯. 대체 왜 이해를 못하는 거지?"

"아니, 그건 내가 할 말이다만⋯⋯."

라면이 먹고 싶다길래 여자도 즐겁고 맛있게 먹을 수 있을 만한 가게를 필사적으로 생각해냈더니만, 그게 번번이 부정 당하는 사람의 심정도 좀 이해해달라고.

⋯⋯그렇지만 사실 유이가하마가 뭘 원하는지도 대충 이해 는 갔다.

가족 외식용 중식집에서 먹는 라면과, 라면 이외의 메뉴는 군만두와 볶음밥 정도뿐인 전문점에서 먹는 라면. 그 둘은 똑 같이 『라면』으로 분류되지만 실제로는 상당히 차이가 난다.

유이가하마가 혼자 모험을 감수하면서까지 먹으려 했던 것은 전문점 라면이다.

전문점이지만 가급적 밝고 사람들이 많이 다녀서 안전한 곳에 위치하면서, 또 맛도 보장되는 가게라…….

"그럼…… 치바 중앙 쇼핑센터겠구만."

"고가철도 아래에 있는 씨원(C-One) 말이야?"

"치바 중앙 쇼핑센터라고."

나는 씨원이나 미오(Mio) 같은 경박한 별칭은 쓰지 않는다. 뭐 간단하게 설명하면 고가철도 아래의 공간을 활용해서 만든 쇼핑몰이다만.

이런 형태의 점포는 고베 모토마치에 있는 상점가(통칭 『모토코』)가 전국적으로 유명하지만, 치바의 고가철도 밑 쇼핑몰도 나름 번듯하다.

치바역에서 케이세이 치바 중앙역으로 이어지는 약 7백 미터 구간을 네 블록으로 나누고, 각 구역별로 특색 있는 매장을 입점시켰다.

"점포가 자주 바뀌는 편이지만, 그런 만큼 경쟁이 치열해. 고로 거기서 살아남은 가게로 들어가면 최소한 꽝은 아니겠지."

"하긴. 거기는 잡화나 소품 가게두 갈 때마다 바뀌더라구."

"최근에는 전국적으로 유명한 체인점도 속속 입점하는 중이니까. 거기 가면 치바를 벗어나지 않고도 전국 각지의 맛집을 즐길 수 있다고."

"힛키가 교토에서 유키농이랑 갔던 라면집두 있어?"

"아니…… 그건 없어. 이유는 모르겠다만."

왜 천하일품은 치바에서 철수한 거지? 모든 것이 갖추어진 낙원·치바에 남은 라스트 피스. 그것이 바로 천하일품이다.

"거기 가고 싶었냐?"

"가구 싶지만, 가기 싫어."

"엉?"

"……모처럼 힛키랑 밥 먹는데, 딴 사람이랑 어떤 식으루 시간을 보냈을지 신경 쓰면서 먹는 것두 어쩐지 싫구……."

유이가하마는 불만스러운 듯 꿍얼대며 입술을 삐죽 내밀었다. 내용까지는 못 알아들었지만, 어째 무진장 복잡한 감정을 느끼는 것처럼 보이는구만…….

하지만 쇼핑몰로 들어서자, 가하마 양은 이내 기분이 풀렸다.

"앗! 이 액세서리 예쁘다~! 봐봐, 어울려?"

"엉? 뭐 어울리는 거 같다만."

"무성의하잖아! 좀 더 자세히 보라구~."

한눈팔지 말고 얼른 가자는 분위기를 연출하며 대꾸했으나, 실제로는 지나칠 만큼 잘 어울려서 약간 가슴이 두근거렸다. 너무 뚫어지게 보면…… 알지? 이해해주라…… 응?

나는 빨개진 얼굴을 들키지 않도록 앞장서서 걸었다.

집어 들었던 액세서리를 제자리에 돌려놓고 총총히 따라온 유이가하마가 뒤에서 내 옷자락을 살며시 잡아당겼다.

"있잖아, 힛키두 즐거워?"

"엉? 어, 뭐 나름대로는."

"글쿠나."

"그래."

"신난다. 그치?"

"……금요일 밤이니까."

주변의 들뜬 분위기에 휩쓸려, 유이가하마와 나도 다른 평범한 고등학생처럼 치바 쇼핑센터 안을 어슬렁어슬렁 걸었다.

맞다……. 그러고 보니 슬슬 확실하게 해두는 편이 낫겠지?

나는 그대로 C블록까지 쭉 간 다음, 일단 밖으로 나와서 걸음을 멈추었다.

"유이가하마."

그리고 줄곧 하고 싶었던 말을 꺼냈다.

"이건 중요한 이야기다만……."

"웅? 주, 중요……?"

"그래. 더 빨리 확인했어야 했는지도 몰라. 네 마음을."

"내 맘?! 나, 나나…… 나나나(あたあた、아타아타), 내 마음은, 오래 전부터 변함없다구나 할까……. 아, 아이참, 진짜 갑작스럽네……."

별안간 얼굴이 빨개지더니 북두신권 계승자처럼 아닷아닷거리는 아무래도 이상해서 마음에 걸리기는 했지만, 정말 중요한 문제였기에 그대로 밀고 나갔다.

"유이가하마, 너……."

"으, 으응……."

"마늘 들어가도 괜찮냐?"

"괜찮아! 내일은 쉬는 날이니까! 그보다 괜히 사람 헷갈리게 하지 말라구!!"

센스를 발휘해서 미리 체크했을 뿐인데, 왜 버럭 화내는 거지……? 성희롱이었나? 앞으로는 여자한테 입 냄새 이야기는 하지 말아야겠다.

하지만 다행스럽게도 유이가하마의 기분은 금방 풀렸다.

정확히는 놀란 나머지 화난 것도 잊었다.

"헉! 뭐야?! 여기 들어가려구……?"

내가 안내한 곳은 돼지 뼈를 우려서 국물을 내는 돈코츠 라면으로 아주 유명한 집이었다.

일본은 물론이거니와 해외에서도 절대적인 인기를 뽐내는 곳이다.

하카타 지방 명물인 돈코츠 라면 가게 중에서는 독보적인 존재로, 하카타 공항 대합실 옆에 떡하니 매장을 냈을 정도다. 마늘에 거부감이 없다면 무조건 여기다.

국물의 진하기와 기름진 정도, 마늘 양, 파 종류, 차슈[#11]의 유무, 빨간 비밀 소스의 양과 면의 익힘 정도를 조절할 수 있는 혁신적인 시스템은 다른 라면집에도 지대한 영향을 미쳤다. 그야말로 킹 오브 돈코츠라고나 할까?

"우와…… 라면집이란 것두 굉장하구나. 여자가 혼자 들어가려면 다른 의미루 용기가 필요하겠어……."

"천만에, 외관만 보고 놀라기에는 이르다고."

#11 차슈 삶은 돼지고기 슬라이스.

이 가게의 세일즈 포인트랄까, 유명세를 탄 까닭 중 하나는 그 개성적인 내부 구조에 있다.

"웅? 실내두 굉장해?"

"그래. 맛에 집중할 수 있도록 칸막이로 자리가 하나씩 분리되어 있고, 라면이 나오고 나면 정면에도 발을 쳐서 시야를 가린다고. 재밌겠지?"

"뭐어어어어?!"

유이가하마가 기겁을 했다.

"어, 어째서 모처럼 둘이 먹으러 왔는데 한 명씩 따로 먹어야 되는 건데?!"

"그야 물론 라면 맛에 집중하기 위해서지. 당연한 거 아니냐? 학원 자습실에서도 혼자 공부하잖아."

"아니아니, 전혀 당연하지 않다구. 왜냐면 외식하러 온 거잖아? 같이 먹어야 즐겁구, 그 편이 더 맛있다구."

같이 먹는 게 맛있다라……. 상투적인 멘트구만.

하지만 과연 그럴까?

남을 신경 쓰면서 먹으면 음식 맛을 제대로 느끼기 힘들지 않나?

하하 호호 떠들면서 먹으면 음식이 가장 맛있게 느껴질 타이밍을 놓치기 십상이고.

외톨이는 언제나 혼자 가게를 찾아가 일대일로 그 집 요리를 마주한다. 따라서 무엇을 고르든 본인이 원하는 방식으로, 최적의 타이밍에 먹을 수 있다.

어디로 보나 그 편이 더 맛있지 않겠냐고.

"아무튼 여기 말구 딴 데루 가자! 많은 걸 바라지는 않을 테니까, 최소한 서로 얼굴을 보고 편하게 이야기하면서 먹을 수 있는 데가 좋아!"

"이미 비교적 충분히 많은 걸 바라고 있다만……."

아무리 찾아다녀도 만족시켜드릴 만한 가게가 발견되질 않잖습니까.

× × ×

어디서 먹을지 결정을 내리지 못한 채 거리를 서성이다 보니, 그만 케이세이 혼치바 역 근처까지 와버리고 말았다.

"야, 이쪽으로 계속 가봤자 나오는 거라곤 히다카야#12 정도밖에 없을걸?"

"우음…… 그래두 새로 생긴 가게가 있을지두 모르니까, 조금만 더……."

나는 더 나아가기를 꺼렸지만, 유이가하마는 계속 가보자고 주장했다.

그런데 그 유이가하마가 갑자기 걸음을 멈추고 소리쳤다.

"어?! 저, 저건……?!"

나도 덩달아 그쪽을 돌아보자…….

혼치바 역 쪽에서 손에 든 칠흑색 비닐봉지를 부스럭거리며

#12 히다카야 저렴한 가격을 내세운 일본풍 중식집.

걸어오는 펑퍼짐한 실루엣이 눈에 들어왔다.

잘못 볼 리 없다.

자이모쿠자 요시테루다.

"중2잖아?! 여긴 왜……?"

"큭! 이런……. 어느새 이 지역에 발을 들여놓고 말았나……!"

애니메이트, 카드 라보, 토라노아나.

케이세이 혼치바 역 주변에는 자이모쿠자가 들를 만한 장소가 넘쳐난다.

그렇다. 여기는 치바의 아키하바라(아키바), 줄여서 아치바.

한마디로 오타쿠 거리다.

화사하게 조명을 밝힌 쇼핑몰이 있는가 하면, 그 뒤에는 그림자처럼 소리 없이 뿌리를 내린 어둠의 세력이 존재한다.

학교가 세간의 축소판인 것처럼, 많은 사람들이 오가는 전철역이라는 공간 역시 사회의 축소판이 될 수밖에 없으니까.

말 나온 김에 덧붙이자면 유명 입시 학원도 이쪽 구역에 집중되어 있어, 명문고 학생들과는 비교적 자주 마주치게 된다. 그 말은 곧 소부 고등학교 학생과 조우할 확률도 높다는 뜻으로, 그 사실을 깜빡하고 무심코 이 동네에 발을 들여놓고 만 것은 온전히 내 불찰이었다.

"앞문의 미우라, 뒷문의 자이모쿠자[13]인가……."

"저기, 유미코랑 중2를 동급으로 놓지 말아줬으면 하는데……."

#13 앞문의 미우라, 뒷문의 자이모쿠자 원래 속담은 「앞문의 범, 뒷문의 이리」로 하나의 재난을 피하니 또 다른 재난이 닥쳐옴을 뜻함.

유이가하마가 조심스러운 목소리로 항의했다. 하긴 그 마음은 이해가 안 가는 것도 아니다. 나도 자이모쿠자하고 동류 취급당할 때가 많은데, 그거 진짜 거슬리거든.

"일단 치바역 쪽으로 되돌아가자."

"다시 쇼핑몰루 들어갈까?"

"아니, 이번에는 그냥 인도로 가는 게 낫지 싶다만. 가다가 괜찮다 싶은 가게가 눈에 띄거든 들어가자."

좋은 아이디어라고 생각했으나, 예상 밖의 문제에 부딪치고 말았다.

쇼핑몰 내부하고는 다르게 인도에는 건널목이 수두룩하다. 그리고 왠지 이렇게 급할 때면 꼭 번번이 빨간불에 걸린다.

걷다 보니 이윽고 빨간 벽돌로 지은 뉴잉글랜드 풍의 운치 있는 건물이 시야에 들어왔다. 『대장군(大将軍)』이라는 네온 사인이 분위기고 뭐고 다 깨부숴놓기는 했지만.

마찬가지로 그 광경이 눈에 들어왔는지, 유이가하마도 놀라움과 황당함이 섞인 목소리로 중얼거렸다.

"저 고깃집…… 외관이 엄청나네……."

"고기 대장군과 게 장군#14이 도로를 끼고 마주보고 있는 치바 굴지의 절경 스팟이니까."

저기는 원래 치바에서도 유명한 오래된 레스토랑 겸 카페 『아시비』가 쓰던 건물이었으나, 그 아시비가 지하로 영업 공간

#14 고기 대장군, 게 장군 고기 대장군은 한국 천하대장군에서 상호를 따온 소고기집이며, 게 장군은 게 요리 전문점임.

을 축소하면서 위층에는 뭐가 들어오려나 했더니만 고기 대장군이 문을 열었다는 내막이 있다. 하필이면 게 장군 맞은편 건물에 말이다.

게다가 그쪽으로 자칭 검호 쇼군(将軍, 장군)마저 다가오고 있다니…….

"장군끼리 서로를 부르는 건가……?"

"뭐? 힛키, 방금 뭐랬어?"

글쎄다, 뭐랬을까? 스스로도 잘 모르겠다. 그나저나 가하마 양, 언제까지 제 옷자락을 붙잡고 계실 건가요? ……어쩐지 덥지 않으신가요?

"저, 저기, 유이가하마. 좀 떨어져서 걸으라고."

"그, 그치만 사람이 너무 많잖아……. 너무 많은 걸 어떡해……."

유이가하마는 내 옷을 움켜쥔 채로 반론했다.

실제로 통행인의 수에 비해 인도가 좁다 보니 앞으로 가기가 쉽지 않았다.

자이모쿠자는 덩치가 크지만, 그래도 둘이 딱 붙어서 걷는 것보다는 빨리 이동할 수 있는지 점점 거리가 줄어들었다.

그러자 유이가하마가 비명을 지르듯 소리쳤다.

"그냥 아무데나 들어가자!"

"큭……! 하는 수 없지, 적당히 들어갈까……."

울며 겨자 먹기로 내린 결정이었다.

유이가하마에게는 인생의 첫 라면인 셈이다. 오늘의 경험을 통해 라면의 호불호가 결정되어, 인생이 크게 엇갈리게 된다.

여기서 만약 가게를 잘못 고르기라도 했다가는……

"나를 싫어하게 되더라도…… 라면만은 싫어하지 말아주라."

"힛키, 이 상황에서 여유 있네?!"

진지하게 하는 말이라고. 라면의 이미지가 나빠지는 건 참을 수 없어……!

코너에 몰렸음에도 여전히 결단을 내리지 못하고 있자니……

유이가하마가 어느 가게 앞에서 내 옷자락을 마구 잡아끌었다.

"여기! 여기서 먹자!"

"츠케멘이구만……"

처음 듣는 단어였는지, 유이가하마가 물었다.

"츠케멘? 그냥 라면하구는 달라?"

"그래. 판메밀처럼 면하고 국물이 따로 나와."

"우와, 그런 것두 있구나! 멋지다!"

멋진가? 역시 여자의 감각은 이해하기 힘들다니까……

하지만 츠케멘이라면 확실히 여자들도 먹기 편하겠지.

게다가 이 가게는 츠케멘의 원조집으로 알려져 있고, 특히나 이곳 치바에 있는 매장은 창업 당시의 맛을 고집스럽게 이어가고 있다는 평가를 받는다.

나도 한때 자주 드나들었던 곳이다. 열다섯 중학생 시절, 치바 애니메이트에서 만화와 라이트노벨을 사가지고 여기서 혼자 츠케멘으로 점심을 때우고는 했더랬지……

"좋아, 들어갈까?"

"응응, 들어가자!"

한 시간 가까이 거리를 배회한 게 무색하게, 우리는 싱겁게 가게로 들어섰다.

안에는 손님이 없어서 한순간 『엇, 장사 안 하나?』 싶었지만, 점원이 있는 것으로 보아 영업 중인 듯했다.

그리움을 느끼며 입구의 판매기로 다가가 유이가하마에게 설명했다.

"우선 이 판매기에서 먹고 싶은 메뉴의 식권을 뽑아야 돼."

"우음……."

유이가하마가 난감한 표정을 지었다.

"왜?"

"그치만…… 메뉴를 안 보고는 어떤 음식인지 알 수가 없잖아?"

"아, 그렇지. 그렇기는 하다만……."

간단한 메뉴판은 판매기에 달려 있지만, 설령 자세한 메뉴판이 있다 한들 고민에 빠진 유이가하마에게 어서 뭘 먹을지 정하라고 다그쳐봐야 소용없을 테지.

확실히 이런 가게는 처음 온 사람에게는 조금 까다롭게 느껴질지도 모른다.

하지만 아무리 기다리는 사람이 없어도 여기서 미적대자니 마음이 편치 않았다. 그래서 일단 나만 먼저 식권을 사서 카운터에 둘이 나란히 앉았다.

"저는 츠케멘 곱빼기요. 동행은 조금 이따가 주문할게요."

"……."

직원은 별말 없이 내 식권을 받아갔다.

다행히도 직장인들의 퇴근 시간이 지나서인지 손님이 한 타임 돌고 빠진 듯 매장은 한산했고, 카운터에 앉아 있는 사람은 유이가하마와 나뿐이었다.

그리고 유이가하마는…….

"우와, 후움, 호오……."

메뉴보다도 실내 풍경에 정신이 팔려서 주위를 두리번거리느라 바빴다.

"있잖아, 힛키는 뭘 시켰어?"

"그냥 기본 츠케멘으로 했다만. 이거의 곱빼기로."

"후음……."

메뉴판 사진을 가리키며 설명했지만, 유이가하마는 여전히 감을 못 잡는 눈치였다.

"이 갈색 국물에 이 노란 면을 찍어서 먹는 거야?"

"그래. 그리고 저기 있는 조미료를 입맛에 맞게 첨가하면 돼."

나는 테이블에 놓인 작은 은색 병을 가리키며 설명했다.

"엄청 많다……. 터키 요리 같아……."

하긴 터키 요리는 고춧가루만 해도 여러 종류가 있다고 들었다.

후추 하나만 해도 여러 종류를 구비해놓는 츠케멘 집과 비슷한 구석이 있을지도……. 아니, 그런가? 비슷한가? 전혀 다르잖아?

"이건? 여기 있는 건 뭐야?"

유이가하마가 다른 병을 가리키며 물었다.

"아, 그거? 그건 식초야. 일반 식초, 스태미나 식초, 과일 식초 세 종류가 있거든. 국물 맛에 변화를 주고 싶을 때 쓰는 거지."

"과일 식초? 왠지 건강한 느낌이 나니까 나두 이걸루 할래!"

유이가하마는 타박타박 식권 판매기로 다가가 힘차게 츠케멘 버튼을 누르더니, 뽑은 식권을 두 손으로 소중하게 들고 돌아왔다.

"죄송합니다. 이거요."

카운터 너머로 식권을 내밀었다.

점원은 이번에도 별다른 말이 없었다.

"……저 사람, 화난 거야?"

"아니, 그런 건 아냐. 물어보면 대답해준다고."

이건 거리감의 문제다.

유이가하마와 안면을 튼 지 얼마 안 됐을 때, 나도 자주 화났냐는 질문을 받고는 했다. 단골에게는 편안하게 느껴지는 거리감이 처음 오는 손님에게는 거절처럼 느껴지는 경우도 있는 거겠지.

애초에 이 가게 자체가 신규 고객을 확보하려고 애쓰는 스타일이 아니다.

신규와 단골.

어떤 세계든 그 양쪽을 동시에 만족시키기는 어렵다.

어느 쪽에 더 중점을 두느냐의 문제이기는 하지만, 옛 맛을 지키는 데 주력하는 게 영업 방침이라면 신규보다 단골을 중시하는 게 이치에 맞는다. 그리고 단골이 원하는 건 조용한 공간과 안정된 맛이다.

그렇게 생각했을 때.

"츠케멘 나왔습니다."

카운터 너머에서 면과 찍어먹는 국물이 나왔다.

유이가하마는 보통 사이즈였고, 곱빼기를 시킨 나는 면과 차슈가 더 많았다.

기쁜 듯 목소리를 낮추고, 유이가하마가 내게 속삭였다.

"……서빙하는 타이밍을 맞춰줬네. 난 좀 늦게 주문했는데."

"그러게."

유이가하마의 장점이다. 기본적으로 선의를 가지고 남을 대하는 사람은 남도 선의로 자신을 대할 거라고 굳게 믿는다.

그래서 결과적으로 상대의 좋은 점을 찾게 된다.

선의의 바다에 떨어진 악의 한 방울마저도 감지하고 마는 나 같은 외톨이하고는 반대로구만. 뭐야, 이쯤 되면 완전히 상어 아니냐?

"잘 먹겠습니다."

"잘 먹겠습니다."

우리는 동시에 손을 모았다가 나무젓가락을 쪼갰다.

망설이는 유이가하마에게 용기를 줄 겸, 나는 평소보다 호쾌하게 면을 흡입했다. 라면은 조금 무식하다 싶을 만큼 과격하게 먹어야 제 맛이다.

"좋아, 그럼 어디……."

각오를 다졌는지, 유이가하마도 살짝 떨리는 젓가락으로 면을 집어 들었다.

그리고 그것을 잠시 국물에 담갔다가, 갈색 국물이 흠뻑 배어든 꼬불꼬불한 면을 립글로스로 반짝이는 연분홍빛 입술로 가져갔다.

호로록 귀여운 소리와 함께 면발이 입 안으로 사라지는 모습을 나는 슬쩍 곁눈질로 확인했다.

그리고…… 유이가하마는 눈이 휘둥그레져서 외쳤다.

"헉! 맛있어!!"

진심으로 감탄했는지, 유이가하마는 내 얼굴과 츠케멘을 초고속으로 번갈아 보았다. 격렬하게 고개를 흔들어대는 모습이 마치 해외 축구 선수 같았다.

"꼬불면을 먹어보는 거, 어쩌면 난생 처음일지두……. 국물 파스타랑 비슷한데, 맛의 깊이가 전혀 달라……. 뭐랄까, 스튜 같달까?"

"……."

"우음, 유키농이 『폭력적인 감칠맛』이라구 한 이유를 알겠어! 혀를 확 치구 들어온다구 해야 하나? 아, 그치만 유키농이 간 집이랑은 다르다구 했지? 굉장하다. 라면의 세계두 참 심오한 거 같아! 그치? 힛키."

"……그래."

나는 유이가하마의 말에 맞장구를 치고, 카운터 건너편의

직원을 불렀다.

"저기요, 여기 육수 좀 주세요."

"응? 육수?"

"메밀 면수#15 같은 거야."

육수가 담긴 포트를 카운터 너머로 넘겨받아 국물에 따랐다. 유이가하마의 시선이 포트에서 흘러나오는 황금색 육수에 못 박혔다.

"우와……!"

홀짝홀짝 맛을 확인하는데, 유이가하마가 불쑥 끼어들었다.

"앗, 힛키! 나한테두 좀 줘!"

"뭐? 그냥 나중에 네 거 먹으면 되잖아."

"지금 먹구 싶단 말이야!"

그렇게 우기며 강탈하듯 내 손에서 그릇을 빼앗아가더니, 꿀꺽 들이켰다.

"우와아! 다 먹은 후에두 이런 즐거움이 남아 있다니, 라면 최고야!"

"야, 너 그거 간접…… 아니, 됐다."

그릇을 도로 찾아와서 수선을 피우는 유이가하마 옆에서 남은 국물을 마시며, 나는 확신했다.

처음에는 맛이 변했나 했다.

#15 메밀 면수 일본에서는 판메밀을 시키면 메밀 삶은 물을 주는데, 따로 차처럼 마시거나 간장 국물에 부어 희석해서 먹음.

그러나 유이가하마의 반응을 보고 그게 아님을 깨달았다.

변한 건 음식 맛이 아니다.

"……내 입맛인가?"

오랜만에 먹은 츠케멘에서는 예전 같은 감동이 느껴지지 않았다. 그 이유는 내가 이것 말고도 다양한 라면을 맛보았기 때문이겠지. 한마디로 내 입맛이 까다로워진 거다.

그런 변화를 성장으로 해석할지 감각이 둔해졌다고 해석할지는 사람에 따라 다르겠지. 다만 한 가지 확실한 것은 이제 내가 이 집 츠케멘에 만족하는 일은 없으리라는 사실뿐이다.

그런 내 옆에서 유이가하마는 본인 몫의 국물도 싹 비웠다.

"잘 먹었습니다! 진짜 맛있었어요!"

"……잘 먹었습니다."

예전에는 다 마셨던 국물을 반 이상 남긴 채, 나는 자리에서 일어섰다.

× × ×

"오늘은 고마웠어!"

가게를 나서자, 유이가하마가 그렇게 말하며 미소를 지었다.

"그리구…… 미안해."

"엉? 아니 뭐 확실히 오늘은 라면을 먹을 마음은 없었다만, 나도 오랜만에 여기 오니까 옛날 생각도 나고……."

"아니, 그거 말구."

유이가하마는 고개를 젓더니, 약간 쓸쓸한 얼굴로 웃으며 덧붙였다.

"힛키가 썩 맛있게 먹는 느낌이 아니란 거…… 중간에 눈치챘거든."

"아……."

"여기, 별루 안 좋아하는 데였구나."

"아냐! 그런 게 아니라……."

그렇지 않다. 그런 게 아니다. 예전에는 분명히 무척 좋아했었다.

가게에도, 유이가하마에게도 잘못은 없다. 나는 그렇게 설명하려 했다. 잘못이 있다면 오히려 나한테…….

"그치만 난!"

그러나 내가 말을 잇기도 전에 유이가하마는…… 지나가던 사람들이 무심결에 돌아볼 만큼 큰 소리로 이렇게 외쳤다.

"난 지이이인짜! 맛있었어!!"

"……유이가하마……."

"그 가게에 들어간 건 우연이었구…… 힛키한테는 별루였을지도 모르구, 애초에 내가 억지루 끌어들인 거니까 힛키는 라면을 먹을 기분이 아니었을지두 모르지만, 그래두 난…… 아하하, 뭘까? 미안, 무슨 말인지 모르겠지?"

"아니…… 알 거 같다만. 어쩐지."

"우움, 그니까 이게 첫 걸음이었던 셈이랄까? 힛키한테는 별루 좋은 한 걸음이 아니었어두, 나한테는 최고에다 특별한 한 걸음이었다구. 그냥 그 말을 하구 싶었어."

유이가하마는 한 걸음 내게로 다가섰다.

그리고 살짝 허리를 굽히고 눈만 빼꼼 들어 나를 보더니, 속삭이듯 말했다.

"한 걸음 한 걸음, 조금씩 다가가. 그러다가…… 언젠가 반드시 따라잡아서, 붙잡는 거야."

"……그러냐?"

"응, 그래."

언젠가 나눈 기억이 있는 대화였다.

유이가하마 유이는 그런 존재. 생떼를 쓰고 발목을 잡고, 남에게 잔뜩 민폐를 끼치면서도 목적을 향해 나아간다.

그건 유이가하마만이 지닌, 미래에 대한 비전이다.

그리고 유이가하마는 그것을 실현시키고 만다.

나도, 심지어는 유키노시타조차도 가지지 못한 특별한 힘이다.

계속 지켜나가야 할 가치관도 있다.

하지만 하루하루 살아가는 사이에…… 미각처럼 다른 감각도 서서히 변해가는 거겠지.

나는 그런 변화가 두려웠다. 내가 내가 아니게 되어간다는 사실이.

그것은 창업 당시의 맛을 완강하게 고수하는 것과 비슷하다. 정체성을 잃어버리면 다른 라면집과 같은 취급을 받게 되어버린다. 변하지 않으면 최소한 자존심만은 지킬 수 있을 테지.

그렇다면 유이가하마 유이와 함께 지내는 사이, 라면에 대한 내 마음도 또다시 달라져갈지도 모른다. 어떻게 변할지는 아직 미지수지만.

　그럼에도 지금 단계에서 딱 하나 알 수 있는 점이 있다면⋯⋯.

　"⋯⋯나한테도 오늘 일은 좋은 경험이 됐다고."

　"진짜루?"

　"그래. 혼자 왔으면 아마 더 미묘한 느낌이었을걸."

　―같이 먹는 편이 맛있다.

　나는 그 말을 부정했다. 지금도 라면을 먹을 때는 혼자가 최고라고 확신한다.

　하지만 그 사실이 꼭 다른 식사법을 부정하는 것은 아니다.

　"라면 이야기를 할 수 있었던 것도 생각보다 즐거웠고."

　"아, 하긴. 힛키, 평소에는 말을 분명하게 하는 일이 드문데, 자기가 잘 아는 이야기가 나오면 갑자기 말투가 또랑또랑해지니까."

　"야, 너 그거 절대 하면 안 되는 말이거든?"

　그 말을 해버리면 무조건 전쟁이거든?

　"다음에 올 땐 내가 고른 최고의 라면을 힛키한테 소개해줄게! 그걸 먹구 나서 같이 감상을 이야기하는 거야."

　"⋯⋯재미있겠네."

　"후훗, 그치?"

　"그래도⋯⋯."

　나는 아까부터 그칠 줄 모르고 진동해대는 휴대폰을 꺼내며 말을 이었다.

"이렇게는 되지 마라."

"헉?!"

가게를 물색할 때와 츠케멘을 먹을 때는 물론이고, 지금 이 순간에도 히라츠카 선생님이 실시간으로 보내오고 있는 폭풍 같은 라면 정보에 유이가하마가 경악했다.

이런 걸 보고 나면 한동안은 라면을 먹을 마음이 싹 사라질 테니, 유이가하마가 치바의 밤거리를 배회할 걱정은 안 해도 되겠구만. 그 점은 다행이다.

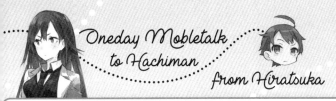

FROM 히라츠카 시즈카 　　　　　　　　　　　　　　　📶 18:32

TITLE nontitle

오늘은 방과 후에 부실에 오래 머물러서 실례가 많았습니다. 라면 마니아인 히키가야 군 이외에는 조금 꺼림칙해하는 분위기였지요(후훗). 그나저나 유이가하마 양이 밖에서 라면을 먹은 적이 없다는 말에는 조금 놀라지 않았나요? 하지만 여자는 대개 그런 법이랍니다. 저만 해도 본격적으로 라면집 탐방을 시작한 것은 대학에 들어간 후부터니까요. 이 기회를 빌려서 제가 라면에 빠진 계기를 들려주는 것도 나쁘지 않겠지만, 지금은 유이가하마 양이 첫 라면 체험을 후회 없이 즐길 수 있는 가게를 소개하는 데 집중할까 합니다. 남자와 여자는 중시하는 면이 조금 다르기도 해서, 히키가야 군은 간과하기 쉬운 포인트도 저라

FROM 히라츠카 시즈카 　　　　　　　　　　　　　　　📶 18:34

TITLE Re

글자 수 제한으로 잘려버렸네요. 글자 수에 제한이 있었군요. 서론은 이 정도로 해두고, 바로 치바역 주변의 추천할 만한 가게를 소개해볼까 합니다! 후보가 너무 많아서 추려내기가 쉽지 않지만, 맛집 사이트의 평가에 의존하지 않고 실제로 제가 밤거리를 누볐던 경험을 바탕으로 여기다 싶은 가게를 알려드리도록 하지요. 그곳은 바로! 『무사시야』 후지미점입니다. 참으로 유감스러운 일이지만, 번화가에 있는 이에케이(家系) 라면집은 회전율을 중시한 나머지 국물에 시판 제품을 쓰는 경우가 있습니다만, 그 집만은 그럴 우려가 없습니다. 가게 바깥에 감도는 진한 돼지 뼈 육수 냄새가 그런 의심을 일축해

FROM 히라츠카 시즈카 　　　　　　　　　　　　　　　📶 18:37

TITLE Re2

또 글자 수에 걸렸네요. 조금 흥분했나 봅니다. 간단하게 쓰겠습니다. 요컨대 이 집은 실제로 돼지 뼈를 푹 우려서 육수를 낸다는 뜻입니다. 게다가 공깃밥은 무료에 무한리필까지 되니 한창 먹성 좋은 나이인 히키가야 군에게도 반가운 소식 아닐까요(웃음). 면은 사카이 제면에서 무사시야 용으로 특별 생산한 것입니다. 지난번에는 『마스다야』를 소개한 바 있는데, 이곳 『무사시야』 후지미점은 맛뿐만 아니라 점원들이 자아내는 밝은 분위기가 매력이지요. 그래서 매장이 좁은데도 불구하고 생각보다 여성 손님이 많아서 저도 조금 놀랐답니다. 그런데 히키가야 군, 「이 양반, 이에케이밖에 모르는구만」 이라고 생각하는 건 아닌가요? 확실히 한때의 이에케이 붐은 한풀 꺾였지만, 그것은 하나의 문화로서 성숙

FROM 히라츠카 시즈카   ▮▮▮ 18:39

TITLE Re3

글자 수에 걸렸네요. 조금 짜증나지만 괜찮습니다. 이것으로 끝이니까요. 그러니까 제가 하고 싶은 말은 라면은 여성도 즐길 수 있는 메뉴로⋯⋯ 진정한 국민 먹거리로 진화해가고 있다는 것입니다. 아니, 이미 일본을 넘어서 전 세계로 도약하는 중이지요. 유이가하마 양도 모쪼록 그 매력을 느낄 수 있기를 바라며, 히키가야 군이라면 틀림없이 제 기대에 부응해주리라 믿습니다!

FROM 히라츠카 시즈카   ▮▮▮ 19:42

TITLE Re4

왜 답장이 없지?

FROM 히라츠카 시즈카   ▮▮▮ 20:03

TITLE Re5

라면 먹는 중이려나?

FROM 히라츠카 시즈카   ▮▮▮ 20:12

TITLE Re6

저기요⋯⋯? (눈물)

FROM 히라츠카 시즈카   ▮▮▮ 20:16

TITLE Re7

슬픔다

일러스트: 퐁칸⑧

은신 스킬(Lv.MAX)
히키가야 하치만의 재난

다 나 카 로 미 오

삽화: 토베 스나호

"흐어어어억?!"

어느 날 아침, 불현듯 깨닫고 말았다.

아무래도 나는 만렙을 찍어버린 모양이다.

뭐가 만렙이냐고? 그야 당연히 스킬이지, 스킬.

왜 요새 유행이잖아? 차에 치여 죽었는데 이세계에 환생해서, 상태창을 열고 새 인생이 시작되었음을 뼈저리게 실감한다든가 하는 거.

환생 과정에서 실수로 외톨이 속성(저주)을 부여해버렸으며, 그 대신에 무적 스킬과 카리스마 속성도 끼워줄 테니 이해해달라고 하는 자비롭기 그지없는 신이 이 지구에도 있었더라면 좋았으련만. 나도 무쌍 찍으며 영웅 대접 받고 싶다고.

하지만 세상은 아름답지 않다고 키노 님께서도 말씀하신 바 있지 않은가. 그 사실을 잘 아는 나는 각박한 현실을 곱씹으며 무념무상으로 계속 던전(학교)을 돌았고, 그 결과 마침내 스킬이 최고치를 찍어버린 모양이다. 역시 인생이 벽에 부딪쳤을 때는 학교 주회가 최고라니까?

개인적인 이미지지만, 상태창으로 표현해보면 대충 이런 느낌이다.

하치만/17세/남자
신장 175cm/생일 8월 8일/혈액형 A형

은신 LV9(MAX)
유혹 내성 LV9(MAX)
목인권(木人拳) LV9(MAX)

은신이야 뻔하고, 유혹 내성은 그거다. 만약에 벌칙 게임으로 여자가 고백해 와도 신이 나서 단박에 오케이하지 않기 위한 스킬. 혹시라도 들떠서 그 고백을 곧이곧대로 받아들이기라도 하는 날에는 「으아, 나르가야 진짜인 줄 알아! 대박!」 하고 온 교실의 놀림거리로 전락하고 말 테니까. 그냥 흘려 넘길 수 있는 스트레스가 아니라고!! 그때와 똑같아!!

하지만 참을 수 있다.

「여자가 호감을 표시하면 무조건 미인계」라는 소싯적의 수많은 혹독한 체험으로 다져진 내가 아닌가. 에잇, 걸리적거린다!!

그나저나 목인권[#16]은 뭐냐고. 혹시 그건가? 아는 사람은 아는 그거. 하지만 난 지하에서 쇠사슬에 묶인 악당 스승을 만난 적도 없고, 만두피만 벗겨 먹은 적도 없는데……? 나도 자세한 내역은 모르겠지만, 어쨌거나 그 스킬 역시 만렙을 찍었

[#16] **목인권** 영화 「소림목인항」에 등장하는 권법. 주인공 성룡이 목인(木人)으로 가득한 복도를 뚫고 지나가는 장면에서 쓰는 무공.

나 보다.

사실 예전에도 내 스텔스 스킬은 수준급이었다.

조건만 갖추어지면 심지어 부모님조차도 코앞에 있는 날 못 알아보는 지경에 이르렀으니까. 스텔스 힛키라는 이명(異名)은 겉멋이 아니라고나 할까?

그런데 그게…… 한 술 더 떠서 만렙이라고?

스스로도 믿기 힘들지만, 아무래도 사실인 모양이다.

어떻게 그 사실을 깨달았느냐 하면, 아침에 일어나서 거울을 보았기 때문이다.

『흐어어어억?!』

놀랍게도 내 모습이 비치지 않았다.

기겁했으나, 다시 정신을 집중하니 비쳐보였다. 다행이다. 나는 실존하는구나.

하지만 분명히 한순간 존재감이 제로의 영역에 도달했었다. 나 자신마저도 속여 넘기는 셀프 스텔스 능력이라니, 이게 대체 어떻게 된 거냐고?!

"후냐아암~. ……이건 하품입니다. 계산적인 거 아냐. 계산적인 거 아니라니까. 무의식이야."

여동생 코마치가 변명 같은 혼잣말을 하면서 아무도 없는 거실로 내려왔다. 얘, 동생아. 자기 입으로 무의식적이라고 하는 것만큼 계산적인 행동은 없단다.

나는 거울 앞을 떠나 거실로 향했다. 발소리는 내지 않았다. 정확하게는 나지 않았다. 만렙을 찍은 은신 스킬이 무의식적으로 인기척을 죽이게 했다. 뭐야, 패시브냐고? 온오프 불가능인 거냐고. 이거 완전 밸붕캐잖아? 아니 뭐 사실 난 다른 의미로 붕괴되어 있는지도 모른다만. ……주로 대화 능력 면에서.

그나저나 코마치, 바로 옆에 있는 이 오빠의 존재를 인식하지 못하다니. 가족이건만 참으로 통탄스럽기 짝이 없다. 아무리 나라도 집 안에서 투명인간 취급은 뼈아프다고.

야, 코마치!

왜 목소리가 안 나오지? 이래서야 꼭 한동안 아무하고도 말 한마디 안 한 사람 같잖아. 근데 그거, 진짜 안 나온다니까? 편의점에서「네」라고 대답할 때조차도 더듬어버린다고. 헉, 그러고 보니 어제는 휴일인 걸 기회로 하루 종일 가족들하고도 이야기를 안 했던가? 근데 그래봤자 고작 하루였는데? 나 정도 경지에 오르면 불과 하루 만에 몇 달치 폐인 생활을 경험해버리게 되는 건가? 뭐야, 나 알고 보면 무의 화신 같은 거였냐고. 이건 좀 심하잖아. 스텔스 모드도 모자라서 이제는 말도 안 나오다니, ZZANG 센 걸 넘어서 ZZAN내난다고.

"……코……마치……."

"갸우링? 무슨 소리가 난 거 같은데?"

갸웃의 진행형 같은 말로 귀척을 떨며, 코마치가 두리번두리번 주위를 살폈다. 그 시선이 내 위를 그대로 스쳐지나갔다. 충격적이게도 정말로 안 보이는 눈치였다.

"코마치, 아무리 그래도 그 반응에는 상처 받는다고! 난 여기 있어!"

그래도 뱃속에서부터 소리를 끌어올리니 또렷하게 들릴 정도의 성량은 된 모양이다. 사방을 배회하던 코마치의 시선이 이윽고 내 얼굴에 고정되었다.

"헉, 오빠! 언제부터 거기 있었어?"

"사실은…… 처음부터…… 있었다만…… 네가…… 깨닫지 못했을 뿐……."

"아, 그랬어? 오늘 스텔스 성능은 평소보다 더 굉장풀하네! 왠지 목소리도 좀 불안정하달까, 잡음이 섞인 느낌인데?"

굉장풀이라니, 굉장해+파워풀인가……?

"오늘은, 어쩐지…… 목이…… 칼칼해서."

"꼭 10미터 밖에서 아스라이 들려오는 라디오 소리 같아."

그런 느낌이란 말인가. 그 정도면 말을 걸어도 반응이 없을 만하구만. 그런가……. 나는 목이 잠기면 멀리 있는 라디오 같은 소리를 내는 건가. 그래서 내가 말을 걸면 세 번에 한 번 꼴로 당황한 듯한 반응을 보인 다음에 무시하는 거였군. 뭐야, 그러면 난 동굴 보이스조차 못 되는 라디오 보이스인 거냐고. 심지어 목소리에도 생기가 없잖아?

"오빠, 오늘따라 유난히 존재감이 희박하네. 혹시 숨 참는 중이야?"

"아니, 난 신의 부재증명(퍼펙트 플랜) 같은 건 못 쓴다만."

숨을 참는 동안에만 기적을 지우는 능력 같은 건 없어.

"으음, 뭔가 이상한데? 어디지?"

코마치가 내 얼굴을 뚫어지게 응시했다. 응시당하는 느낌, 좋은걸……? 왠지 존재를 인정받는 기분이 든다고나 할까?

그렇게 생각했건만, 코마치는 마치 내가 잘 안 보이는 것처럼 자꾸만 눈을 깜빡였다. 설마 빤히 쳐다보는 중인데도 내 모습이 흐릿해지는 건가? 뭐야, 그 정도야? 만렙 스킬이라는 게 그토록 위력적이냐고?

"아하, 알았다! 머리가 길어서 그렇구나."

"엉? 그야 좀 거추장스러운 길이가 되기는 했다만."

손끝으로 앞머리를 집어 올려보았다. 눈이 가려질 만큼 긴 탓에 그분과 매우 흡사해졌다. 그 뭐냐, 고명한 요괴(鬼, 키) 타로님 같은 헤어스타일이랄까. 눈알 아버지로 알려진 분의 아드님 되시는 그분 말이다. 참고로 내 정수리에는 요괴 안테나 같은 뻗침 머리도 가끔 생겨나고는 한다. 찻잎이 서는 것^{#17} 만큼이나 레어한 현상이니까, 발견한 사람은 두 손을 모으고 행운을 빌어도 좋다고.

그나저나 이상하게 시야가 어둡다 했더니 앞머리가 햇볕을 차단해서 그런 거였구만. 언제나 어두운 청춘을 보내온 탓에 물리적인 어두움을 인식하지 못했다.

"안녕하시와요?"

포렴을 가르는 듯한 손동작으로 눈을 드러냈다. 오오, 밝다

#17 찻잎이 서는 것 일본에는 차를 탔을 때 찻잎이 서면 행운이 온다는 속설이 있음.

밝아. 방이 밝으니까 기분도 밝아지는군요. 음침한 성격은 그대로지만요!

"좀이 아니야. 자를 시기를 한참 지났다고. 덥수룩 군이야, 지금의 오빠는 덥수룩 군."

실제로 그런 소리를 듣는 사람이 많을 법한 별명으로 부르지 말아주면 안 되겠냐……?

"아니, 어차피 나 정도 수준이 되면 조금 덥수룩하든 깔끔하든 주변의 평가는 크게 달라지지 않는다고……."

"그건 오해야. 볼 사람은 다 보거든? 모처럼 3일 연휴인데 가서 자르고 오지 그래?"

"으음……."

귀찮아서 뺀질대는 것도 있지만, 사실 내가 이발을 미루는 데는 또 하나 비밀스러운 이유가 있다. 그쪽이 진정한 목적이라 해도 과언이 아닐 정도다.

톡 까놓고 말씀드리면 그건 바로 돈이랍니다.

머리는 대개 한 달에 한 번 자른다. 외모에 관심이 많은 놈들은 두 번씩 자르는 모양이지만, 그건 부르주아의 특권이다. 프롤레타리아인 나는 한 번 이상은 자르지 않는다. 아니, 엄밀히 말하면 한 달에 한 번조차도 가지 않는다.

커트하는 간격을 며칠씩 늘림으로써 부모님께 받는 커트비를 찔끔찔끔 절약해서 챙길 수 있기 때문이다. 구체적으로는 35일 주기로 커트를 함으로써 달마다 5일을 번다. 이 연금술을 통해 나는 용돈을 늘리는 데 성공했다. 중고등학생의 용돈

벌이 기술 중에서는 꽤 메이저한 부류에 속할 테지. 천 엔 미용실[18]을 이용하면 더 화끈한 비즈니스도 가능하지만, 그럴 경우 비교적 들킬 가능성이 커진다. 실제로 들켰고.

나는 코마치에게 그런 속사정을 털어놓았다.

"그건 사악한 테크닉이야, 이블(evil) 오빠."

"나도 이래저래 돈 나갈 구석이 많아서 말이지."

"애니메이션이랑 만화를 너무 많이 사는 건 아니고?"

"산다고 해야 하나, 돌리는 중이거든."

"돌리다니? 뭘?"

"일본 경제."

코마치는 한숨을 쉬었다.

"형씨, 시답잖은 소리는 하지 마. 본인의 가치만 떨어질 뿐이니까."

"네가 말하는 가치는 코마치 포인트잖아? 지나치게 주관적인 기준 아니냐?"

"경제를 돌리려면 옷이나 머리에도 더 돈을 쓰는 게 어때?"

"……코마치. 네가 입은 그 티셔츠, 얼마냐?"

"이건 득템한 거여서 1200엔쯤 했을걸? 싸지?"

"싸다고? 그 돈이면 소설 두 권을 살 수 있습니다만……."

"이의 있습니다! 그 발상은 잘못됐어."

의식주에 어느 정도 돈이 들어가는 거야 당연하다. 그 정도는 이해하지만……. 바라던 바는 아닐지언정 이것도 공부다.

#18 천 엔 미용실 천 엔 이하의 저렴한 커트비를 세일즈 포인트로 하는 미용실.

코마치의 머릿속에 때려 박아 주어야 한다. 현실이라는 이름의 철퇴를!

"그거 아냐? 옷은 천이라고."

"그거 알아? 라이트노벨은 종이야."

"야, 안 돼. 하지 마."

부메랑!

이건 건드려서는 안 되는 금기의 화제였나……

"잘못했습니다, 코마치 양. 잘 알았습니다. 아무렴요. 몸단장은 중요하지요."

"알았으면 됐어."

그렇게 말하며 코마치가 므흣한 표정을 지었다. 웃고는 있지만, 뭔가 딴생각을 품고 있는 게 느껴지는 웃음 말이다. 아다치 삘이랄까?

"그래. 뭐 할 일도 없으니 자르러 가볼까?"

가는 김에 마이 소울 푸드인 라면을 먹고 와야겠다. 인간이 살면서 라면을 먹을 수 있는 횟수에는 한계가 있다. 특히 힛키 집돌이 기질이 강한 나는 일반인에 비해 외출하는 빈도가 낮다. 고로 기회가 있을 때 꼬박꼬박 챙겨먹어야 한다. 그러고 보니 히라츠카 선생님이 가볼 만한 가게를 추천해줬지? 체지방의 99퍼센트가 등기름으로 이루어져 있다는 라면왕 히라츠카 시즈카의 초이스 아닌가. 꽝일 리는 없으니, 이 타이밍에 공략해 봐도 괜찮을 것 같다. 어디 보자, 가게 이름이 호랑이 굴이라고 했던가? 인터넷 정보에 따르면 매장은 이나게에 있다고 한다. 오오, 그 정도면 충분히 갈 수 있는 범위잖아!

좋아, 커트는 귀찮지만 겸사겸사 새로운 라면집을 공략하러 가보자고!

그나저나 음식점에 뭘 먹으러 갈 때 공략한다는 말을 자주 쓰는데, 그거 왠지 어감이 별로란 말이지. 아니 뭐 나도 자주 쓰는 말이기는 하다만.

자리가 없어서 가게 앞 벤치에 앉아서 15분쯤 기다렸다. 그 사이에 손님이 몇 팀 나가는 걸 봤는데, 어찌된 영문인지 종업원이 부르러 와주지를 않는군요…….

나는 출입문을 빠끔히 열고 실내를 향해 물었다.

"저기요…… 지지직…… 죄송합니다…… 지직…… 더 기다려야 되나요?"

내 라디오 보이스가 점원을 불러 세우…… 지 못했다! 멈추질 않잖아! 그냥 지나갔다고! 하필 말을 거는 타이밍에 기침이 나는 바람에 잡음이 강해진 탓이다. 패시브 은신 스킬, 진짜 끝내주네.

"앗, 슌! 여기 자리 비었나 봐! 어, 어라? 엉덩이에 뭔가 닿았어……?"

"으허어어억?!"

모르는 여자가 난데없이 무릎에 앉는 바람에, 나는 반사적으로 비명을 지르고 말았다.

"꺄악!"

누가 머리끄덩이라도 잡아당긴 것처럼 여자가 몸을 뒤로 확 젖혔다. 일행으로 추정되는 남자(아마도 썸남)가 소스라치게 놀라서 「뭐야, 왜 그래?」 하고 물었다. 내가 있다는 사실은 전혀 눈치채지 못한 분위기였다.

　그 반응이 내 장난기에 불을 붙였다!

　"미안해, 슌! 고질병인 치질이 본격적으로 도졌나 봐!"

　"헉, 루, 루미, 너 치질 있었어……? 몰랐네…… 아직 젊은데, 그런 무서운 병이……."

　"뭐? 무슨 소리야? 슌, 나 치질 없어! 그보다 방금 내 흉내 낸 사람, 대체 누구야?!"

　"저기, 루미. 치질인데 이렇게 자극적인 음식을 먹으면 안 되는 거 아니야? 좀 더 엉덩이에 좋은 걸 먹는 게 낫지 않겠어?"

　"치질 아니라니까! 슌, 아까 여기 내 흉내를 낸 사람이 있지 않았어? 이 벤치에 앉아 있었던 거 아닌가 싶은데."

　"아, 아니. 거긴 처음부터 아무도 없었는데……."

　슌이 난감한 얼굴을 했다. 반면에 루미는 억울함과 수치심으로 얼굴이 토마토처럼 빨개졌다. 근데 그 토마토, 핏대가 잔뜩 불거진 게 사람도 너끈히 잡을 기세다만…….

　"누가 있었다니까! 틀림없이 있었어! 엉덩이가 물컹했단 말이야! 아, 맞다! 그러고 보니 뭔가 딱딱한 게 닿았던 거 같아! 아마도 그랬을 거야! 확실히 닿았어! 분명히 닿았다고! 외설적인 목적으로 닿은 게 틀림없어! 그 인간, 치한이야아아!"

　악마냐.

불확실한 의혹이 누명으로 변모해가는 현장을 눈앞에서 목격하고, 나는 공포에 사시나무처럼 떨었다. 게다가 이거, 본인은 진실이라고 확신하는 패턴이잖아. 그런 점에서 고약하기 이를 데 없다. 전철에서 치한으로 낙인찍히면 완전 말살이라는 게 뼈저리게 느껴진다. 그냥 에바쎄바 정도로 끝날 문제가 아니잖아!

참고로 닿았다는 그 딱딱한 물건이란 허리띠 버클이다. 그렇게 주장해봐야 믿어줄 것 같지는 않지만. 은신 스킬이 만렙을 찍은 덕분에 살았다.

"진정해, 루미……. 아무도 없다니까……. 아참, 맞다. 더 맛있는 가게가 있는데 우리 그리로 갈까? 그냥 내가 먹고 싶어서 그래. 치질 때문이 아니라. 치질은 오해라며? 난 루미 널 믿으니까……. 아무튼 이것저것 더 좋은 가게에 가서, 평소의 다정한 루미로 돌아와 줬으면 해……."

우와, 순 존경스러운걸? 커플도 참 고생이 많구만. 저런 걸 할 수 있는 자만이 여자 친구를 사귈 수 있는 거겠지. 나는 죽어도 못 할 테니까 중매결혼을 목표로 해야겠다.

……어쩐지 라면 먹을 기분이 아니구만. 종업원에게 또 투명인간 취급을 당하는 것도 싫고. 가서 머리부터 자르고 올까?

설렁설렁 머리 자를 곳을 물색하며 돌아다니다 보니, 강렬한 위화감이 느껴졌다.

……사람들이 나를 피해가지 않는다……?

평소에는 거리를 걷다 보면 마주 오던 사람들이 나를 피해 간다. 특히 젊은 여자일수록 그런 경향이 강해진다. 동년배 이하의 여자애들은 대부분 내 얼굴을 보자마자 마구 빽치는 각도로 급커브를 돌아 포물선을 그리며 멀어져간다.

얼마 전에도 세상에 반항하듯 「난 나야, 어른은 상관 마」라는 분위기로 위풍당당하게 바람을 가르며 걷던 여자애가 내 앞에 오자마자 꺄악 비명을 지르더니 후다닥 갓길로 몸을 피했다. 부들부들 떨고 있었다. 동급생들에게는 쿨하고 접근하기 어려운 타입으로 평가받을 테지만, 나한테 걸리면 갓 태어나 부들거리는 아기사슴이나 다름없다니까? 하하하. 어떠냐, 이 보행 강자의 풍모가……. 내게 보행이란 이지 게임(easy game)…… 이지…… 엇, 뭐지? 왠지 가슴이 저릿하게 아파온다만…….

딴소리지만, 반대로 고령의 여성일수록 나를 피해가지 않는다. 50대 이상인 경우에는 심지어 귀엽게 여기는 느낌마저 난다. 역시 사람이 레벨 50을 넘으면 정신 방어력도 최고치를 찍는 건가?

아무튼 본론으로 돌아가서, 오늘은 길가는 여자들이 나를 피하는 기미가 전혀 없었다. 심지어 옆으로 지나가다가 어깨가 스치는 일마저 있었다. 어떻게 이런 일이! 이러다가는 전철에서 내 옆자리에 여고생이 앉는 사태마저 생길지 모른다. 우주 물리학적으로 그런 현상이 일어날 수 있는 겁니까? 호킹 박사님!

그나저나 이렇게까지 존재감이 희박해지니 오히려 좀 재미

있는걸?

또다시 장난기가 샘솟았다.

한번 해볼까? 은신 스킬 만렙을 찍은 자에게 걸맞은 행동을.

나는 내 앞에 있는, 나와 같은 방향으로 걸어가는 모녀를 점찍었다.

젊은 엄마와 어린 딸. 타깃으로 삼기에는 안성맞춤이다. 자첫 잘못하면 불순 행각으로 체포당할 수도 있는 위험한 행동에 지금부터 도전한다!

나는 잰걸음으로 모녀에게 접근했다. 무방비 상태인 등 뒤로. 그리고…… 앞질렀다.

으랏차!

성공했다! ……앞지르기, 즉 추월 행위에!

일본에서 가장 위기의식이 강한 존재는 어린 딸을 둔 엄마다. 그 위기의식이 얼마나 강하냐면 남자가 단순히 거리에 서있기만 해도 신고해버릴 지경이다. 게다가 방금 내가 저지른 추월 행위는 한층 더 죄질이 나쁘다. 근처에 회사원이 몇 명 있었더라면 현장에서 제압당해도 이상하지 않을 정도의 심각한 성범죄다.

만약 내 은신 스킬이 발휘되지 않았더라면 「오늘 오후 한 시 경, 치바 시 이나게 구에서 젊은 남자가 뒤쪽에서 잰걸음으로 모녀를 추월하는 사건이 발생했습니다」라는 신고가 접수되었을 테지.

그러나…….

"엄마, 방금 뭐가 앞질러갔어~."

"앞질러가기는 누가 앞질러갔다는 거니? 이렇게 사람이 많은 곳에서 그런 이상한 짓을 하는 사람은 없단다."

"아냐, 진짜 있었다니까……."

으음, 추월은 정말 이상한 짓으로 간주되는 모양이구만. 은신 스킬을 장착해서 다행이다.

그래도 역시 어린애들은 기척 정도는 감지하나 보다. 확실치는 않지만, 내 스킬은 아무래도 사회적 은신인 듯하다. 요컨대 사회적인 존재감 부족으로 인한 투명화랄까? 고로 사회에 물든 어른에게는 효과적이지만, 아이들 상대로 완벽한 은폐는 불가능한 것 같다.

이거 굉장한데? 이 스킬을 연마하면 나는 언젠가 루팡의 경지에 도달할 수 있을지도 모른다. 다만 절도는 범죄행위다. 훔치려면 죄가 되지 않을 만한 것으로 해야 한다. ……바로 당신의 마음입니다(멋진 표정).

시답잖은 생각을 하고 있는데, 놀랍게도 10여 미터 앞에서 아는 사람이 걸어왔다.

저놈은…… 설마?!

음, 같은 반이고, 몇 번 얽힌 적이 있었던…… 하야마하고 붙어 다니는, 까불대는 놈인데……. 이봐, 니케스. 너 이름이 뭐였지? 난 폭탄마다만.

아, 그래. 생각났다. 하야마 그룹의 졸랑이, 세키구치다. 뻥입니다.

농담은 집어치우고, 저놈은 토베다. 내 기억이 정확하다면…….

아무튼 그 토베가 토벅토벅 나를 향해 걸어왔다. 학교에서 볼 때보다 약간 구부정한 자세로. 그 모습은 어딘가 활기가 부족하다고나 할까, 나른한 느낌을 풍겼다. 이건 딱 봐도 노컨셉 상태, 일명 노컨이다. 아무 컨셉도 잡지 않은 본모습, 즉 집에서 엄마와 이야기할 때 나오는 모드다. 제아무리 인싸여도 집에서 엄마와 이야기할 때는 노컨이기 마련이니까(엄마하고 친한 여자애들은 제외). 노컨이란 한마디로 그 사람의 진짜 성격이다. 그 누구도 노컨으로 지내는 것을 용납하지 않는 교실 공간의 무서움이여…….

그나저나 이런 데서 만나다니, 신기한 우연이구만. 이대로 계속 가다 보면 딱 마주치게 되는 코스인데, 인사…… 해야 되나? 아예 모르는 사람도 아니고, 어쨌든 동급생이다. 간단한 인사 정도는 하는 편이 나을 테지만…… 음, 솔직히 멘디#19하구만. 세키구치……가 아니라 토베하고는 아는 사이기는 해도 친한 것과는 거리가 멀다. 말하자면 생면부지의 타인 이상, 지인 미만이랄까? 그 정도면 아슬아슬하게 서로 못 본 척해도 괜찮지 않으려나? 어차피 저 녀석도 같은 결론을 내리는 거 아냐? 피차 마음 편하고 따스한 세상이 되는 거 아니냐고?

……아니, 아무리 그래도 이렇게까지 대놓고 정면으로 걸어오는데 그건 좀 힘들려나? 이 상황에서 무시했다가는 완전히

#19 멘디 일본 댄스 그룹 EXILE의 멤버인 세키구치 멘디와 귀찮다는 뜻을 지닌 단어 멘도이(めんどい)의 중의적 표현.

악의적인 행동으로 여길 우려도 있고. 하는 수 없지, 인사해 볼까? 나는 토베가 접근하는 타이밍을 가늠해서 가장 자연스럽게 느껴질 만한 인사를 건넸다.

"안녕?"

"……."

내 동굴 보이스가 토베를 불러 세우……지 못했다! 멈추질 않잖아! 그냥 지나갔다고! 이렇게 코앞에서 무시당하다니, 무참하기 짝이 없다. 무~참, 무~참! 마음에 난 상처에서 내 나이브한 멘탈이 우동사리처럼 쏟아져 나왔다! 문제는 이게 내 은신 스킬의 효과인지, 아니면 토베의 판단에 따른 의도적인 무시인지 모르겠다는 거다. 근데 나 방금 뱃속에서부터 소리를 끌어올렸거든? 이렇게 된 이상 다시 불러 세워서라도 확인하고야 말 테다.

"야, 토베."

"……응?"

이름을 부르자, 토베는 두리번대며 주위를 살폈다. 그 시선이 내 얼굴을 훑고 지나갔다. 역시 토베도 내 존재를 눈치채지 못했다. 스킬의 작용인 게 확실하구만.

나는 열심히 두리번두리번해대는 토베 군을 남겨두고 자리를 떴다. 스킬의 효과는 패시브라 내 마음대로 조절할 수가 없다.

이쯤 되니 정말 악용할 수 있지 않을까 하는 생각이 들기 시작했다. 그래봤자 소시민인 나는 딱히 악용할 곳이 떠오르지 않으니, 결국 돼지 목에 진주목걸이나 마찬가지다. 호랑이 등에 지느러미를 달아주는 꼴이랄까? 근데 호랑이는 지느러미를 달아도 세잖아…….

어쨌거나 아는 사람과 마주쳐도 상대방은 나를 보지 못하므로, 괜히 고민하거나 숨지 않아도 될 것 같았다.

어라라, 이상한걸? 분명 스킬을 써서 무쌍을 찍는 중인데 하나도 즐겁지 않잖아……? 오히려 스킬이 먹힐 때마다 조금씩 상처 입는 기분이다. 저기요, 정신 회복 스킬은 언제 각성하나요?

이젠 모르겠다……. 아무 데서나 머리 자르고, 아무 데서나 라면 먹고 빨리 집에 가자. 한없이 따스하고, 그 무엇도 내게 상처 주지 않는 마이 룸으로…….

한동안 거리를 쏘다니다가 럭셔리한 분위기의 미용실을 발견했다. 외관만 봐도 어떤 가게일지 대충 감이 잡혔다. 십중팔구 젊은 여성 손님에게 큰 인기를 누리는 헤어샵일 테지. 그렇다면 외모에 관심이 많은 젊은 남성들에게도 인기일 테고. 실제로 가격표에는 남자분도 받는다고 적혀 있었다. 하지만 그렇다고 이 집에 들어가기는 껄끄럽다. 나한테는 지나치게 화려하고, 또 이런 헤어샵은 예약 손님만 받는 경우도 많기 때문이다.

게다가 나는 예전에 어느 미용실을 찾았다가, 입장과 동시에 「저기, 미안하지만 그쪽 같은 손님에게 우리 가게의 작풍은 안 어울릴 거 같은데. 딴 데 가보는 게 어때?」라는 말을 듣고

쫓겨난 전력이 있어서 트라우마가 생겼다. 사모님, 들으셨어요? 「작풍」이래요! 럭셔리한 헤어숍답게 축객령을 내리더라도 좀 더 말을 예쁘게 해주셔리~.

그러니 이 미용실은 패스하자. 가게 앞을 지나치려는데, 문이 열리며 낯익은 얼굴이 모습을 드러냈다.

"감사합니다~☆ 또 올게요☆"

배웅 나온 점원에게 인사하는 그 소녀는 다름 아닌 유이가하마 유이였다. 막 머리를 다듬고 나와서 그런지 평소보다 더 반짝반짝한 분위기가 감돌았다. 그 걸즈 이펙트는 뭐냐고. 소녀 만화 속 동경하는 선배님의 등장 씬도 아니고 말이야. 왠지 대사에도 ☆이 반짝이는 게 너무 찬란하게 빛나는 거 아니냐? 여고생. 그렇다고 지나치게 까불면 못 쓴다?

부실에서 보는 데는 익숙해졌지만, 바깥에서 아는 사람을 만나면 움츠러들고 만다. 새삼스레 쑥스러움을 탄다거나 성가시다는 생각이 드는 건 아니지만, 정신적으로 피곤해진단 말이지. 그러나 지금의 나에게는 스킬이 있다. 그래서 은신 스킬을 믿고 정면 돌파하기로 마음먹었다.

으랏차!

……됐다, 은신 성공!

나는 자연스럽게 유이가하마의 눈앞을 지나쳤다. 왜냐하면 유이가하마는 내 존재를 인식하지 못할 테니까. 다른 때 같았으면 단번에 알아봤을 거리다. 하지만 안심해라, 유이가하마. 딱히 네가 몰인정한 건 아니니까. 그냥 내가 너무 대단할 뿐이라고.

그렇게 10미터쯤 걷다가, 다시 미용실 찾기 모드로 전환하려 했을 때였다.

"힛키?"

앞머리를 포렴처럼 가르고, 유이가하마 양의 얼굴이 「안녕하시와요☆」 하고 불쑥 나타났다. 퍼스널 에어리어를 화끈하게 영공 침범당한 내 놀라움은 극에 달했다.

"꺄아악?!"

"우왓, 깜짝이야. ······여자애 같은 비명 지르지 마~☆."

놀라는 게 당연하잖아. 기습공격이었잖아. 보통은 즉시 개전이라고. 리멤버 펄 하버,[20] 리멤버 마이 페이스.

"어, 어떻게 난 줄 알았냐?"

"아까 스쳐지나갔잖아☆ 평소랑 분위기가 달라서 순간적으루 다른 사람인 줄 알았지만."

"너 아까 남의 앞머리에 손가락을 쑥 넣고 안녕하시와요~ 했는데, 그거 만약 상대가 모르는 사람이었으면 부끄러워서 부끄럼사할 일이거든?"

"웃······ 하긴 그럴 가능성두 있었겠네. 으아, 상상하니까 창피해~☆"

그런 생각은 해보지도 않았는지, 유이가하마는 뒤늦게 머리를 감싸 쥐고 부끄럼을 탔다.

······하긴 이런 타입은 창피를 당하거나 실패하는 걸 두려워

#20 리멤버 펄 하버 일본의 진주만 공습 당시 미국 측의 슬로건.

하지 않으니까.

그래서 태연하게 모르는 사람에게도 말을 걸고, 상대와의 거리를 좁히는 데도 거리낌이 없다. 실패도 할 테지만, 줄기차게 도전하니까 결과적으로 친구의 폭도 넓어져간다. 말하자면 인간관계의 히트 앤드 어웨이라고나 할까? 아니지, 어웨이⋯⋯ 멀어지는 게 아니라 헤이헤이 하고 다가오니까 히트 앤드 헤이라고 해야 하나? 참고로 아싸가 교우 관계를 맺을 때 쓰는 전략은 동굴곰,[#21] 즉 말을 걸어올 때까지 기다리는 것이다. 뜬금없이 장기 용어를 들먹이는 것도 아싸답구만.

"그래두 내 예상대루 힛키였으니까, 결과적으루 만사 오케이지 뭐☆"

"아, 너 혹시 머리 잘랐냐? 뭔가 반짝반짝하다만."

"앗⋯⋯ 누, 눈치챘어? 오늘은 살짝 다듬기만 했는데, 알아봐주는구나☆ ⋯⋯응? 힛키! 아까 나 가게에서 나온 거 봤잖아!"

수줍수줍하나 싶더니만 순식간에 환멸에 찬 얼굴로 변했다. 여기서 환멸에 찬 얼굴이란 눈이 가위표처럼 희화화된 얼굴을 말합니다. 그보다 어째서 한순간 「알아차려줬구나! 정말 기뻐!」 하고 퓨어한 기운을 내뿜은 건데? 농담을 한 내가 더 당황했잖아.

"근데 힛키, 여기서 뭐해?"

유이가하마가 약간 차분해진 말투로 물었다. 덤으로 거슬렸던 말꼬리의 ☆도 사라졌다. 정신 상태하고 연동되는 건가?

[#21] **동굴곰** 일본 장기의 기본 전법 중 하나.

"아, 그냥 머리나 좀 잘라볼까 해서 왔다만. 보니까 너무 길어져서 분위기가 바뀌어버린 거 같길래."

"아, 응. 연휴 전에두 꽤 길다구 생각했는데, 오늘 보니까 좀 도가 지나치다 싶더라구. 상당히 위험하다구 봐."

"위험하다니 무슨 소리야? 머리가 좀 길었다고 해서 위험할 만한 상황이라는 게 있냐?"

"……우음, 그야 경찰이라든가?"

"경찰?!"

지금 내 몰골이 그 정도란 말이야? 난 몰라, 거짓말이지?

"아, 당장 체포당한다는 건 아니구…… 그치만 그게, 뭔가 저지를 거 같은 분위기가 있달까? 우움, 폭탄 같은 거라든가?"

"야, 너 그거 비하발언이나 다름없거든?"

"응? 비하발언이라니? 폭파범에게 실례란 뜻이야?"

반대입니다. 저에 대한 차별이라는 뜻이라고요. 충격적인 발언이 아닐 수 없다. 저런 대사가 나왔다는 건 유이가하마의 머릿속에서 내 등급이 폭파범보다 약간 아래라는 뜻이니까.

본인도 그 도식을 깨달았는지, 유이가하마가 앗, 하고 부랴부랴 수습에 나섰다.

"오해야."

"오해냐?"

"진짜루 그런 뜻이 아니라…… 그냥 약간 허용 범위를 벗어난 것뿐이라구나 할까……."

그게 더 심하거든? 기왕에 자력으로 실례라는 걸 깨달았으면 끝까지 똑바로 하라고.

"반드시…… 반드시 머리를 자르고야 말겠어! 다시는 허용 범위를 벗어났다는 말이 안 나오게 해주마!"

온몸에서 오라를 뿜어내며 나는 결의했다.

"아, 그럼 좀 전에 그 집에서 자를래? 소개해줄까? 거기, 얼마 전에 잡지하구 TV에 나와서 요즘 여자애들 사이에서 화제거든. 쿠폰두 있어."

"엇, 아니, 그렇게 멋들어진 데는 좀 그렇다만. 더 편한 데가 좋은데."

"그치만 미용실은 다 저런 분위기 아니야?"

"가끔 미묘하게 뻬끗한 느낌이 나는 데가 있다고."

"미묘하게 뻬끗한 느낌이 나는 데 가면 안 되잖아. 머리두 이상하게 해놓을 거라구."

"부득이한 상황인 만큼 실력을 따질 생각은 없어."

"뭐? 대체 왜……? 이해가 안 가. 그냥 괜찮은 헤어숍에서 자르면 되잖아."

"괜찮은 데는 폭파범의 머리 따위 자르기 싫어한다고."

"에이, 아니야! 늘 그렇듯 이상한 오해를 하나 본데, 프로니까 성실하게 잘라준다구. 그러니까 가자! 아, 맞다! 내가 커트하는 스타일두 정해줄게!"

그 아이디어가 어지간히 마음에 들었는지, 유이가하마의 얼굴이 확 밝아졌다.

반대로 나는 진이 쭉 빠졌다. 내 정신적 피로도 게이지는

MAX(커피 아님)에 다다랐다. 지금이라면 게이지 소모로 스킬도 쓸 수 있다고, 스킬.

이질적인 손님이 되는 건 끔찍한 일이다. 나는 그냥 후딱 들어가서 쓱쓱 커트하고 얼른 귀가하고 싶을 뿐이다. 그렇게 간단한 일이 이토록 어렵다니, 역시 내가 살아가는 이 현대 사회는 잘못됐다. 역시 내 손으로 직접 바로잡아야 하나? 헉, 혹시 이런 생각이 엇나가면 폭파범이 되는 건가……?

"……좀 봐주라. 저런 가게는 죽어도 무리야. 가게 측이 나 같은 손님을 싫어하니까, 도저히 천연덕스러운 얼굴로 들어갈 수가 없다고."

"그럴 리……."

"없다고 진심으로 생각하는 거냐? 기준 미달인 남자를 환영할 거라고?"

유이가하마는 말문이 막힌 눈치였다. 그 침묵이 곧 대답이나 다름없었다. 아는 사이인 데다 천성이 착한 유이가하마조차도 쉽게 판단을 내리지 못할 정도다. 그러니 평범한 일반인이라면 본인의 혐오감을 더 솔직하게 드러내겠지.

"그러니까 난 분위기를 파악하고 나한테 더 어울리는 데로 가련다."

"힛키……."

유이가하마는 잠시 슬픔에 젖은 눈빛을 했지만, 그 얼굴이 이내 확 밝아졌다. 다소 지나치게 밝아졌다. 네가 무슨 전구냐.

"맞다! 좋은 생각이 났어. 내가 잘라줄게!"

"……엉?"

딱히 나쁘게 말할 생각은 없지만, 평소 유이가하마가 하는 말은 예상 범위를 벗어나지 않는 경우가 많았다. 일반론이라고 해야 하나, 이상론에 가까운 느낌이랄까? 하지만 이번만큼은 내 예측을 완전히 뛰어넘어 이차원의 저편에서 온 제안처럼 느껴졌다.

"네가 내 머리를 잘라주겠다고? 진심이냐? 자를 줄은 알아?"

"본격적인 커트는 못해두 헤어샵에서 남자들이 머리 자르는 건 많이 봐왔으니까, 간단한 정리쯤은 할 수 있어."

"글쎄다, 아무래도 힘들지 않을까 싶다만. 무진장 괴상한 헤어스타일이 되어버리면 어쩔 건데? 미안하다는 말로 넘어갈 수 있는 문제가 아니라고."

"그치만 힛키, 가끔 자다 깨서 막 뻗친 머리를 하구 학교 오잖아."

"……어, 뭐."

"그런 사람이 헤어스타일의 괴상함을 신경 쓰는 건 이상하다구 생각합니다. 끝."

"……으음, 그야 그럴지도 모른다만………… 하긴 그러네."

반론하려고 했으나 딱히 할 말이 없었다. 오케이, 논파(당했다).

"정리라면 구체적으로 뭘 하는 거냐?"

"힛키가 뭘 원하느냐에 따라 달라지겠지만, 기껏해야 가위루 깔짝깔짝 다듬는 정도야."

"그러니까 자칫 실수해서 모히칸이 되는 일은 없다는 거지?"

"당연하지! 애초에 하구 싶어두 못하거든?! 모히칸은 바리캉으루 하는 거잖아. 절대 절대 절대 불가능하다구."

그렇다면 위험도는 생각보다 낮겠구만. 살짝 정리하는 정도라면 실패하더라도 미용실에 가서 다시 손봐달라고 하면 되니까.

"……부, 부탁해도 되겠냐?"

"응. 오늘은 어차피 다른 일정두 없으니까 괜찮아."

"그래……? 그럼 부탁 좀 할까? 아무래도 머리모양이 바뀌는 바람에 인상도 확 바뀌어버린 거 같으니까."

"응, 알았어. 요 앞에 공원이 있는데, 거기서 할까?"

공원에서 그런 짓을 했다간 신고당하는 게 아닌가 싶어 한순간 걱정스러운 마음이 들었으나, 유이가하마가 옆에 있는 것만으로도 대외적인 이미지는 크게 나아지겠지. 게다가 커트할 때 따라오는 성가신 일에서도 해방되고, 머리모양이 이상해질 염려도 없다고 생각하니 갑자기 확 끌렸다.

게다가 냉정하게 생각해보면…… 여자애가 머리를 잘라주는 셈이잖아? 완전 끝내주는데?

"꼭 좀 부탁드리오."

"어라? 갑자기 왜 등골이 오싹하지……? 이상하네……. 오늘은 날씨두 따뜻한데……."

여자의 생리적 혐오감이란 감도가 참 뛰어나구만…….

우리가 찾아간 공원은 소박한 공원의 이미지를 그대로 구현

해놓은 듯한 장소였다. 바로 옆에 소나무 숲이 있고, 근처에는 이나게 아사마 신사도 있다고 한다. 그래서인지 어딘가 엄숙한 분위기가 이쪽까지 전해져…… 올 정도는 아니고, 그냥 평범한 공원이었다.

휴일 오후마저 소박한 공원에서 보내기는 아깝다고 생각하는 가족이 많아서인지, 생각보다는 사람이 적었다. 휴우, 분위기로 보아『공원에 젊은 남자가 존재했던 안건』으로 신고당할 일은 없겠구만.

"사왔어~."

눈에 띄지 않는 장소에 나를 앉혀놓고 후다닥 어디론가 사라졌던 유이가하마가 돌아왔다.

"뭘 사왔는데?"

"100엔 샵이 있길래 이것저것 조달해왔어."

유이가하마가 사온 것은 숱치는 작은 가위와 플라스틱 빗이었다.

"종이봉투를 이렇게 잘라서 펼치구…… 자, 이걸 목에 둘러."

유이가하마가 포장지를 이용해서 간단한 망토 같은 물건을 만들어주었다. 그 손놀림은 제법 노련했다.

"잡지에 나온 셀프 커트 특집에서 봤거든. 잘라낸 머리카락을 받는 간이 케이프야. 예전부터 관심은 있었는데, 내 머리루는 무서워서 좀처럼 시도를 못 하겠더라구."

"그러니까 난 실험대인 셈이구만."

"괜찮아! 끄트머리만 살짝이니까!"

자기가 상당히 야한 소리#22를 했다는 걸 유이가하마는 모르겠지. 구태여 지적할 마음은 없지만.

내 뒤로 와서 선 유이가하마가 양손에 가위와 빗을 들었다. 그리고 싱긋 웃었다.

"손님, 학생이지?"

"……학생이었지만 중퇴해서, 지금은 은둔형 외톨이 3년차인데요."

"대화를 끊으려구 하지 말라구! 이야기하기가 껄끄러워지잖아!"

"아, 미안. 습관이 돼서."

"습관이란 말이야……?"

"좋은 가게는 이런 식으로 견제하지 않아도 쓸데없는 잡담은 생략하고 쓱쓱 잘라준다고."

참고로 미용실 중에서도 센스 있는 가게는 눈치 빠르게 그런 부분을 배려해준다. 반면 센스 없는 곳은 억지로 대화를 이어가려고 무작정 질문 공세를 퍼부어댄다. 그런 데는 다시는 안 가지만.

"미용실에서 수다 떠는 거 재밌는데. 디자이너 쌤, 이런저런 이야기를 들려주신다구."

"아, 난 그런 건 됐어. 관심도 없고."

"거참 까다로운 손님이네, 학생. 자, 그럼 오늘은 어떻게 해드릴까?"

"그냥 적당히요."

#22 야한 소리 유이가하마가 한 말은 일본에서 「손만 잡고 잘게」의 상위 버전으로 유명한 말임.

"진짜 까다롭다구, 힛키!"

미용사 설정을 바로 집어치우고, 유이가하마가 우는소리를 했다.

"아니 저기, 난 원하는 헤어스타일을 정확하게 설명할 능력이 없다고. 너희들처럼 맨날 수험공부를 능가하는 열정으로 패션 연구를 해대는 게 아니니까."

"그치만 적당히라구만 하면 듣는 쪽두 곤란하다구……. 어떤 지뢰가 묻혀 있을지 모르잖아."

"적당히 해달라는 말에 모히칸으로 만들어놓는 미용사는 없잖아? 그냥 내 이미지에 맞춰서 무난하게 잘라주면 되는데, 그게 그렇게 어려운 요구냐?"

"우음……."

어려운가 보다. 이런 점 역시 커트 주문을 부담스럽게 만드는 요소라고 생각하는 아싸 하치만입니다.

"네가 보기에는 내 어디가 이상한 거 같냐?"

"우음……. 우선 전체적으루 너무 덥수룩해져서 실루엣이 변했구…… 아!"

유이가하마가 뭔가 깨달은 기색으로 탄성을 질렀다.

"왜 그래?"

"알았다! 앞머리가 눈을 가려서 그래. 그래서 인상이 확 달라진 거야."

"어떻게 달라졌는데?"

"힛키 눈은 나쁜 의미루 아주 강렬한 인상을 주거든. 그래서 딱

보면 대개는 그 눈매의 이미지가 뇌리에 박히기 마련인데……."

그렇지. 난 눈매가 더러운 편이니까.

"그게 가려지니까, 뭐랄까…… 우음……."

유이가하마는 난처한 기색으로 말끝을 흐렸다.

"괜찮으니까 말해보라고, 카리스마 미용사 양."

"……아, 알았어. 괜찮다니까 말하는 건데…… 그 눈매를 뺀 힛키는 꼭 엑스트라 같아."

"엑스트라 같다고……?"

순간적으로 충격을 받을 뻔했지만, 한편으로는 납득도 갔다. 그런가. 썩은 동태 같은 눈매는 나를 구분하는 가장 핵심적인 식별기호였던 셈이구만.

"그것두 단순한 엑스트라가 아니라…… 엑스트라 중의 엑스트라랄까? 그냥 주위에서 흔히 볼 수 있는 사람 정도가 아니라, 어디에 있든 자연스럽게 받아들여질 거 같은…… 배경? 공기? 대충 그런 느낌이 나……."

하긴 코마치조차도 자꾸만 내가 흐릿하게 보이는 눈치였으니 그 의견은 정확할 테지. 뭐야, 그럼 내 차밍 포인트는 썩은 눈빛뿐이란 말이야? 다른 건 없어? 게다가 사실은 차밍하지도 않잖아. 위크 포인트잖아. 어디로 보나 약점이잖습니까. 그동안 다들 약점으로 내 존재를 인식해온 거였냐고?

"자, 잠깐…… 그거 말이야. 내 인생은 노답이나 다름없다는 뜻 아니냐?"

"뭐? 왜?"

"난 눈매가 더럽다는 말을 자주 듣거든. 나 자신도 결점으로 인식하고 있고. 그래서 나중에 그걸 고쳤다고 쳐. ……그러면 아무도 날 기억 못하게 되는 거 아냐?"

요컨대 결점을 극복해도 노답, 극복 못해도 노답인 셈이다.

"힛키……. 걱정 마! 그런 일은 없을 테니까. 내가 어떻게든 해볼게!"

불안해하는 내 모습이 오히려 유이가하마의 의욕에 불을 붙인 눈치였다.

"구, 구체적으로는……?"

"헤어스타일 때문이니까, 커트로 해결할 거야."

"하지만 가볍게 다듬기만 할 거라며? 그 정도로는……."

"모르는 소리."

유이가하마는 자신감 넘치는 표정을 지었다.

"살짝 손보기만 해두 확 달라지는 법이라구."

"오오……."

기본적으로는 자기주장이 강한 타입이 아닌 유이가하마가 웬일로 대담하게 나왔다. 꺄아 난 몰라, 평소 이미지와의 갭도 더해져서 한층 믿음직스러운 느낌이 나잖아? 이 아이에게라면 내 머리를 맡겨도 좋아…….

"앞머리를 살짝 잘라서 눈을 드러내자. 그렇게만 해두 확 변신할 거야."

변신…… 변신(變神)? 변태의 신? 최강의 변태가 되어버리는 건가? 그런 생각이 드는 바람에 그만 움찔하고 말았다. 괜찮다, 오늘의 유이가하마, 괜찮다. 나, 유이가하마, 믿는다. 이 몸, 너, 의지.

"남자 머리 만져주기! 이런 거, 한 번쯤은 해보구 싶었어!"

뭐야, 머리면 되는 거냐고. 개인적으로는 좀 더 다양한 부위를 만져도 상관없다만⋯⋯. 나는 아예 온몸을 바치는 심정으로 눈을 감았다. 그 순간.

썩둑.

"아."

호오, 몹시 호쾌한 소리가 들려왔다만? 이거 아무래도 상당량의 모발을 잘라냈나 본데? 불안하냐고? 천만에. 나답지 않은 짓이지만, 오늘 나는 유이가하마를 믿어보고 싶은 기분이라서 말이야. 평소에도 수험생 못지않은 열정으로 패션 잡지를 탐독하는 유이가하마이기에 이토록 전폭적인 신뢰를 보내는 거다. 근데 아까 「아」라고 한 건 뭐니?

"미안해, 힛키! 히메컷이 돼버렸어!"

"엉⋯⋯?"

나는 눈을 떴다. 하지만 헤어샵이 아니고 그냥 공원인지라 거울이 없어서 내 모습을 확인할 수는 없었다.

"이야, 시야가 탁 트였는데? 뭔가 상쾌한 느낌이 난다만⋯⋯ 근데 히메컷이 뭐냐? 어퍼컷의 일종이냐?"

"아니, 그런 건 아니구⋯⋯ 옛날 공주님 머리 같은 건데⋯⋯."

그거라면 안다. 앞머리를 일자로 싹둑 자른 스타일이다. 그런 머리를 한 애니메이션 캐릭터, 꽤 많습니다. 엇, 잠깐. 그럼 내가 그런 상태가 됐다는 소리야? 이 내가 모에캐가 됐다고? TS(성전환)물이란 말이야? 꺄아, 나한테 그런 건 너무 이르다구……!

"거, 거울……! 거울 좀 보여줘!"

"아, 안 보는 게 나을 거라구 봐!"

"그래도 봐야 알지……. 괜찮아. 저로 말씀드리자면 소싯적부터 고통스러운 현실을 직시하는 데는 익숙하니까요……. 견뎌낼 수 있지 않을까 싶다만……."

"그런 지옥 같은 인생을……? 우읏, 그래두 좀 기다려봐. 아직은 아슬아슬하게 수습할 수 있을 거 같기두 하니까. 좌우 길이가 다르니까, 일단 한번 맞춰 보구……."

썩둑.

"우……."

"유이가하마 양?! 방금 그 「우」는 뭡니까? 맘보#23냐?"

"맘보까지는 아니구…… 아직은 왈츠 정도……? 지, 진정해. 아직은 복구 가능하니까! 아마두 가능할 거야. 응응, 할 수 있어. 내게는 어깨너머루 익힌 기술이 있으니까……!"

나한테 하는 말이라기보다는 본인을 향한 질타와 격려라는 느낌이구만…….

"미, 믿는다?"

"앞을 너무 많이 자른 느낌이 들어……."

유이가하마 양의 과감한 결단으로 내 양쪽 옆머리가 썩둑

#23 맘보 페레즈 프라도의 「Mambo No.5」라는 곡에 중간중간 위! 하는 추임새가 들어감.

잘려나갔다. 왜 매번 썩둑이냐고. 조금 더 깨작깨작 잘라야 하는 거 아니냐? 썩둑은 곤란하잖아, 썩둑은. 아마추어의 커트라면 사각…… 정도여지. 이 성대한 썩둑 연타는 천 엔 미용실에서 공장식 이발을 당할 때하고 비슷한 느낌이다만…….

"이렇게 되면…… 투블럭밖에 없으려나? 근데 가위루 할 수 있을까……?"

"자, 잠깐. 모험은 하지 말아주겠냐……? 오늘의 나는 확실히 환생자 뻘이다만, 넌 모험가가 아니니까…….

"화, 환생? 그치만 위험을 무릅쓰지 않으면 이 상황은…… 우윰, 뭐 아직 최후의 수단이 남아 있긴 하지만…… 스킨이라는 수단이."

"헤억?! 너 지금 뭐랬냐?!"

스킨이라는 말이 들린 것 같다만?!

"아, 아무것두 아니야……. 아무튼 포기하면 안 돼! 끝까지 최선을 다해야지!"

유이가하마가 가위를 들었다.

썩둑.

그 소리는 치명적인 불길함을 내포하고 있었다.

"……으아……."

그 음성도 치명적인 불길함을 내포하고 있었다. 이젠 다 끝장인 게 분명해.

"미안해, 힛키. 대단히 유감스러운 소식입니다……."

아아, 유이가하마가 하려는 말이 뭔지 다 깨닫고 말았다.

171

수습에 실패했다는 거겠지.

내 앞머리는 이미……(또르륵). 하지만 각오는 돼 있다. 따지고 보면 내가 허락한 일 아닌가. 유이가하마를 비난하는 짓만은 하지 말자. 내가 평소에 즐겨 읽는 라이트노벨에서 배운 점이 하나 있다. 결정적인 국면에서 여자를 울리지 말자는 것!

나는 뒤를 돌아보며 입을 열었다.

"걱정 마라. 난 머리스타일 같은 건 신경 안 쓰니까. 그러니까 너도……."

"푸훕……!"

유이가하마가 남의 얼굴을 보자마자 빵 터져주시는 바람에 살의 게이지가 단숨에 MAX(커피 아님)를 찍었다. 이러다간 초필살기를 써버리고 말겠다고.

그나저나 나한테는 게이지가 대체 몇 종류나 갖춰져 있는 거지? 시스템이 이렇게 복잡해서야 신규 유저가 유입되겠느냐고. 헉, 그래서 나한테는 신규 친구가 전혀 안 생기는 건가? 아하, 난 코어 지향형 인재였던 거구만!

"……부수고 싶다…… 너의 그 미소…….."

"미, 미안…… 내 잘못인데…… 진짜 미아…… 풉, 그, 그치만…….."

유이가하마는 말 그대로 배를 잡고 어깨를 부들부들 떨었다. 내 얼굴을 필사적으로 외면하는 이유는 보고 있으면 웃음이 터져 나오기 때문이겠지.

"미안해!"

한참을 웃다가 가까스로 진정한 유이가하마가 깍듯하게 고개를 숙였다.

"……이제…… 됐어……."

"뭐라구? 잘 안 들려. 꼭 멀리서 나는 라디오 소리 같아."

"……."

말할 기운조차도 사라져버렸다.

"아무튼 진짜루 미안해. 마음속 깊이 반성하는 중입니다. 그니까 부족하나마 사죄의 뜻으로 끝까지 확실하게 책임질게."

"뭐? 이 상태에서 또 뭔가 시도해보겠다고?"

이 분, 방금 반성했으니까 끝까지 해보겠다고 선언한 느낌이 듭니다만? 어라, 반성이라는 게 그런 거였어? 난 반성이란 다시는 안 하겠다는 뉘앙스인 줄만 알았는데…….

"나 때문에 엉망이 됐으니까…… 꼭 수습해줄 거야."

"너, 너무 부담 갖지 마라. 이렇게 된 이상 프로의 힘을 빌리는 수밖에 없지 않겠냐?"

"응, 그러려구. 아까 그 헤어샵에 가서 사정을 털어놓구, 도와달라구 하자."

"노, 농담이지? 그런 데는 선택받은 민족만이 들어갈 수 있는 약속의 땅이라고. 선민(選民) 전용점이라고. 난 선택받지 못한 민족이라서 가봤자 진상 손님이 될 뿐이라니까?"

"됐어, 그런 건 됐으니까 책임지게 해달라구! 돈은 내가 낼 테니까! 결과물두 똑바루 체크할 테니까! 이상한 상태루 놔두진 않을 테니까! 쿠폰두…… 쿠폰두 찍을 수 있구……!"

뭐야, 애 완전히 울상이잖아?

나는 여자의 눈물, 그리고 여자의 미소와 화난 얼굴에 약하다고. 그냥 희로애락을 총망라한 수준이잖아. 그치만 여자님은 무서운걸요…….

겉으로는 일시정지 상태지만 속으로는 쭈뼛대는 나를 유이가하마가 마구 잡아끌었다. 싫다고 버틸 기력도 없어서, 그냥 이끄는 대로 질질 견인되어갔다.

큭, 약속의 땅으로 끌려가는 건가. 좋아…… 이렇게 되면 실제로 보여주는 수밖에 없겠구만.

「행동으로 보여주고, 방법을 말해주고, 해보도록 시키고, 칭찬해주지 않으면 사람은 움직이지 않느니」라는 말처럼, (입점 거부를) 당해보이고, (잘 봤느냐고) 말해주고, (사과하도록) 시키고, (대놓고) 위축된 모습을 보여주지 않으면 유이는 깨닫지 못할지니.

나는 럭셔리 헤어샵에서 굴욕을 당할 각오를 했다.

들어가자마자 비웃음을 살 것을 각오했건만, 화려한 느낌의 여자 원장(20대 후반)은 예상과 인상에 어긋나게(이런 말도 실례이려나) 친절한 자세로 유이가하마의 말에 귀를 기울였다.

"……확실히 이건 좀 까다롭겠네요. 알겠습니다. 영업시간은 끝났으니 어디까지나 개인적인 헤어 모델로서도 괜찮다면 손봐드리도록 하지요."

"꼭 좀 부탁드려요! 돈은 낼 테니까요!"

"그러면 5백 엔만 주세요."

"그렇게 싸요?"

"헤어 모델을 부탁드릴 때는 보통 그런 식이거든요. 다만 헤어 모델은 원칙적으로 필요할 때 저희 쪽에서 요청 드리는 형태고, 고객님의 희망에 따라 모델이 될 수 있는 게 아니라는 점 양해 부탁드려요."

"아, 네! 어려운 부탁 드려서 정말 죄송해요!"

유이가하마는 굽실굽실 머리를 조아렸다.

나는 영업이 끝난 매장으로 안내되어 의자에 앉았다.

당연한 일이지만 눈앞에는 거울이 있었다. 그 속에 비친 내 모습을 보고 나는 그만 비웃음을 흘릴 뻔했다. 이렇게 언밸런스한 놈은 난생 처음이구만. 그런데 그 우스꽝스러운 인간이 바로 저였던가요……? 그 사실을 깨달은 순간, 나는 좌절했다. 뭐야, 그러면 난 이 꼴로 여기까지 걸어온 거였어? 수많은 행인의 시선을 받으며? 그러고 보니 몇몇은 사진도 찍는 것 같던데……. 멋대로 올렸겠지?

"으음, 셀프 커트치고는 대담하게 자르셨네요."

"그게, 미용사 분들은 다 그런 식으로 자르시길래……."

유이가하마의 아마추어적인 대답에도 원장은 웃는 기색 없이 그러셨군요, 하고 받아넘겼다.

아아, 냉정한 태도가 참으로 믿음직스럽구나……. 암, 자고로 프로란 이래야 마땅하지.

"전체적인 밸런스를 바로잡아야 하니까, 어떤 식으로 커트할지는 제 판단에 맡겨주시겠어요?"

"아, 네. 잘 부탁드립니다."

"세팅은 손이 많이 가지 않는 편이 낫겠지요?"

"네, 별로 신경 쓰는 편이 아니라서……."

"길렀을 때 자연스러운 느낌이 되도록 해드릴게요."

설명을 마친 원장이 쓱쓱 머리를 자르기 시작했다.

썩둑이 아니다. 이 사람, 썩둑이 아냐!

게다가 공연히 말을 걸지도 않고, 스타일을 구체적으로 설명하지 않아도 알아서 잘라주잖아? 완전 끝내주는데……?

이런 미용실이라면 단골집으로 삼고 싶지만, 평상시에 영업할 때는 이런 분위기가 아니겠지. 오늘이 예외적인 경우라고 봐야 한다.

"소부고 학생 분은 오늘만 세 명째네요."

"……혹시 토베라는 녀석이었나요?"

"어라? 토벳치두 왔었어요?"

"아, 친구 분이신가요?"

"같은 반이에요."

나를 대신해서 유이가하마가 대답했다.

"유이가하마 님이 커트할 때 끝내고 가셨으니까, 마주치지는 않으셨겠네요."

이 가게는 자리와 자리 사이에 간단한 칸막이가 설치되어 있다. 그러니 다른 손님이 뭘 하는 중인지는 알기 어렵겠지.

여기는 요새 잘나가는 헤어숍인 모양이니까 토베는 시험 삼아 와봤는지도 모른다. 근데 전혀 짧아진 느낌이 없었는데? 0.2밀리미터만 잘라달라고 한 거냐고.

……그렇게 사는 것도 뭔가 힘들 거 같구만. 일일이 유행을 따라가야 하다니. 프리큐어 최신작을 따라가는 거라면 나도 숨 쉬듯 할 수 있지만…….

"저희 매장은 이치란^{#24}을 참고해서, 가급적 고객님들이 서로 얼굴을 마주할 일이 없도록 했거든요."

뭣이?!

"이치란이라면 라면집 말인가요?"

"네. 이치란은 자리마다 하나씩 칸막이를 쳐서 옆자리 손님이 보이지 않는 구조잖아요? 저는 라면을 좋아하는데, 여자 혼자 라면집에 가려면 아무래도 좀 용기가 필요하거든요. 근데 이치란은 그런 점에서 마음이 편하더라고요. 미용실도 문턱이 높다고 해야 하나, 방문할 때 약간 부담되는 면이 있잖아요? 중고등학생 때는 저도 잘 꾸며놓은 헤어샵에 들어가기가 껄끄러웠거든요."

"그래요……? 굉장히 세련된 느낌이신데."

"필사적으로 노력해서 이 정도예요. 학창시절은 이래저래 암흑시대여서……."

"어쩐지 상상이 안 가요."

유이가하마가 끼어들었다.

#24 이치란 『유이가하마 유이는 반드시 면을 먹고 싶다』에도 나온 칸막이로 자리를 구분해놓은 라면집.

가벼운 말투였다. 유이가하마에게는 아무래도 피부에 와 닿지 않는 이야기일 테지. 잡담으로 흘려 넘기는 느낌이 났다. 하지만 내게는 더없이 공감 가는 이야기였다.

"자, 다 된 것 같네요."

커트가 끝났다. 샴푸 같은 서비스는 싹 뺀 순수한 커트였다. 하지만 그런 점도 개인적으로는 편해서 좋았다.

"눈매의 인상이 강한 편이라서, 그에 맞게 자연스럽게 정리해봤어요. 평소보다 짧아졌겠지만, 자라면 예전처럼 될 거예요. 세팅도 가볍게만 해줘도 모양이 날 거고요."

거울을 본 나는 그 완성도에 놀랐다. 확실히 평소보다는 상당히 짧았고, 그러다 보니 예전과 인상이 달라지기는 했다. 그래도 밸런스는 맞았고, 심지어 절묘한 느낌마저 났다.

"죄송하지만 아주 세련된 느낌은 아니에요. 하지만 이상한 스타일도 아니지요. 기술적으로는 어렵지만요. 이걸 할 수 있게 되면 실습생에서 정식 디자이너로 승격시키거든요."

"……감사합니다. 마음에 쏙 들어요."

"별말씀을요."

유이가하마가 커트비를 냈고, 우리는 가게를 나섰다.

오오, 주위의 반응이…… 평범하다. 이제는 나를 없는 사람 취급하지도 않고, 반대로 이상한 시선이 느껴지지도 않는다. 사진 찍는 사람도 없었다.

앞머리를 잘라 눈을 드러낸 덕분에 스킬 레벨도 상당히 내려간 모양이구만.

은신 LV7

유혹 내성 LV9(MAX)

목인권 LV9(MAX)

……별로 안 내려간 것 같지만, 대충 넘어가자고. MAX가 되면 효과가 급상승하는 거겠지.

어쨌거나 투명인간에서 벗어나는 데는 성공했다. 불투명 인간이 되었다. 평범한 일상은 멋지다고 생각해. 그 사실을 실감한 하루였다. 그나저나 목인권은 대체 뭐지?

그때 앞에서 사람들이 떼 지어 몰려왔다. 그 집단이 길을 전세 내다시피 하는 바람에 공간이 부족해서, 유이가하마는 어느 쪽으로 비켜야 할지 몰라 우왕좌왕했다.

"이리 와."

나는 유이가하마보다 먼저 앞으로 나섰다. 그리고 그 집단을 향해 정면으로 돌진했다.

"힛키, 위험해."

"걱정 마. 그냥 날 따라오기만 하라고. ……네네, 지나갈게요. 죄송합니다."

나는 그렇게 말하며 손날을 세우고 위아래로 흔들었다. 일명 인파 가르기다.

"그, 그런다구…….."

"괜찮아."

은신 상태가 아닐 때 내가 접근하면 대개 상대방이 먼저 피해간다. 거기다 인파 가르기까지 시전하면 허허벌판을 걷는 것보다도 편하게 나아갈 수 있다.

　예상대로 집단에 균열이 생겨났다. 한 사람이 지나갈 만한 그 틈새를 나는 미꾸라지처럼 빠져나갔다. 그러자 뒤따라오던 유이가하마가 떨떠름한 기색으로 중얼거렸다.

　"다들 힛키를 비켜가네……."

　어라? 어째 좀 불쌍해하는 기색이잖아? 이거 하치만 ZZANG씬이다만? 내 최고의 장점을 더 솔직하게 칭찬해버리라고.

　윽, 그래도 역시 사람이 너무 많긴 하구만. 그중에는 내 눈빛이 먹히지 않는 인간도 있어서 어깨가 툭툭 부딪치기 시작했다. 큰일이다. 이대로는 집단의 흐름을 막아버리는 대역죄인이 되고 만다. 그렇게 생각한 순간, 내 몸이 저절로 움직였다.

　밀려드는 인파를 살짝 닿는 어깨와 팔만으로 받아넘기며 뒤로 흘려보낸다. 자화자찬이지만, 유려하기 그지없는 그 분산 기술은 달인의 영역이라 하기에도 손색이 없었다. 엇, 이게 목인권인가! 「음, 여긴 내가 있을 자리가 아닌 거 같으니 가보마」하고 반 애들을 헤치고 나가던 나날들을 통해 단련된 기술이구만…….

　그리하여 나는 거대 집단을 무사히 뚫고 나가는 데 성공했다. 완전 은신 상태였으면 깔려죽을 뻔했다.

　주위가 한산해지자, 유이가하마가 입을 열었다.

　"……힛키, 미안해. 평범한 머리가 돼버렸네."

"엉?"

"내 머리를 잘라줬을 때는 엄청 잘한다구 생각했는데, 과대평가였나 봐. 언밸런스한 느낌은 없어졌지만…… 좀 실망일지두."

"저기, 이 머리도 그렇게 엉망은 아닌 것 같다만."

"엉망은 아니지만, 굉장하지두 않다구나 할까……."

"뭘 기대했던 건데?"

"뭔가 기적이 일어나지 않을까 했거든……. 왜 있잖아, 게임에 나올 거 같은 힙한 고슴도치 머리라든가."

뭐야, 파이널 판타지 말인가? 그 시리즈, 요새는 FF가 아니라 HF, 그러니까 호스트 판타지가 됐거든? 그런 머리가 나한테 어울릴 리 있겠냐고.

그래, 유이가하마는 모르는 거다. 그 원장이 얼마나 눈치가 빠르고, 또 얼마나 뛰어난 실력을 지녔는지를. 어떤 마음으로 살아왔으며, 어른이 된 지금 그때의 경험을 어떤 식으로 승화시켰는지도.

"유이가하마, 난 그 미용실 마음에 들었다만."

"뭐? 진짜?"

"심지어 「너무나 마음에 들어서 오래오래 행복하게 살았답니다」라고 바꿔 말해도 될 지경이라니까?"

"그렇게 동화풍으루?! 그 정도루 마음에 들었어?"

"그래. 기회가 되면 재방문해도 괜찮겠다 싶을 정도라고."

"그런 거면 나 다른 헤어샵두 많이 알거든? 소개해줄게. 더 멋있게 잘라주는 데두 아니까."

"아니, 난 이 커트가 마음에 든 거니까 됐어. 힙한 머리로 만들어놓는 건 죽어도 싫다고."

"우웅, 그래? 우웅……."

역시 유이가하마는 이해하지 못하는 눈치였다.

하지만 잡지에도 실렸다고 하니까 그 미용실은 앞으로 엄청난 인기를 끌지도 모른다. 그러면 내가 실제로 거기 다니는 일은 없을 테지. 그래도 이것 하나만은 분명하게 말할 수 있었다.

"좋은 미용실에 데려가줘서 고맙다, 유이가하마."

"……아, 응. 뭐 별건 아니지만……."

유이가하마는 쑥스러운 기색으로 고개를 수그렸다.

"잘은 몰라두…… 마음에 들었다니까 다행이야. 휴우, 그래두 무사히 수습된 것만큼은 진짜 천만다행이었어……."

모처럼 하치만 기준으로 포인트 높은 행동을 했건만, 유이가하마는 그 사실을 잘 모르는 눈치였다. 하긴 내가 호감을 품어봤자 유이가하마 입장에서는 반가울 리 없겠지만 말이다.

어쨌거나 좋은 미용실을 소개해준 유이가하마에게 고마움을 표시하고 싶었다. 가급적 유이가하마에게 부담이 되지 않는 선에서. 나는 상점가 앞쪽에 설치된 자판기에 시선을 고정했다. 진열된 음료 중에는 당연히 치바의 소울 드링크 「그것」도 포함되어 있었다.

"유이가하마, 커피 마실래? 내가 쏘마."

"응? 왜?"

"커트비 내준 답례로."

"지, 진짜? 그럼 저기 스벅이……."

"미안하다만 스벅은 너무 샤랄라☆하니까, 자판기로 해주라."

"뭐어~?!"

그야말로 숨 쉬듯 자연스럽게 럭셔리한 방향으로 가려고 하는구만.

"저게 스타MAX 커피였으면 만사 제쳐놓고 들어갔을 거다만."

"그 카페, 커피 한 종류밖에 안 팔 거 같아……."

"마시고 싶으면 세 개든 네 개든 마음껏 마시라고. 단 종류는 MAX 한정이다만."

"……벌칙 게임이야?"

"자, 골라보셔. 캔이든 페트병이든 끌리는 MAX를 드시라고."

나는 자판기에 동전을 짤랑짤랑 대량으로 투입했다.

"우우우움, MAX 한정이라구……? 우움……. 멜론 소다처럼 괜찮아 보이는 것두 있는데, 왜 하필 MAX냐구요……."

유이가하마는 자판기 앞에서 끄응 신음했다. 나로서는 벌칙 게임이 아니라 귀빈 대접을 해준 셈이었지만, 그 이야기는 하지 않기로 했다.

고양이와 아파트 단지와 책가방

하치모쿠 메이

삽화: 쿳카

잠 못 이루는 밤, 우연히 책꽂이에서 뽑아든 소설은 이름 없는 고양이가 주인공인 바로 그 명작이었다.

내가 처음 이 책을 읽은 것은 언제였을까. 해학과 풍자가 넘치는 화자에게 끌렸고, 그랬기에 이야기의 결말 부분에서 조금 가슴 아파했던 기억이 난다.

나는 고양이를 좋아한다.

가축처럼 일하지도 않고 개처럼 순종적이지도 않건만, 고양이는 인간사회에 녹아들어 번영을 누리고 있다. 사람의 보살핌을 받지만, 누구에게도 의존하지 않는다. 속박을 싫어하고 고독을 즐길 줄 아는 존재. 그것이 고양이다.

그런 면에서 나는 고양이와 흡사한 존재가 아닐까 싶다. 혼자 있어도 아무렇지 않다는 점도 닮았고, 같은 반의 공공연한 부녀자 양께서도 「히키타니는 고양이[#25]인 게 분명해!」라고 했던 것 같다. 그건 좀 다른 이야기 같지만.

아무튼 고양이는 귀엽고 강인하고 위대하다.

하지만 세상에는 그런 고양이를 거북하게 여기는 사람도 있다.

유이가하마 유이도 그중 하나다.

#25 **고양이** BL에서 수(受)를 뜻하는 은어.

× × ×

수업이 끝난 후, 나는 여느 때처럼 봉사부 부실로 향했다.

부실 문을 열고 안으로 들어서니 유이가하마는 휴대폰을 만지작거리고 있었고, 유키노시타는 잡지를 팔랑팔랑 넘기는 중이었다. 평소와 다름없는 풍경이었다.

두 사람은 제각기 고개를 들어 내게로 시선을 향했다.

"아, 힛키. 왔어?"

"그래."

유이가하마의 인사에 짧막하게 화답하고, 유키노시타에게 는 고개를 까닥해보였다.

그리고 내 자리로 가서 앉은 다음, 가방에서 문고본을 꺼내 독서를 시작했다.

한동안 평화로운 시간이 흘러갔다. 그러다 불쑥 유이가하마 가 입을 열었다.

"아참, 맞다. 유키농."

"……? 왜 그러니?"

유이가하마가 부스럭부스럭 자기 가방을 뒤지더니, 안에서 DVD 케이스를 몇 개 꺼냈다. 그 패키지에는 하나같이 디스티 니 랜드의 인기 캐릭터 팬돌이 그려져 있었다.

"영화 다 봤어! 꽤 옛날 것두 있었지만, 다 진짜 재밌더라 구! 팬돌이가 엄청 귀여웠어!"

행복한 표정으로 유이가하마가 감상을 늘어놓았다.

보아하니 유키노시타한테서 DVD를 빌려본 모양이다. 하긴 나도 초등학생 때는 게임을 서로 빌리고 빌려주곤 했더랬지……. 내 마리오 테니스, 슬슬 돌아올 때가 된 거 아닌가?

"재미있게 봤다니 다행이구나."

유키노시타가 부드럽게 미소 지었다.

"참고로 팬돌이를 영상화한 작품은 여기 있는 게 다가 아니야. 그 밖에도 TV 애니메이션과 3D 애니메이션, 인형극이 있거든. 장편 영화가 마음에 들었다면 TV 애니메이션부터 감상하는 걸 추천할게. 이왕이면 원서부터 읽는 게 가장 좋지만……."

유키노시타가 폭포수처럼 장광설을 쏟아내자, 유이가하마는 움츠러든 느낌으로나마 맞장구를 쳤다. 하지만 그 상태로 10분이 지나자, 표정에서 조금씩 지친 기색이 엿보이기 시작했다. 그 모습이 어쩐지 보기 딱해서, 나는 유키노시타에게 말했다.

"넌 팬돌이 이야기만 나오면 부쩍 수다스러워지는 거 같다?"

"어머, 히키가야. 너도 있었구나. 어찌나 조용한지 성불한 줄 알았잖니."

"유령 취급하기냐……."

존재감은 적당히 어필해둘 필요가 있겠구만……. 안 그러면 너 우리 집 밥솥보다 과묵하다는 말을 들어버릴지도 모르니까! 출처는 아르바이트하던 시절의 나.

"힛키는 뭔가 추천해줄 영화 없어?"

유이가하마가 몸을 내밀며 물었다.

"글쎄다, 프리……."

"아, 프리큐어는 빼구."

뭐야…… 왜냐고……. 좋잖아, 프리큐어…….

"프리큐어를 빼면…… 그럼 역시 그거지. 인류 멸망을 소재로 한 영화."

"아, 나두 그런 거 좋아하는데! 재밌잖아. 보면서 조마조마하긴 하지만, 감동적인 게 많구."

"안전지대에서 패닉에 빠진 사람들을 보면 안심이 되거든."

"이유가 최악이잖아!"

같은 이치로 좀비 영화도 좋아한다. 다만 그런 장르는 후반에 인간 드라마로 흐르는 경향이 있다는 점이 좀……. 딱히 그런 내용을 싫어하는 건 아니지만, 내면이 썩은 인간보다 외면이 썩은 인간을 더 보여줬으면 좋겠다고.

"그렇게 자꾸 삐딱한 시선으루 보니까 교실에 녹아들지 못하구 붕 뜨는 거 아니야?"

"무슨 상관인데……. 게다가 붕 뜬다는 건 그만큼 위에 있다는 뜻이라고. 오히려 존경받아야 마땅하다고 본다만."

"어째서 뻐기는 기색인 거니……?"

유키노시타가 어이없다는 듯 한숨을 쉬었다.

"유키농은? 팬돌이두 좋지만, 그것 말구 또 뭔가 추천하구 싶은 영화가 있음 알려줘!"

"추천작이라면…… 팬돌이 이외에는 프랑스 영화 정도이겠구나. 그리고 또 고양이 영상집이라든가…….”

대답하던 유키노시타가 한순간 아차, 하는 표정을 지었다.

“미안해, 유이가하마. 너는 고양이를 싫어하지?”

“응? 아냐아냐, 사과 안 해두 돼!”

유이가하마는 얼굴 앞에서 휘휘 손사래를 쳤다.

“정확히는 싫어하는 게 아니구, 그냥 옛날 일이 생각나서 슬 퍼지는 것뿐이니까……. 아무튼 유키농이 사과할 필요는 없어.”

“그러니……?”

“사실 나두 극복하구 싶기는 한데, 그게 마음처럼 쉽지가 않더라구……. 아하하…….”

살짝 고개를 떨군 채 유이가하마가 웃었다. 거참 사서 고생 인 성격이구만.

“불편하면 그냥 불편한 대로 살아도 되는 거 아니냐? 누구 나 싫어하는 건 있기 마련이잖아. 나도 토마토하고 인간은 싫 다고.”

“후자는 빠른 시일 내에 극복하는 편이 좋지 않겠니?”

유키노시타가 따끔하게 지적했다.

물론 앞서 든 예시 말고도 싫어하는 건 많다. 참석한 적은 없지만 동창회라든가. 그런 식의 「즐기기를 강요하는 분위기」 속에 있다 보면 주위에서 열광할수록 머릿속이 차갑게 식어가 는 느낌이 들어서 싫다. 어차피 불러도 절대 안 갈 거다만…….

“이, 있잖아.”

유이가하마가 입을 열었다.

유키노시타와 내가 돌아보자, 유이가하마가 진지하기 그지 없는 표정으로 덧붙였다.

"전부터 좀 생각했던 게 있는데……."

"뭐냐? 새삼스럽게."

갑작스러운 이야기에 나는 어쩐지 허를 찔린 기분이었다. 유키노시타도 같은 심정이었는지, 조금 놀란 표정을 지었다.

유이가하마는 천천히 말을 이어나갔다.

"힛키는 집에서 고양이 키우지?"

"그, 그래."

"그리구 유키농은 고양이를 좋아하구."

"응, 맞아."

잠시 뜸을 들이던 유이가하마가 다시 입을 열었다.

"그러니까 나두 고양이를 좋아하구 싶어서……."

"그게 유이가하마 네가 생각했던 거니?"

유키노시타의 말에 유이가하마는 묵묵히 고개를 끄덕였다.

……저기, 무슨 말인지 모르겠거든? 「그러니까」가 순접의 의미로 쓰인 게 맞냐?

"우음, 그러니까……."

설명이 부족했다는 자각은 있는지, 유이가하마는 아직 뭔가 하고 싶은 말이 남은 것처럼 입술을 오물거렸다. 하지만 말문이 트일 기미는 전혀 없었고, 손은 어정쩡하게 배꼽 근처에서 꼼지락대기만 했다.

뭐라 말하기 힘든 분위기가 흘렀다.

침묵을 깨뜨린 것은 유이가하마의 개미만 한 목소리였다.

"무슨 이야기를 하구 싶은 거냐면…… 나만 고양이 무서워하는 거, 어쩐지 소외되는 느낌이 들어서…… 그게 좀 싫다구나 할까……."

"아, 난 또 뭐라고……. 야, 너……."

바보냐? 라는 말이 혀끝을 맴돌았다. 입 밖으로 튀어나오기 직전에 삼킨 까닭은 유이가하마는 어디까지나 더없이 진지하게 하는 말처럼 보였기 때문이다.

"억지로 주위에 맞출 필요는 없을 거 같다만……. 네가 무슨 오셀로냐? 게다가 소외고 뭐고, 애초에 난 아무데도 속하지 않는다고."

"맞아. 히키가야는 사시사철 소외된 상태니까."

"바로 그거야. 흰색도 검은색도 아닌, 그 어떤 색으로도 물들지 않는 무색투명한 존재라고."

"그게 뭐야……."

유이가하마가 맥 빠진 기색으로 웃었다.

그러자 유키노시타가 흠흠 조심스레 헛기침을 했다.

"그 이야기는 접어두고, 아무튼 두려움을 극복하려고 노력하는 건 바람직한 일이야. 그러니 유이가하마, 너만 괜찮다면 협력할게."

"유키농……! 고마워!"

의자를 덜컹대며 일어난 유이가하마가 유키노시타를 와락 끌어안았다.

유키노시타의 머리가 유이가하마의 가슴에 꽉 눌려서……
유, 유키노시타? 어째 눈에 생기가 없다만…….

"유이가하마, 진정하렴."

"아, 미, 미안해."

유이가하마는 허둥지둥 자기 자리로 돌아갔다.

"그럼 좀 성급하지만, 어떡하면 극복할 수 있을 거 같아?"

"글쎄……. 체질적인 게 아니라 심리적인 문제니까, 조금씩 고양이를 접하면서 적응해나가는 방법이 효과적일 것 같구나. 우선 고양이 카페라도 가보는 게 어떻겠니?"

"고양이 카페…… 응, 괜찮을지두. 오늘 끝나구 가볼까? 유키농, 같이 가줄래……?"

"그럼, 물론이지."

"만세! 그럼 힛키두 같이 가자!"

"아니, 난 사양하련다."

"뭐어?! 왜?!"

띠—잉, 하고 충격 받았을 때의 효과음이 어울릴 법한 반응이 돌아왔다.

"왜기는…… 내가 거기 따라갈 이유가 있냐?"

"당연히 있지! 뭐냐면, 우음…… 난 고양이 안는 법이나 만지는 법 같은 걸 이것저것 배워야 되잖아. 그니까 실제루 고양이를 키우는 사람이 동행하는 게 좋다구."

"점원이 있잖아."

"그렇긴 하지만……."

유이가하마는 여전히 납득하지 못한 눈치였다.

"그래두 같이 가주는 사람이 한 명이라두 많은 편이 안심이 된다구 할까, 든든하구⋯⋯."

울 것 같은 얼굴로 애원하는 바람에 살짝 마음이 흔들렸다.

유이가하마는 오늘 끝나고 나서 가자고 했다. 고양이 카페가 몇 시까지 영업하는지는 모르겠지만, 그렇게 늦게까지 하지는 않겠지. 그럼 오래 있어봐야 한 시간 정도이려나? 그 정도면 뭐⋯⋯.

"⋯⋯딱히 못 갈 것도 없기는 하다만."

내 말에 유이가하마가 반색을 했다.

"고마워, 힛키!"

눈부신 미소에 나는 그만 시선을 피하고 말았다.

유이가하마는 기쁜 얼굴로 말을 이었다.

"그럼 끝나거든 고양이 카페루 직행하기야! 그것 말구 할 수 있는 게 또 뭐가 있지?"

"그 밖에는⋯⋯."

유키노시타는 팔짱을 끼고 담담하게 대답했다.

"두려움이라기보다는 트라우마 해소법에 가깝지만, 대화도 효과가 있지 않겠니? 유이가하마 네가 고양이를 껄끄럽게 여기게 된 경위를 정식으로 털어놓음으로써 감정이 정리될지도 모르니까."

"말하자면 카운슬링 같은 거구만."

나는 유이가하마 쪽을 돌아보았다.

"그러고 보니 유이가하마, 넌 왜 고양이를 무서워하게 된 거냐?"

"어라, 내가 말 안했나? 공영 아파트 단지에 살 때 키우던 고양이가 갑자기 사라졌다……는 이야기."

"아, 들으니까 생각이 나긴 한다만……."

아마도 카와 어쩌고 양의 관심을 끌려고 했을 때 들었던 것 같다. 코마치가 데려온 우리 집 고양이 카마쿠라를 유이가하마가 유난히 무서워했던 기억이 있다.

"동네에서 몰래 고양이를 키웠을 때, 꽤 많은 일이 있었거든. 자세하게 설명하려면 좀 길어질 거 같은데……."

그렇게 말하고 유이가하마는 쓸쓸함을 달래듯 웃었다.

……그래. 그랬다. 예전에도 유이가하마는 이런 표정을 지었더랬다. 비애인지 후회인지 모를 어두운 감정이 복잡하게 뒤섞인 괴로운 표정을. 평소의 밝은 유이가하마를 알기에 그 모습을 보고 있기가 더욱 힘들었다.

"……굳이 무리해서 이야기할 필요는 없지 않겠냐?"

유이가하마와 유키노시타가 나를 보았다.

"카운슬링 그 자체를 부정하는 건 아냐. 그냥 이야기하는 게 꼭 좋은 방향으로만 작용한다는 보장도 없지 않나 싶은 생각이 들어서."

애써 털어놓았는데 전혀 공감을 얻지 못했을 때, 그 고뇌와 트라우마는 마음속에 한층 깊이 뿌리를 내리게 된다. 민감한 문제라면 그냥 가슴속에 고이 묻어두어도 괜찮지 않을까. 그러면 최소한 지금보다 더 큰 상처를 입을 일은 없을 테니까.

그러나 유이가하마는 뭔가 짐작한 것처럼 부드럽게 미소 짓더니, 도리도리 고개를 저었다.

"그래두 이야기할래. 알아줬으면 하는 마음두 조금은 있으니까."

나를 똑바로 보는 유이가하마의 눈동자에는 강한 의지가 서려 있는 것처럼 느껴졌다.

"……그러냐?"

나는 의자 등받이에 몸을 기대고 경청 태세에 들어갔다.

"유키농두 들어줄래?"

"협력하겠다고 했잖니. 당연히 들어야지."

"고마워…… 두 사람 다."

그리고 유이가하마는 띄엄띄엄 옛이야기를 풀어놓기 시작했다.

× × ×

우움, 어디서부터 이야기하는 게 좋으려나……? 아, 처음부터 하면 돼? 그럼 그렇게 할게.

난 힛키나 유키농처럼 알아듣기 쉽게 설명하는 건 잘 못하니까, 어쩌면 좀 이해하기 힘들지두 몰라. 미안해.

내가 그 고양이를 발견한 건 아마 9월쯤이었을 거야.

초등학교 4학년 때 가을이었어.

학교 끝나구 돌아오는 길에, 아마 아파트 단지 앞이었을 거야. 어디선가 고양이 울음소리가 들리더라구. 그치만 주위를 둘러봐두 고양이는 안 보였어. 그때는 잘못 들었나 싶어서 그냥 지나쳤어.

그리구 다음 날.

학교 가려구 집을 나서서 아파트 단지를 빠져나가는데, 또 고양이 울음소리가 들리더라구. 어제랑 같은 곳이어서 어딘가에 있구나 싶었어.

어제보다 유심히 귀를 기울였더니 아무래도 땅 밑에서 울음소리가 나는 거 같더라구. 그래서 주위를 둘러보니까 바닥에 그게 있었어. 그거 있잖아, 쇠 격자를 끼워놓은 구멍. 그걸 뭐라구 하더라?

아하, 우수(雨水) 맨홀이라구 하는구나.
역시 유키농이야. 척척박사네.

아무튼 그 우수 맨홀 속에 아기 고양이가 있더라구.
작은 삼색 고양이였어.
아마두 도로 가장자리의 배수로로 떠내려 온 게 아닐까 싶어. 바닥에 물이 고여서, 야옹야옹 울면서 벽을 박박 긁어대더라구.

가엾어서 구해주려구 했지만 뚜껑이 입구에 꽉 껴서 들어

올릴 수가 없었구, 구멍 자체두 꽤 깊었거든. 그래서 어른을 불러오려구 했어. 그런데 그때, 우리 반 심술쟁이 남자애가 한 말이 떠오르더라구.

"어른들은 길고양이가 눈에 띄면 보호소로 데려간대."

"유이가하마, 보호소도 몰라?"

"보호소는 야생 고양이랑 개를 죽이는 데야."

그때 나는 아직 열 살이었으니까, 그 남자애가 하는 말을 곧이곧대로 믿었거든. 어른은 야생 고양이나 개를 발견하면 신고해야만 하는 규정 같은 게 있는 거라구 생각했어.

물론 지금은 그런 생각 안 해. 어른이라구 해서 모두 그렇지는 않다는 걸 아니까. 히라츠카 선생님만 해두 버려진 고양이를 발견하면 집으루 데려갈 것 같구.

웅? 박스 옆에 우산을 놔두구 자기는 비 맞으며 돌아갈 거 같다구? 이미지가 너무 구체적인 거 아니야⋯⋯? 뭔가 올드한 느낌인데.

힛키 때문에 이야기가 곁길루 새버렸네.

하던 이야기루 돌아가서, 아무튼 난 그 아기고양이의 존재를 어른들한테 들키면 안 되겠다구 생각했어.

그치만 그냥 내버려둘 마음두 나지 않아서, 다시 집으루 가서 엄마한테는 비밀루 몰래 냉장고에서 분홍 소시지를 빼왔어. 그걸 잘게 뜯어서 맨홀에 넣어줬더니, 고양이가 먹어줬는데⋯⋯.

그게 진짜 기뻤어.

시간 가는 줄두 모르구 아기고양이가 소시지를 다 먹을 때까지 가만히 지켜보구 있었어. 그 바람에 그날은 지각을 하구 말았지.

학교 끝나구 서둘러 집에 와서, 다시 소시지를 가져다줬어.

그날부터 아침저녁으루 먹이를 주기루 했어.

소시지만 주면 몸에 해로울 거 같아서, 용돈으루 산 캣푸드두 줬던 거 같아. 캔 사료를 주면 반응이 좋더라구.

그렇게 5일쯤 먹이를 줬을 거야.

뚜껑 때문에 고양이에게는 손가락 하나 댈 수 없었지만, 그래두 즐거웠어.

그치만…… 역시 이대루는 안 되겠다는 생각두 들더라구.

그렇게 좁고 어두운 곳에 계속 있어야 하다니, 불쌍하잖아.

그치만 나 혼자서는 어떻게 해볼 수가 없어서, 친구한테 도움을 청하기루 했어.

학교 끝나구 친구를 세 명쯤 데리구 아기고양이가 있는 맨홀로 왔어.

그리구 동화 『커다란 무』처럼 힘을 합쳐 뚜껑을 열었고…… 거기까지는 좋았는데, 그다음이 문제였어.

아까도 지나가듯 이야기했는데, 그 맨홀이 꽤 깊었거든. 그래서 팔을 뻗어도 닿질 않더라구. 그래서 줄넘기 줄을 늘어트려 보기두 하구, 나뭇가지를 드리워보기두 하구, 이것저것 시도해봤어. 그치만 아기고양이는 우리를 경계하는지, 좀처럼 올라와주질 않지 뭐야?

그래서 난 좀 위험하지만, 맨홀 안으루 들어가려구 했어. 그랬더니 친구가 말리더라구.

"더러워져."

그렇게 말하면서.

실제루 맨홀 안은 이끼랑 진흙투성이에다가 좁기까지 해서, 들어갔다가는 옷을 버리게 될 게 분명했어.

근데 내가 하필 그날 꽤 좋아하는 옷을 입었었거든. 진짜루 못된 소리지만, 지저분한 맨홀에 들어가기 싫다는 생각이 들더라구. 친구들은 「딴 사람이 구해줄 거야」, 「나중에 자기 힘으로 올라올 거야」 하구 위로해줬지만, 그게 꼭 나한테만 하는 말이 아닌 거 같아서 어쩐지 복잡한 심정이었어.

아무튼 그날은 구조를 포기하구, 내일 다시 생각해보기루 했어.

맨홀 뚜껑을 도로 덮어놓을 때 아기고양이가 나를 빤히 쳐다봐서, 가슴이 아팠던 기억이 나⋯⋯.

그치만 다음날은 그렇게 가슴 아팠던 것두 잊구, 평소처럼 학교에 가서 수업을 들었어.

물론 수업 중에두 아기고양이를 구할 방법을 생각해보기는 했어. 그치만 뭐랄까, 초등학생은 기본적으루 산만하잖아? 그래서 나두 하루가 지나니까 진지함이 떨어져서, 아주 막 심각하게 고민하게 되진 않더라구. 구하는 게 조금 늦어진다구 별일이야 있겠어⋯⋯? 하구.

매정하다구 생각해?

아마 하느님두 그렇게 생각했나 봐.

4교시쯤이었을 거야. 하늘이 흐려지는가 싶더니, 갑자기 쏴아아 비가 쏟아지더라구.

하늘에 구멍이라두 난 것 같은 폭우였어.

우르릉 천둥두 쳐서, 다들 창밖을 내다봤어. 선생님이 딴 짓한다고 야단쳤던 기억이 나.

그때 나두 바깥을 내다봤어. 그 이유는 아마 딴 애들과는 조금 달랐을 테지만.

아기고양이가 걱정됐어.

우수 맨홀은 빗물이 모이는 곳이잖아? 그니까 장대비가 내려버림 아기고양이가 익사하는 게 아닐까 싶었거든.

조금씩 물이 차오르는 맨홀 속에서 도망칠 곳도 없이 발버둥 치는 아기고양이를 상상하니까, 가슴이 미어지는 거 같았어.

어제 옷이 더러워지든 말든 구해줬더라면 이런 일은 없었을 텐데.

수업 시간 내내 후회하구 또 후회했어.

빗줄기는 도무지 약해질 줄 몰랐어.

……응? 힘들면 억지루 이야기 할 필요는 없다구? 아하하, 괜찮아. 고마워. 힛키. 그럼 끊기 좋은 데까지 이야기하구 나서 잠깐 쉴게.

우음, 어디까지 이야기했더라? 아, 맞다. 수업 시간에 비가 내린 데까지였지?

비는 수업이 다 끝난 후에두 여전히 오구 있었어.

학교에서 나오자마자 빗속을 뚫고 달려서 고양이를 보러 갔어. 아기고양이가 있는 맨홀 앞에 도착했을 때는 속옷까지 쫄딱 젖어 있었지……. 그때는 고양이 걱정으루 머릿속이 가득차서, 그런 데 신경 쓸 여유가 없었지만.

머뭇머뭇 맨홀 안을 들여다보니까 아기고양이는 아직 살아 있더라구. 그치만 물이 많이 불어나서, 두 발루 서서 머리만 간신히 물 밖으루 내민 상태였어.

얼른 구해야겠다 싶었어.

다행히 맨홀 뚜껑은 전날 친구들이랑 열어봐서 그런지 큰 어려움 없이 열렸어.

그 후에는 옷이 더러워지거나 말거나 맨홀 안으루 들어갔어. 깊이는 내 가슴 정도 됐으려나? 안은 진흙 냄새가 심하구 눅눅했어. 이런 데다 계속 내버려뒀구나 생각하니까 눈물이 핑 돌더라구.

그래서 겨우겨우 아기고양이를 구해서 밖으로 나왔어.

우리 둘 다 진흙투성이에 비는 변함없이 폭포처럼 쏟아졌지만, 무척 안심이 됐구…… 그때는 얼마나 기뻤는지 몰라.

그치만 아기고양이는 어쩐지 기운이 없어 보이더라구……. 그래서 집으루 데려와서 샤워기루 씻겨줬어. 엄마아빠는 두 분 다 안 계시길래, 하는 김에 따뜻하게 데운 우유두 먹였구.

아기고양이를 보면서, 계속 같이 있구 싶다구 생각했어.

그치만 그럴 수는 없는 노릇이니까, 엄마아빠가 오기 전에 아파트 단지 바깥에다 풀어줬어. 아기고양이는 나를 한번 돌아보구 야옹 우는가 싶더니, 어디론가 모습을 감췄어.

섭섭했지만 잘된 일이라구 여기기루 했어.

······사실은 여기서 끝이 아니구, 계속 이어져.

그치만 좀 피곤하니까, 잠깐 쉬었다가 다시 이야기할게.

× × ×

"······."

유이가하마가 입을 다문 후에도 나는 한동안 아무 말도 하지 못했다.

비록 약간의 실수를 저지르기는 했을지언정 어린 유이가하마의 행동에는 분명한 온정이 담겨 있었고, 아기고양이는 무사히 구출되었다.

아름다운 이야기라고 생각한다.

그럼에도 가슴이 아픈 까닭은 내가 이미 그 결말을 알고 있기 때문이겠지.

"태평해 보이는 사람들도 마음속 깊은 곳을 두드려보면 어딘가 슬픈 소리가 난다······."

어젯밤에 읽은 책의 한 구절을 읊조리자, 유이가하마가 어리둥절한 얼굴로 고개를 갸웃했다.

"······수박 이야기야?"

"인간 이야기다만."

"너는 정말 나쓰메 소세키를 좋아하는구나······."

유키노시타가 드립을 받아주어서 안도했다.

"······그나저나 뭐랄까, 역시 고양이는 마성의 생물이구만."

"마성?"

유이가하마가 되물었다.

"그래. 사람을 홀리고, 때로는 광기에 사로잡히게 만드는 불가사의한 마력을 지녔다고. 예를 들면 기원전 3천년 경으로 거슬러 올라가서······."

"어쩐지 길어질 것 같구나······."

유키노시타의 핀잔을 무시하고 말을 이었다.

"고대 이집트 사람들은 고양이를 신으로 숭배했지. 반면에 마녀사냥이 이루어지던 시대에는 불길함의 상징이라며 박해받았고. 시대와 문화의 차이가 있기는 하지만, 왜 이토록 극단적인 대우를 받아왔을까? 유이가하마, 그 이유를 알겠냐?"

"응? 우움······ 글쎄?"

"잘 들어. 그 이유는······ 고양이가 귀엽기 때문이야."

유이가하마의 표정이 싸늘해졌다. 완전히 정색을 했잖아······.

"그런 표정 짓지 말라니까······. 생각해보라고. 인간이란 어떤 일에서나 이유를 찾으려 드는 생물이잖아? 그래서 옛날 사람들은 고양이의 귀여움에 눈독을 들인 거지. 저렇게 귀여운 데는 뭔가 이유가 있을 거라고 말이야. 그리고 삐뚤어진 인간은 아름다운 꽃에는 가시가 있는 법이라는 것과 동일한 논리로, 「귀여운 고양이에게도 뭔가 위험한 요소가 있을 거다」라는 생각을 떨쳐낼 수가 없었던 거지. 그래서 마녀의 심부름꾼이라는 소문이 돌게 되어버린 거고."

"그거, 뭔가 근거가 될 만한 문헌은 있니?"

유키노시타의 물음에 나는 자신 있게 대답했다.

"없어. 왜냐하면 방금 생각해낸 거니까……."

여러모로 무거운 이야기가 이어졌기에 재미난 화젯거리를 살짝 곁들여봤을 뿐이다. 재미있게 들으셨으려나? 그렇게 생각하며 기대 어린 시선을 향했지만, 유키노시타와 유이가하마는 냉랭한 눈빛으로 나를 마주볼 따름이었다. 어라~?

"뭐냐고……. 어차피 픽션이어도 상관없잖아……. 있을 법한 이야기고."

"재미있지는 않았지만 말이지."

유키노시타의 직설적인 지적에 천하의 나도 조금 시무룩해지고 말았다. 꿰다놓은 고양이처럼 방구석에 가만히 찌그러져 있을까……?

"……그래두 고양이가 귀여운 건 사실이니까."

나직하게 중얼거린 사람은 유이가하마였다.

적지 않은 애정을 고양이에게 쏟은 것도 그렇고, 유이가하마도 한때는 고양이에게 매료되었던 게 분명하다. 결과적으로 고양이를 꺼리게 되었다지만, 그 매력마저 잊어버린 건 아닐 테지.

유이가하마는 상념을 떨쳐내듯 의자에 앉은 채 기지개를 켜더니, 자, 하고 운을 뗐다.

"그럼 하던 이야기를 마저 해볼까?"

"더 쉬지 않아도 괜찮겠니?"

유키노시타가 걱정스러운 기색으로 물었다.

"응. 너무 여유를 부리면 고양이 카페에 갈 시간이 없어질 거 같구."

"……하기는 그렇구나."

유키노시타가 고개를 끄덕이자, 유이가하마는 다시 이야기를 시작했다.

"그 아기고양이하구는 금방 다시 만나게 됐어."

×　×　×

이제 못 만나려나 싶었는데, 맨홀에서 구해낸 다음날에 아파트 단지 안뜰에서 아기고양이를 발견했어. 분명히 그 삼색고양이였어. 눈이 마주치니까 이쪽으루 폴짝폴짝 뛰어오더라구. 나를 기억하는지, 머리를 쓰다듬어주니까 기분 좋게 목을 갸릉갸릉 울렸어.

너무 기뻐서, 안뜰에서 그 아기고양이를 몰래 키우기루 마음먹었어.

키운다구 해봤자 하는 일은 그전이랑 똑같았지만 말이야.

학교에 갈 때랑 집에 올 때 먹이를 주구, 쉬는 날에는 진득하게 놀아주는 게 다였어. 목걸이두 안 해줬구.

그래두 아기고양이는 매일 같은 곳으루 와줬구, 내가 주는 먹이두 꼬박꼬박 먹어줬어. 그리구 그 앞에서 쪼그려 앉으면 내 무릎에두 올라와줬어. 발톱이 파고들어서 조금 아프긴 했지만, 감동했어.

아파트 내에서 고양이를 키우는 건 여전히 금지였지만, 그 때는 딱히 불만은 없었어. 오히려 남몰래 키우는 게 밀회? 같은 느낌이 나서 가슴 설렜구.

……그래서 같은 아파트 단지 애한테 고양이랑 같이 있는 걸 들켰을 때는 덜컥 겁이 났어.

얼른 숨기려구 했지만, 너무 늦어서 이미 똑똑히 봐버린 뒤였어.

그 애? 여자애였어.

아마 나보다 두 살 언니였을 거야. 이름은…… 까먹었어. 학교에서 반장이었던 건 기억하지만.

……그럼 이제부터 그 애를 반장 언니라구 부를게.

반장 언니는 학교에서 반장을 맡을 만큼 야무진 인상을 풍겼어. 어딘가 어른스러운 분위기가 감돌았달까? 안 그래두 초등학생 때는 한 살만 많아두 어른스럽게 느껴지는 법이니까 더더욱 그랬지.

그래서였을까? 그때 난 반장 언니가 동네 어른들한테 아기고양이 이야기를 할 게 분명하다구 생각했어.

아기고양이랑 헤어지기 싫어서, 어른들한테는 말하지 말아 달라구 사정사정했어. 그때는 진짜 필사적이어서, 반쯤은 울고불고 했는지두 몰라.

그런 내 부탁에 반장 언니는 이렇게 대답했어.

"말 안 해."

"진짜?"

"나도 몰래 키우니까."

그렇게 말하던 반장 언니의 얼굴, 지금 생각해봐두 어른스러운 느낌이 났던 거 같아…….

동지라는 걸 알구 나니까 불안이 가라앉아서 이것저것 물어봤어. 그랬더니 요즘 단지 내에서 고양이를 키우는 게 소소한 붐이라지 뭐야? 나랑 반장 언니 말구두 어른들한테는 비밀루 고양이를 키우는 애가 몇 명 있는 모양이더라구.

고양이를 키우는 사람은 나밖에 없다구 생각했었으니까, 왠지 맥이 빠져버렸어. 그치만 같은 처지인 사람이 더 있다구 생각하니까 좀 마음이 놓이기두 했어.

반장 언니는 다른 것두 많이 알려줬어.

남은 급식은 자주 주지 않는 게 좋다든가.

단지 내에서 고양이를 키우면 다른 애들한테 부러움을 산다든가.

그리구 아파트 관리인에 관해서두 이야기해줬어.

우리 아파트 관리인은 고양이를 끔찍하게 싫어해서, 길고양이를 보면 바로 잡아다가 보호소로 보낸다구 했어. 그러니까 관리인한테는 고양이를 키운다는 걸 들키면 안 된다고 신신당부하더라구.

난 선생님 말씀을 들을 때처럼 말없이 고개를 끄덕였어.

이야기를 듣고 나서는 반장 언니한테 고맙다구 인사하구 헤어졌어. 그 후로는 한동안 만나지 못했지……. 아, 그치만 뭔가 피해 다닐 만한 일이 있었던 건 아니야. 그냥 반장 언니가 학원 다니느라 바빠서 나랑 좀처럼 시간이 안 맞았을 뿐이지.

그래서 반장 언니랑 만난 후에두 내 일상에는 변화가 없었어.

변화가 생긴 건 아기고양이를 몰래 키우기 시작한 지 한 달쯤 됐을 때였나?

학교 끝나구 평소처럼 안뜰루 갔더니, 모르는 여자애가 아기고양이랑 놀구 있더라구. 그래서 자세히 봤더니, 글쎄 그 아기고양이가 내가 키우는 삼색이지 뭐야? 말을 걸어두 되려나 잠시 고민했지만, 상대가 나보다 어리길래 용기를 내서 말을 걸어봤어.

"뭐해?"

그 애는 호들갑스러운 느낌이 들 만큼 화들짝 놀라서 나를 돌아보더니…….

"잘못했어요!"

다짜고짜 사과하더라구.

어쩐지 작은 동물 같은 느낌을 주는 여자애였어. 소심해 보였구, 머리를 쫑쫑 땋았더라구.

우리 아파트 단지에 사는 애 같았는데, 나이를 물어보니까 나보다 한 살 어렸어. 이름두 물어보긴 했을 텐데…… 우움, 기억이 안 나. 워낙 옛날 일이니까.

그니까 아까 반장 언니라구 부른 것처럼 얘는 쫑쫑머리라 구 부를게.

그래서 난 그 쫑쫑머리한테 왜 사과하느냐구 물어봤어. 그 랬더니…….

"남의 고양이를 멋대로 만졌으니까."

그렇게 대답하더라구.

자초지종을 들어보니 전부터 내가 여기서 아기고양이랑 노 는 걸 지켜봐왔구, 그게 부러웠나 봐. 그래서 내가 없을 때를 틈타서 아기고양이한테 접근했던 거구.

"어차피 내 고양이인 것두 아니구, 그 정도는 괜찮아."

내가 그렇게 말하니까, 쫑쫑머리가 물어보더라구.

"그럼 또 만져보러 와도 돼?"

나는 그래두 된다구 허락해줬어.

쫑쫑머리는 몹시 기뻐했어.

그날 이후루는 학교 끝나구 자주 둘이서 아기고양이랑 놀 구는 했어.

그러면서 이런저런 이야기를 나누기두 했구.

나는 반장 언니한테 들은 정보를 알려줬어. 아파트 관리인 이야기라든가, 고양이가 좋아하는 놀이 같은 거. 그랬더니 쫑쫑머리두 자기 이야기를 들려주더라구.

쫑쫑머리는 이 아파트 단지에 친한 친구가 둘 있는데, 요즘 그 애들이 고양이를 키우기 시작했다고 했어. 나처럼 단지 어딘가에서 몰래 먹이를 챙겨주면서 기른다나? 둘이서 고양이 한 마리를 함께 돌보는 모양이더라구.

친구들이 고양이한테 빠져서 쫑쫑머리랑은 잘 놀아주지 않는다구 했어. 쫑쫑머리, 외로워하는 거 같았어.

심정은 이해가 갔어.

교실에서 어떤 게임이 유행할 때, 그 게임 소프트가 없음 친구들 사이에 끼어들기 힘들잖아? 쫑쫑머리두 그런 경우가 아닐까 싶었어.

그렇게 또 며칠이 지났구, 그날은 아마 일요일이었던 걸루 기억해.

쫑쫑머리가 물어보더라구.

"유이 언니 고양이, 내가 돌봐줘도 돼?"

내가 「왜?」하구 되물었더니, 쫑쫑머리가 쭈뼛거리며 대답했어.

"캣푸드 사는 거, 힘들 거 같아서."

사실 쫑쫑머리 말대루 초등학생 용돈에 사료 값은 꽤 부담이 되기는 했어.

길고양이니까 꼭 먹이를 챙겨줘야 하는 건 아니지만, 먹이를 안 주면 멀리 떠나버릴 거 같아서 그만둘 수가 없더라구.

그니까 쫑쫑머리의 제안은 매력적이라면 매력적이었지.

그치만 결국 거절했어.

당시에는 내가 구했으니 내가 끝까지 돌봐야 한다는 생각이 강했거든. 초등학생이긴 했지만 나름대루는 아기고양이에게 책임감을 느꼈던 건지두 몰라. ……아님 그냥 아기고양이를 독점하구 싶었던 건지두 모르구.

　어쨌든 나한테는 그 아기고양이가 정말루 소중했어. 그니까 웬만해서는 남에게 맡기구 싶지 않았구.

　그런 마음을 솔직하게 털어놨더니, 쫑쫑머리는 알았다고만 하구 아무 말두 하지 않았어.

　그리구 그날, 난 생각했어.

　엄마아빠한테 아기고양이 이야기를 하는 게 어떨까 하구.

　책임지구 키울 거면 야외가 아니라 집 안에서 제대루 키워야 한다는 생각이 들었거든. 키워두 된다구 허락하면 엄마아빠가 관리인을 설득해줄지두 모르구.

　그치만 만약 안 된다구 하면 어쩌지……? 그렇게 생각하니까 불안해서, 좀처럼 입이 떨어지지 않았어.

　결국 부모님한테 고백하지 못한 채루 월요일이 왔구, 난 학교에 갔어.

　학교에서 돌아왔을 때, 아기고양이는 사라진 후였어.

　아침까지는 분명히 있었어. 먹이두 챙겨줬구, 인사했던 기억두 나.

　아무래두 내가 학교에 있는 사이에 사라진 거 같았어.

단지 안을 필사적으로 뒤졌지만, 아기고양이는 아무데두 없었어. 주차장에두, 옥상에두, 우수 맨홀 안에두…….

다음 날은 단지 바깥까지 수색 범위를 넓혔지만, 그래두 아기고양이는 발견되지 않았어.

그야말루 코빼기두 보이지 않았어.

엄청난 충격이었어. 그 이틀간은 아무것두 먹질 못해서, 엄마아빠한테두 걱정을 끼쳤지.

사흘째 되던 날에두 필사적으로 찾아다니다가, 안뜰에서 반장 언니와 마주쳤어.

"언니, .내가 키우던 삼색 고양이 못 봤어?"

그렇게 물어보니까 반장 언니는 고개를 저었어. 그리구…….

"내 고양이도 어디론가 가버린 거 같아."

대수롭지 않다는 기색으루 그렇게 대답하는 거야.

난 이해가 안 갔어. 아무리 길고양이여두 자기 고양이가 사라졌는데, 어떻게 저렇게 침착할 수가 있지?

"아쉽지만, 고양이는 원래 그런 동물이니까."

반장 언니는 그렇게 말했어.

그 말은 지금두 기억해.

맨홀에서 구해내서 매일 먹이를 주구 사랑하구 아껴줬는데, 아무런 낌새두 없이 모습을 감춘다구?

고양이는 그런 동물이란 말이야?

그렇게 생각하니까 왠지 배신당한 기분이 들더라구. 용서할 수가 없었구, 슬퍼서…….

고양이 찾기를 중단했어.

그 후에는 가급적 그 아기고양이를 떠올리지 않으려구 했
어. 쫑쫑머리랑두 연락이 딱 끊겼구, 내 생활은 아기고양이를
만나기 전으루 되돌아왔어.

× × ×

"……대충 그렇게 된 거야."

유이가하마는 그렇게 이야기를 끝맺었다.

"후일담이라구 할 정도는 아니지만, 그 후에 고양이에 관해
서 알게 된 점이 하나 있어. 아마 너희두 알 테지만, 고양이는
죽을 때가 다가오면 모습을 감춘다구 하더라구……. 그 고양
이가 나한테 약해진 모습을 보여주지 않으려구 숨은 거라구
생각하니까 왠지 안타까웠어.

티 나게 어깨를 늘어뜨리는 유이가하마를 위로하듯 유키노
시타가 말을 걸었다.

"……네가 키웠던 고양이는 틀림없이 행복했을 거야."

"유키농…… 고마워."

둘은 다정한 눈빛으로 서로를 바라보았다.

반면에 나는 이번에도 아무 말을 하지 못했다. 방금 들은
이야기의 내용을 머릿속으로 천천히 되새겨보는 중이었기 때
문이다.

유이가하마가 자리에서 일어섰다.

"그럼 슬슬 마칠 시간이 됐으니까, 고양이 카페루 갈까?"

유키노시타와 나도 동의하고, 부실을 나섰다.

바깥에서는 해가 뉘엿뉘엿 저물어가고 있었다.

교문 앞에 다다랐을 때, 유이가하마가 갑자기 우뚝 걸음을 멈추었다.

"아! 나 휴대폰 부실에 놓구 왔어! 미안해, 금방 갔다 올 테니까 잠깐만 기다려!"

대답을 기다리는 대신, 유이가하마는 후다닥 왔던 길로 되돌아갔다.

그 바람에 유키노시타와 나는 교문 앞에 덩그러니 남겨지고 말았다.

나는 내내 굳게 다물고 있었던 입을 무겁게 열었다.

"……저기, 유키노시타."

"왜 그러니?"

"유이가하마가 한 이야기 말이다만……."

"히키가야."

내 말을 가로막은 유키노시타가 내 눈을 똑바로 보았다.

어딘가 나무라는 듯한 시선이었다.

"나는 슬픈 이야기라고 생각하지만…… 이미 지나간 일이니까. 어찌해볼 도리가 없잖니."

"……하긴 그렇지. 네 말이 맞아."

나는 고개를 끄덕이고, 묵묵히 유이가하마가 돌아오기를

기다렸다.

유키노시타는 십중팔구 나하고 같은 생각을 한 거다.

그리고 깨달았을 테지.

유이가하마의 고양이는 죽을 때가 되었음을 깨닫고 모습을 감춘 게 아니라는 사실을.

잠시 후 유이가하마가 돌아왔고, 우리는 셋이 함께 고양이 카페로 향했다. 학교에서 몇 분만 걸어가면 고양이 카페가 있다고 했다. 다른 두 사람도 처음 가보는 모양이었다.

이야기꽃을 피우며 나란히 걸어가는 유이가하마와 유키노시타를 뒤따라 혼자 걸었다.

유이가하마가 틈틈이 내게도 말을 걸어줬지만, 딴생각을 하느라고 성의 없는 대답밖에 하지 못했다.

딴생각이란 당연히 아까 유이가하마가 들려준 고양이 이야기에 관한 생각이다.

희망을 찾듯, 또는 불안을 떨쳐내듯 고찰을 거듭했지만, 착잡한 결론만이 도출될 뿐이었다.

유이가하마는 단순히 죽을 때가 되었기 때문에 고양이가 떠난 거라고 생각하는 눈치였다.

실제로 나도 이야기를 듣기 전까지는 그렇게 생각했다. 사람 손을 타도 웬만해서는 야생성을 잃지 않는 고양이는 주인을 어지간히 신뢰하지 않는 한, 죽을 때를 알게 되면 자취를 감추는 습성이 있으니까.

그 밖에도 영역 싸움에서 밀리거나 먹이터가 사라지면 멀리 떠나서 돌아오지 않기도 한다.

하지만 이 경우는 그중 어디에도 해당되지 않는 것처럼 보였다.

개인적인 추측이지만, 고양이가 실종된 데는 무언가 인위적인 요소가 작용한 게 아닐까 하는 생각이 들었다.

구체적으로는 쫑쫑머리가 범인이 아닐까 의심스러웠다.

쫑쫑머리는 유이가하마의 고양이를 돌보게 해달라고 부탁했다가 거절당했다. 그리고 바로 그 다음날 유이가하마의 고양이가 사라졌다. 그 두 사실 사이에 아무런 상관관계가 없으리라고 생각하기는 힘들다.

나는 다시 한 번 쫑쫑머리가 처한 상황을 되짚어보았다.

쫑쫑머리는 왜 유이가하마의 고양이에게 접근했는가? 그 이유는 같은 아파트 친구들이 고양이에게 푹 빠져서 쫑쫑머리와 놀아주지 않았기 때문이다. 쫑쫑머리는 친구들과의 관계를 회복하고 싶었을 게 분명하다. 그래서 공통 화제를 손에 넣으려 했다.

그것이 바로 유이가하마의 고양이다.

쫑쫑머리는 돌봐준다는 명목으로 유이가하마로부터 고양이를 넘겨받아서, 다시 친구들과 어울리고 싶었던 게 아닐까?

그러나 그 시도는 유이가하마가 거절하는 바람에 실패로 끝났다.

그래서 쫑쫑머리는 강경책을 쓰기로 마음먹었다.

유이가하마가 없는 사이에 고양이를 훔쳐낸 거다. 그 후에는 유이가하마에게 들키지 않도록 고양이를 숨겨두고, 친구들과 놀 때만 데려오면 된다. ……한순간 그렇게 생각했지만, 그 가설에는 현실적으로 무리가 있다.

우선 쫑쫑머리와 유이가하마는 같은 아파트 단지에 산다. 따라서 고양이를 끝까지 숨기기는 불가능에 가깝다. 그러므로 쫑쫑머리는 합의하에 유이가하마로부터 고양이를 넘겨받을 필요가 있었다.

그러나 아까도 말했다시피 쫑쫑머리는 유이가하마에게 거절을 당했고, 결국은 유이가하마의 고양이를 포기할 수밖에 없었다.

그럼 쫑쫑머리는 어떻게 할까?

어떻게 하면 더 이상 소외되지 않을 수 있을까?

쫑쫑머리는 고민했을 게 분명하다. 초등학생이 생각할 수 있는 범위 내에서 끙끙거리며 해결책을 모색했을 테지.

그리고 고민 끝에 이렇게 생각하게 되지 않았을까?

고양이만 없으면 된다고.

애초에 쫑쫑머리가 친구들과 멀어지게 된 원인은 고양이다. 그러니 고양이만 없어지면 다시 셋이 같이 놀 수 있게 되지 않을까? 쫑쫑머리는 그렇게 생각했다.

하지만 고양이를 없앤다고 해도 방법이 문제다. 자기 힘으로 멀리 갖다버린다? 불가능하지야 않겠지만, 고양이가 되돌아올 가능성이 있다. 게다가 만약 친구에게 들키기라도 하는 날에는 절교로 끝나지 않을 테지.

그러니 타인의 힘을 빌릴 필요가 있다.

거기서 생각이 미친 게 바로 고양이를 싫어하는 관리인이 아니었을까?

유이가하마는 쫑쫑머리에게 관리인 이야기를 해주었다. 쫑쫑머리는 그 지식을 이용했다.

방법은 단순하다. 관리인에게 단지 안에 길고양이가 산다는 사실을 알려주기만 하면 된다.

그러면 쫑쫑머리의 친구가 키우는 고양이를 관리인이 포획해줄 테니까.

……쫑쫑머리의 계획이 성공했는지는 알 수 없다.

아니, 애초에 쫑쫑머리가 정말 그런 생각을 했는지조차도 확실하지 않다.

그러나 최소한 고양이 두 마리는 실제로 사라졌다.

한 마리는 유이가하마의 고양이. 다른 한 마리는 반장 언니의 고양이다.

관리인이 아파트 단지를 수색했다고 치면 고양이 두 마리가 한꺼번에 실종된 이유도 설명이 된다.

보호소로 이송된 길고양이가 어떤 운명을 맞이하는지는 모른다.

다만 희망찬 미래가 기다리고 있지는 않으리라는 점만은 분명하다.

……아아.

정말이지 이토록 참담한 상상을 하고 마는 나 자신에게 넌덜머리가 난다.

모든 것은 억측에 지나지 않는다. 증거는 아무것도 없다.

유키노시타가 지적한 대로 이미 다 지나간 일이다. 더는 생각하지 말자.

"아이참, 힛키. 내 말 듣구 있어?"

"엉? 어, 그래. 뭔데?"

숙였던 고개를 들자, 어느새 유이가하마가 내 옆에서 나란히 걷고 있었다.

"어쩐지 어두운 얼굴을 하구 있길래. 눈이 흐리멍덩해."

"늘 이렇잖아. 냅둬."

"응, 하긴."

어쩐지 기쁜 얼굴로 중얼거리고, 유이가하마는 말을 이었다.

"……내 이야기, 들어줘서 고마워. 덕분에 좀 후련해졌어."

"난 딱히 아무것도 한 게 없다만."

"그치만 들어준 것만 해두 고마운걸? 꽤 우울한 이야기였으니까."

"뭐 그렇기는 했지."

유이가하마는 쿡쿡 웃더니 살짝 시선을 내리깔았다.

"나 말이야…… 후회되는 일두 있지만, 힘내서 맞서볼까 해. 안 그럼…… 그 고양이들한테두 미안하니까."

……고양이들?

"유이가하마, 너 알고……."

"아! 저기 아니야?"

유이가하마가 앞을 가리켰다. 그 손가락이 가리키는 방향에는 아담한 건물 한 채가 있었다. 저게 바로 그 고양이 카페인가?

"저기 같구나. 어서 가자."

유키노시타는 부리나케 카페로 향했다. 너 정말 고양이를 좋아하는구나…….

유이가하마와 나는 잰걸음으로 유키노시타를 뒤쫓아 목적지인 고양이 카페 앞에 도착했다. 그리고 셋이 함께 입장했다.

곧장 카운터로 가서 코스와 음료를 선택하고, 점원에게서 간단한 주의사항을 들었다.

"여기 있는 아이들은 모두 보호소에서 데려온 고양이들이랍니다."

점원은 마지막으로 그렇게 덧붙이고, 우리를 고양이가 있는 방으로 안내했다.

발걸음도 가볍게 걸어가는 유키노시타와 달리, 유이가하마는 긴장한 기색이 역력했다. 벌써 걸음걸이부터가 부자연스러웠다.

이윽고 우리는 고양이가 있는 방으로 들어섰다.

4평쯤 되는 공간에는 고양이가 여러 마리 있었다. 우리 말고 다른 손님은 없는 듯했다.

유키노시타는 곧바로 창가에서 털을 고르는 검은 고양이를 점찍는가 싶더니, 살금살금 그리로 다가갔다. 그 행동거지가 몹시 신속했다. 설마 본래의 목적을 잊은 건 아니겠지…….

한편 유이가하마는 방 한켠에 우두커니 서 있었다.

겁을 먹고 얼어붙었다기보다는 얼이 빠진 느낌이었다.

유이가하마의 시선 끝에는 삼색고양이 한 마리가 몸을 동그랗게 말고 누워 있었다. 나이를 꽤 먹은 고양이처럼 보였다.

"저 고양이⋯⋯."

유이가하마는 천천히 그쪽으로 다가가서, 떨리는 손으로 고양이의 머리를 쓰다듬었다.

삼색고양이는 기분이 좋은지 목을 골골 울렸다.

유이가하마의 눈에 희미하게 눈물이 고였다.

× × ×

고양이 카페에서 돌아가는 길에 나는 유이가하마에게 물었다.

"어때? 공포증은 좀 극복한 거 같냐?"

"우음⋯⋯ 모르겠어. 솔직히 아직은 좀 무서운 거 같기두 하구⋯⋯."

그렇겠지, 하고 유키노시타가 맞장구를 쳤다.

"하루아침에 극복할 수 있는 문제를 공포증이라고 하지는 않으니까. 앞으로 천천히 적응해나가면 돼. ⋯⋯그러니까 유이가하마 너만 괜찮다면 다음에 또 같이 가줄 의향도 있어."

"넌 그냥 고양이 카페에 가고 싶은 거 아니냐⋯⋯?"

"방금 뭐라고 했니? 히키가야."

쨰릿 노려보는 바람에 나는 황급히 시선을 피했다. 어이쿠,

무서워라…….

"다, 다음에 또 셋이 같이 가자!"

유이가하마가 기운찬 목소리로 외쳤다.

그리고 들릴락 말락 한 음성으로 덧붙였다.

"……그러니까 둘 다 갑자기 어디론가 가버리면 안 돼."

"그럴 리 있겠냐? 고양이도 아니고."

"그러게."

나와 유키노시타는 주저 없이 대답했다.

그러자 유이가하마는 오늘 최고의 미소를 지었다.

오늘도 유이가하마 유이는 그 한마디에 마음을 담는다.

미 즈 사 와 유 메
삽화: 카스가 아유무

"야헬롱헬롱헬롱~!"

유키노시타와 나밖에 없어 내내 정적이 흐르던 봉사부 부실 내의 데시벨이 단숨에 치솟았다.

힘차게 오른손을 치켜들며 부실로 들어온 사람은 다름 아닌 유이가하마 유이였다.

유이가하마는 늘 활기차지만, 오늘의 야헬롱은 평소보다 1.3배쯤 신바람이 난 느낌을 주었다.

기분 탓인지 유이가하마의 머리에 달린 당고도 1.3배쯤 거대해진 거 같다만······. 이건 그냥 착시 현상인가?

"야헬롱~!"

그리고 유이가하마를 뒤따라 힘차게 오른손을 치켜들며, 또 한 사람이 부실로 들어왔다.

······히라츠카 선생님이었다.

"······."
"······."
"······."

유키노시타와 유이가하마, 나는 눈을 휘둥그레 뜬 채, 숨 쉬는 것마저도 잊고 뻣뻣하게 굳어버렸다.

얼어붙은 시간을 가르며 걸음을 옮겨, 히라츠카 선생님이 긴 책상에 앉았다.

그리고 책상에 양쪽 팔꿈치를 괴고 손깍지를 끼더니, 진심에서 우러난 간청을 말에 실었다.

"……내 혼신의 야헬롱을 봐서, 내가 지금부터 하려는 부탁을 들어주겠지 않겠나?"

그 말에 재가동한 유키노시타가 우선 차분하게 찻잔을 입으로 가져갔다.

"말씀해보시지요."

그리고 결의를 담은 숨결과 함께, 히라츠카 선생님에게 진지한 눈빛을 보냈다.

평소에 히라츠카 선생님이 뭔가 부탁을 할 때면 우리 셋은 일단 투덜투덜 불평을 늘어놓고는 했다. 그러다 궁지에 몰려 울상이 된 히라츠카 선생님을 보고, 유키에몽이 「하여튼 시즈짱은 못 말린다니까」 하고 한 발짝 양보하는 게 가장 일반적인 패턴이었다.

그러나 묘령의 여교사가 초장부터 일생일대의 야헬롱이라는 통렬한 선수를 쳐버린 이상, 유키노시타도 깨끗이 단념할 수밖에 없었나 보다. 오늘의 히라츠카 선생님은 진심이다.

"힛키, 야헬롱은 어디루 가려는 걸까……?"

본인의 인사말이 어느새 혼자 성층권을 향해서 나아가기

시작한 게 불안한지, 유이가하마가 떨리는 목소리로 물었다.

"그 답을 찾기 위해 우리는 살아가는지도 모르지."

내가 해줄 수 있는 말이라고는 최소한의 소박한 위로뿐이었다.

히라츠카 선생님은 나, 유키노시타, 유이가하마에게 차례로 시선을 향했다.

"너희도 요즘 10대니까, 유튜브는 자주 보겠지?"

그리고 방금 전까지 자아냈던 분위기에서는 상상하기 어려울 정도로 얄팍한 화제를 꺼냈다.

"거두절미하고 본론으로 들어가지. 너희가 이곳 봉사부의 공식 유튜브 채널을 개설해줬으면 한다."

"어, 죽어도 싫은데요."

나는 대퇴 사두근을 울리며 벌떡 일어섰다. 신속하게 발길을 돌린 순간, 히라츠카 선생님이 내 팔을 붙잡았다.

버림받은 아기고양이처럼 애처로운 눈으로 올려다보는 바람에 나는 윽, 하고 말문이 막혔다. 그 아기고양이가 담긴 상자에는 「결혼해주세요」라고 쓰여 있을 게 분명했다.

큭…… 이러다가는 결혼해버리고 말겠다고……!!

"이유를 말해주시지요, 히라츠카 선생님. 아무리 그래도 지나치게 갑작스럽습니다."

유키노시타가 애써 냉정하게, 타이르는 어조로 요구했다.

"으음, 실은…… 학교 측에서 요청한 일이다."

내 그럴 줄 알았다니까? 뭣보다 거의 매번 그 이유 때문이고 말이지.

"얼마 전 일인데…… 치바 시내의 다른 학교 재학생이 유튜브에 영상을 올렸는데, 그 내용이 인터넷에서 물의를 빚은 일이 있었다. 그래서 유사한 문제의 발생을 예방하는 차원에서, 각 학교별로 공식 채널 개설을 권장하는 움직임이 생긴 모양이더군."

설명을 마친 히라츠카 선생님은 책상 위에 놓인 상담 메일 체크용 노트북을 씁쓸한 표정으로 바라보았다.

나는 그 설명을 듣고 납득했다.

"웅? 물의요……? 그래서 학교 측이……?"

머리 위에 물음표가 무수히 떠다니는 유이가하마에게 내가 대신 설명해주었다.

"요즘 시대에 재학생이 동영상 사이트에 영상을 올리는 걸 막기는 어려우니까. 그럴 바에야 학교 측도 채널을 개설하고 동영상을 업로드해서, 적극적으로 개입하는 편이 낫다고 여기는 거 아니겠냐?"

"그렇게 함으로써 어느 정도는 억제력을 발휘할 수 있다고 생각하는 거겠지."

유키노시타가 특유의 화법으로 결론을 맺었다.

"아하, 알았다! 학교 측에서두 감시 중이라구 어필할 수 있다는 소리구나!"

유이가하마가 손바닥을 탁 쳤다. 요점은 정확하게 이해한 눈치였다.

한마디로 너희들이 이용하는 사이트는 학교 측 역시 보고 있다는 암시를 줌으로써, 학생들이 생각 없이 몰상식한 영상을 올리는 데 심리적인 제동을 걸겠다는 의도다. 그게 얼마나 효과가 있을지는 별개의 문제다만.

그렇게 생각하니 요새는 학교도 참 힘들겠구만. 학생들이 교내에 있을 때의 행동뿐만 아니라 집이나 밖에 있을 때 인터넷으로 사고를 칠 가능성에도 신경을 곤두세워야 하는 셈이니까.

"그런 이유로 우리 학교도 공식 채널을 만들기로 했는데……. 그런 쪽은 잘 모르는 나이 든 선생님들이 많잖아? 그래서 다른 학교를 참고해서, 학교뿐만 아니라 동아리별로 채널을 만드는 게 어떨까 하는 의견이 나와서 말이다."

으아, 학생들에게 고통 분담을 시키려고 아주 작정을 했구만. 근데 그거, 이 사태의 시발점을 생각하면 본말전도 아니냐?

"그리고 이렇게 요구하는 거다. 『히라츠카 선생님은 젊으니까 담당 동아리 채널 정도는 뚝딱 만들 수 있겠죠? 이왕이면 학교 채널 관리도 부탁하고 싶다니까요, 크하하!』 하고. 뭐든 다 나한테 떠넘기면 그만인 줄 안다니까……. 근로 방식 개혁[#26]은 개나 줘버린 거냐……!"

히라츠카 선생님은 끔찍하다는 듯 어깨를 부르르 떨더니, 땅이 꺼지라 한숨을 쉬었다.

"그래서 막막해하던 와중에 유이가하마, 네가 생각났다."

"네? 저……요?"

"나는 유튜브도 유튜버도 잘 모르지만, 발랄하고 특이한

[#26] 근로 방식 개혁 일본에서 잔업 시간 줄이기 등을 골자로 시행한 노동 관련 법률.

인사를 하는 사람이 유튜버라는 것 정도는 안다."

히라츠카 선생님이 턱에 손을 얹으며 자신만만하게 말했다.

유감이지만, 그 유일한 지식은……. 나는 고개를 절레절레 저었다.

"야헬롱이란 인사는 꼭 유튜버가 하는 인사말 같다는 생각 이 들더군…… 유이가하마, 너라면 유튜버가 될 수 있다!"

"네에에에?! 그치만 전 그런 거 의식해본 적 없는데요?!"

히라츠카 선생님이 어깨를 꽉 붙들자, 유이가하마는 당황 한 기색으로 우리를 돌아보았다.

야헬롱은 시류의 영향을 받지 않는, 한 여고생의 활력의 산 물이다.

야헬롱이 유튜버의 인사말과 비슷한 게 아니라, 오히려 유 튜버의 인사말이 야헬롱의 벤치마킹일 가능성이 높을 정도다.

우리의 반응이 영 신통치 않게 느껴졌는지, 히라츠카 선생 님의 목소리에서 살살 꼬드기는 기색이 묻어나기 시작했다.

"히키가야, 넌 예전부터 상담 메일의 존재를 못마땅하게 여 기지 않았나?"

나는 딱히 상담 메일의 존재를 못마땅하게 여기는 게 아니 라, 상담이랍시고 보내오는 메일이 너무나 특수한 내용으로 점철되어 있다는 데 문제를 제기했을 뿐이다. 하지만 보아하 니 그런 내 진의는 전달되지 않은 눈치였다.

"실은 말이다. 나도…… 요즘 세상에 상담을 메일로 접수하 는 건 너무 구닥다리 아닌가 싶던 참이었다."

근심 어린 얼굴로 허공을 바라보던 히라츠카 선생님이 불쑥 뜬금없는 소리를 했다.

"이 기회에 메일 모집을 종료하고, LINE으로 상담을 받는 것도 한번 검토해볼까 했는데…… 기왕 이렇게 된 김에 유튜브로……."

"노노노노, 그거 안 돼, 노노노노."

나는 벌떡 일어나서 다소 강경하게 히라츠카 선생님의 제안을 제지했다. 초조한 나머지 약간 어눌한 말투로.

"메일이라서 그나마 대응 가능한 양으로 끝나는 거라고요. 의미 불명인 경우도 많지만, 정말 위험한 건 별로 없으니까요. 하지만 SNS나 인터넷을 통해서 공개적으로 모집했다가는……."

"조롱이나 장난이 폭발적으로 늘어나겠구나."

내 반론을 이어받은 유키노시타가 고개를 설레설레 저었다.

"무시하는 데도 체력은 소모되는 법이니까요. 인터넷으로 상담을 모집하려고 유튜브 채널을 개설하시려는 거라면 저는 반대입니다."

애초에 개인 기기로 상담을 확인할 수 있는 상황이 우리에게 얼마나 큰 스트레스를 야기할 수 있는지, 히라츠카 선생님에게는 전에도 충분히 설명했을 터였다.

"그런가? 하지만 나는 이것도 시대의 반영이 아닐까 한다. 정보를 발신하고 수신하는 매체는 시대에 따라 변하기 마련이니까. 삐삐가 피처폰으로, 피처폰이 스마트폰으로……."

뭐야, 코난에서 작중 시간 일 년 이내에 나타나는 통신기기

변천사인가?

"알겠다. 모집은 하지 않도록 하지. 그래도 공식 채널 개설 자체는 수락해줬으면 하는데……."

"히라츠카 선생님, 그전에 우선 한 가지 확인해둘 사항이 있습니다만…… 봉사부 채널 개설 자체는 상관없습니다. 하지만 교내 홍보 영상이라면 또 모를까, 전 세계에서 시청할 수 있는 동영상에 제 모습이 노출되는 건 곤란합니다."

"우음……. 나두 그런 건 원래 별루 안 좋아하구……."

유키노시타와 유이가하마의 염려에 히라츠카 선생님이 어깨를 축 늘어뜨렸다.

"하긴 그렇겠지……. 나도 다른 선생님들과 같이 잠깐 학교 공식 채널 동영상에 출연했는데 그것만으로도 꽤 부담이 됐다고나 할까, 허들이 높게 느껴졌으니 말이다……."

허들이 높다라…….

그렇다면 허들을 뛰어넘는 대신, 적당히 힘을 빼고 그 밑으로 통과하면 그만이다.

"방법의 문제 아니냐? 꼭 우리가 직접 영상에 출연할 필요는 없다고. 그 역할을 대신할 마스코트 캐릭터를 디자인해서 화면에는 그걸 내보내고, 음성만 우리 중 한 명이 맡으면 되니까."

내 제안이 흥미로웠는지, 유이가하마가 나를 돌아보았다.

기업에서 자주 쓰는 방법이다. 특정 사원을 대표로 영상에 출연시키기보다는 마스코트 또는 이미지 캐릭터를 설정해서 대변자로 삼는 것이다. 그러면 특정인이 나쁜 방향으로 부각되는 상황은 생기지 않는다. 한마디로 책임을 떠안을 일이 없다.

"봉사부 마스코트 캐릭터! 재밌겠다!!"

갑자기 의욕적이 된 유이가하마가 외쳤다. 그 반응에 마음이 놓였는지, 히라츠카 선생님은 온화한 미소를 지으며 가슴 밑으로 팔짱을 꼈다.

"그런데 너희는 주로 어떤 영상을 보나? 난 기껏해야 결혼 컨설팅이나 자기계발 쪽 영상을 보는 정도인데……."

"유키노시타, 넌 그런 데 관심 없지 않냐?"

히라츠카 선생님이 든 예시가 지나치게 생생해서 눈시울이 뜨거워졌기에, 나는 의도적으로 그 부분에 관한 언급을 피하고 유키노시타에게 화제를 토스했다.

"실례잖니. 나도 동영상 사이트 정도는 이용해."

그러고 보니 유키노시타, 인터넷으로 고양이 영상을 찾아본다고 했던가? 반대로 그런 것밖에 안 볼 것 같기는 하다만.

"그러는 힛키는? 좋아하는 유튜버라든가, 구독하는 채널 같은 거 있어?"

"난…… 아, 그래. 치바 공식 채널은 구독 중이다만."

"뭐랄까, 정말 예상을 벗어나지 않는구나……."

뭐냐고, 유키노시타. 왜 그렇게 「못 말려」라는 눈빛으로 보는 건데? 오히려 치바 주민으로서 칭찬받아 마땅한 거 아니냐?

"또 포니캐년[27] 공식 채널도 챙겨보고."

"진짜? 왠지 의외야. 혹시 힛키가 좋아하는 아티스트가 거

#27 포니캐년 음악 · 영상 위주의 일본 미디어 컨텐츠 제작사.

기 소속이야?"

관심사가 맞을지도 모른다고 생각했는지 적극적으로 질문해오는 유이가하마를 견고한 마음의 벽으로 멈춰 세웠다.

"아니, 포니캐널 채널에는 『치바 군을 찾아라』[#28]가 올라오니까."

요즘 가수는 잘 모른다고. 올해 나온 신곡 중에서 외워서 부를 수 있는 노래라고는 프리큐어 주제가 정도다.

"나왔다, 치바 군……. 힛키가 좋아하는 지역 캐릭터……."

"그 밖에 자질구레한 것까지 치면 후낫시[#29] 채널이라든가, 뭐 이것저것. 대충 그 정도다만."

인기 유튜버의 상품 소개나 게임 실황 같은 건 아예 안 보니까.

후낫시라는 말에 히라츠카 선생님이 오오, 하고 손뼉을 쳤다.

"봉사부 채널이 자리가 잡히면 나중에 후낫시를 게스트로 초대하고 싶군. 분위기가 후끈 달아오를 거다."

당신, 치바의 비선실세쯤 돼?

"그보다 후낫시라도 좋으니 나하고 결혼해주지 않으려나……?"

히라츠카 선생님은 땅이 꺼지라 탄식하며 속내를 토로했다.

근데 사실 후낫시는 인간이 아니라 배라는 점만 빼면 일등 배우자감이잖아. 오히려 나랑 결혼해서 먹여살려줬으면 좋겠다고낫시~.

"글구 보니 후낫시, 왜 아직두 비공식이지……? 그렇게 열심

#28 치바 군을 찾아라 치바의 마스코트 캐릭터 치바 군의 실종을 다룬 웹 드라마.
#29 후낫시 치바 후나바시 시의 비공식 지역 캐릭터. 후나바시 특산물인 배(梨, 나시)를 의인화한 것으로, 말끝에 낫시(なっし)라는 어미를 자주 붙임.

인데, 슬슬 공식으루 파워업해두 되는 거 아니야?"

유이가하마가 착잡한 듯 어깨를 떨구었다.

"그야 공식 비공식은 승급제가 아니니까······."

내 설명에도 유이가하마는 의아한 기색으로 고개를 갸웃할 따름이었다. 다 이런저런 사정이 있을 거라고.

그러는 사이, 히라츠카 선생님은 노트북을 조작하고 있었다.

"자, 다들 이걸 보도록. 잠정적이기는 해도 우리 학교 축구부는 이미 공식 채널을 운영하는 중이다. 여러모로 참고가 되겠지."

선생님은 브라우저를 커서 유튜브로 들어가, 검색창에 「소부」, 「축구부」를 입력했다.

그렇게 해서 뜬 페이지 헤더에는 눈에 익은 학교 사진이 걸려 있었다. 소부고 축구부 채널이 맞는 모양이었다.

하여간 변함없이 우등생들이구만. 이번에도 하야마가 서글서글하게 수락한 건가?

화면에는 업로드된 것으로 보이는 영상 섬네일도 몇 개 있었다.

"아, 토벳치다!"

유이가하마가 화면을 가리켰다.

저, 정말 토베가 영상을 올렸잖아······?

"지금은 시험 삼아 부원 개개인이 자유롭게 영상을 올리게 해둔 모양이로군."

히라츠카 선생님의 말에 따르면 아직 시합이나 연습 풍경

영상을 올리는 단계는 아닌 듯했다.

섬네일에는 흰색 테두리를 두른 노란 글씨로 「뒷머리를 너무 쳐서 완전 위기드아~」라고 쓰여 있었다.

하지만 화면에 잡힌 토베의 뒷머리는 여전히 어정쩡하게 길어서 짜증을 부추겼다. 이게 너무 친 거라니, 넌 평소에는 뒷머리를 밀리미터 단위로 관리하기라도 하는 거냐?

"축구부 공식 채널의 컨텐츠는 토베가 올린 영상이 대부분인가 보군. 그냥 유유자적 치바를 산책하는 내용인 거 같지만 말이다."

"축구를 하라고, 축구를."

천하의 내가 그만 화면을 향해 지극히 상식적인 핀잔을 주고 말았다.

그나저나 저 녀석도 나름대로 성실하게 축구부 활동을 하고 있으면서 용케 영상을 올릴 짬이났구만. 그 점만큼은 솔직히 대단하다는 생각이 들었다.

다만 축구부 공식 채널 시청자들이 가장 기대하는 건 십중팔구 하야마의 출연 분량일 텐데, 그 부분은 전혀 반영이 안 됐잖아…….

"그럼 미안하지만 다들 잘 부탁하마. 특히 유이가하마, 네 인사가 보고 듣는 사람에게 활기를 불어넣어준다는 건 사실이다."

볼일이 있는지, 전체적인 설명을 마친 히라츠카 선생님이 부실 출입문으로 걸어갔다.

"채널이 생기면 조만간 나도 뭔가 영상을 올리도록 하지. 어쩌면 그게 만남의 계기가 될지도 모르니까."

이제는 아예 교사가 유튜브를 만남의 장으로 써먹을 마음이 가득한데, 이 기획, 정말 괜찮은 거냐고?

선생님이 떠나고 나자, 남은 것은 익숙한 구형 노트북뿐이었다.

그 화면에 뜬 축구부의…… 아니, 토베의 동영상 섬네일을 보고, 나는 어떻게 할까 고민하며 팔짱을 꼈다.

"그럼 이제 어쩔 거냐? 형식적으로 채널만 개설하고 방치해 두는 방법도 있다만."

부담을 가질 필요는 없다. 애초에 별로 유명하지도 않은 학교의 일개 동아리에서 올린 영상 따위, 뭔 짓을 해도 조회수가 높아질 리 없으니까.

"……싫다고 거부하는 건 간단하지만, 저래 보여도 히라츠카 선생님은 이런저런 문제들로부터 봉사부를 지켜주고 계시겠지. 이번 일이 추후 학교 측의 방침이라면, 성실하게 대처하는 게 봉사부에도 이롭지 않겠니?"

"뭐 그건 그렇다만……."

"앗, 그럼 꼭 해야지! 봉사부를 위해서니까!!"

아아, 참으로 해맑은 눈빛이로구나…….

"그래. 달리 할 일이 없는 동안에는 괜찮지 않겠니?"

유키노시타도 일단은 긍정적인 자세를 보였다.

하긴 학교 측에 체면치레를 하는 데 필수적인 건 공식 채널을 개설하는 데까지고, 영상이야 적당한 그림 한 장에 기계적인 소개말을 덧입힌 것 하나만 올려놔도 구색은 갖춰질 테니까. 그냥 휴대폰으로 그림을 촬영하면서 우리 중 한 명이 대본을 읽기만 하면 된다.

그 정도면 크게 번거로운 일은 아니다.

"그럼 가장 시간이 걸릴 만한 일은 마스코트 캐릭터를 만드는 건가?"

영상에 얼굴을 드러내지 않기 위한 조건이므로, 적어도 마스코트 캐릭터만큼은 제대로 디자인해야 한다.

"힛키, 그런 거 잘하잖아. 지역 캐릭터에두 빠삭하구!"

들뜬 기색으로 몸을 흔들며, 유이가하마가 기대에 찬 눈빛으로 나를 바라보았다.

"치바 쪽 캐릭터에 빠삭한 것뿐이라고. 그것 말고는 몰라."

"정말이지 범위가 지극히 한정적이구나……."

관자놀이에 손을 얹으며, 유키노시타가 어이없다는 기색으로 중얼거렸다.

"하지만 치바 사람이 맨땅에서 마스코트 캐릭터를 만들어 내기는 쉽지 않다고. 왜냐하면 우리 치바에는 부동의 인기 캐릭터 치바 군이 있으니까."

"에이, 그렇게까지 경계할 필요 있어? 치바 군, 그냥 평범하잖아?"

위기감 없는 목소리로 유이가하마가 이의를 제기했다.

"치바 군을 얕보지 말라고. 잘 들어. 특정 지역을 대표하는 캐릭터는 많아도, 그 지형을 본떠 만든 캐릭터는 흔치 않아."

"헉, 갑자기 달변가가 됐어!"

유이가하마가 급히 자세를 바로 했다.

"예를 들어 혼슈[30] 맨 위에 있는 아오모리는 기껏해야 우주 전함 같은 형태에 빗대는 게 고작이야. 동물로는 보이지 않는 다고. 반면에 치바는 어떻지? ……어디로 보나 개지. 개 형상 이라고. 이건 일종의 기적의 산물이랄까, 신의 선물이라고 해 도 과언이 아냐."

"과언이잖니."

신이 내린 미모의 소유자 유키노시타 양이 예리한 눈빛을 내뿜었다. 그러나 나는 꿋꿋이 버텨냈다.

"그래서 우리 치바 사람들은 자연스럽게 치바 군을 사랑하 게 되는 거겠지. 어떤 의미에서는 치바인의 유전자에 새겨진 잠재적인 애정이랄까? 그토록 위대한 지역 캐릭터의 가호를 받은 땅에서 새로운 캐릭터를 창조하는 작업은 엄청난 산통 을 겪게 될 게 분명하다고."

그때 유이가하마가 이쪽을 힐끔힐끔 곁눈질하며 꼼지락꼼 지락 몸을 꼬아대기 시작했다.

"뭐냐?"

"아, 그게…… 아하하, 힛키가 사랑이니 애정이니 열변을 토 하는 거, 흔치 않은 일이니까……."

어, 어째서 그렇게 얼굴이 빨개진 건데? 내 말이 그렇게 창

피했어?

"그, 그니까! 결국 치바 사람은 개를 좋아해야 마땅하단 뜻이지?!"

유이가하마는 뭔가를 얼버무리듯 힘차게 양손으로 책상을 짚으며 몸을 쑥 앞으로 내밀었다. 엉? 그런 논리가 되어버리나?

"천만에, 유이가하마. 나는 치바 사람이라고 생각하지 않아."

지고는 못 사는 성격 탓에 고양이 마니아가 본인의 호적을 부정하기 시작했다. 그럼 자네는 차원의 틈새에 거주하기라도 하는 건가?

어쨌거나 거의 다 넘어왔다. 이제 쐐기만 박으면 된다. 나는 책상 위에 노트를 올려놓았다.

아직 위기감이 부족한 여고생들에게 그 완벽한 형태를 다시 한 번 보여주기 위해서였다.

샤프를 쥐기가 무섭게 내 손은 잔상이 남을 만큼 빠른 스피드로 노트 위를 내달렸다. 치바가 자랑하는 진홍의 수호수 치바 군이 노트 위에 강림하기 시작했다.

"우와, 굉장하다······."

그 모습을 지켜보던 유이가하마가 탄성을 질렀다.

나는 망설임 많은 인생을 살아왔지만, 치바 군을 그려내는 선에는 한 치의 주저조차 없었다. 잡념은 들지 않았다. 혼신의 즉석 드로잉이었다.

설령 눈을 감고 그린다 해도 어느 정도의 퀄리티는 보장될 테지. 그만큼 자신이 있었다.

방향을 다르게 해서 세 마리를 그린 다음, 빨간 펜으로 빗금을 그어 색을 입혔다.

　"자, 이것으로 정면, 측면, 뒷면의 삼면도가 완성된 셈이구만. 애니메이터에게 자료로 뿌려도 상관없다고."

　유키노시타와 유이가하마가 노트를 들여다보았다. 정도의 차이는 있었지만, 두 사람 다 놀란 기색이 역력했다.

　"우와, 진짜 잘 그렸잖아! 정식 일러스트랑 거의 구분이 안 가!"

　"네 기묘한 치바 사랑에는 종종 질려…… 아니, 놀라고는 했지만, 입만 산 게 아니라는 점은 솔직히 대단하구나. 이 정도면 오리지널 캐릭터도 기대해 봐도 되겠어."

　"그러게! 힘내자, 힛키!"

　솔직히 말하면 칭찬받아서 기분 나쁠 거야 없다만…… 작업물의 퀼리티는 어디까지나 애정의 깊이에 비례하는 법이란 말이지.

　봉사부 마스코트 캐릭터에…… 더 나아가서는 봉사부에 과연 내가 그만큼의 애착을 느낄 수 있을까?

×　×　×

　이튿날 방과 후.
　교실에서 부실로 향하기에 앞서, 나는 다른 동아리 사람의 의견을 참고하기로 했다.

"토츠카."

"아, 하치만!"

오늘도 변함없이 어쨌든 귀여워 모드인 토츠카가 눈부신 미소를 지으며 나를 돌아보았다.

"아침에 이야기한 거 말인데, 좀 생각해봤냐?"

"아, 동아리 마스코트 말이지? 어쩌면 우리 테니스부도 채널을 만들게 될지 모르니까. 나도 열심히 생각해봤어!"

벌써 시안이 나온 모양이구만. 과연 토츠카다.

"우리도 이것저것 생각해보기는 했다만, 좀처럼 의견이 하나로 모아지지 않더라고."

사실 어제는 치바 군을 그리고 치바 군을 논하는 것만으로도 하루가 다 가버렸으니까.

"난 그림에는 소질이 없지만, 최선을 다해서 그려봤어."

토츠카는 주섬주섬 가방 안을 뒤져서 종이 한 장을 꺼냈다. 그리고 마치 부모님에게 상장을 보여주는 어린아이처럼 짜잔~ 하고 내 앞으로 내밀었다.

"에헤헤…… 우리 테니스부 마스코트『테니스 토끼』야."

으음, 정말 귀엽구만.

테니스부 마스코트……가 아니라, 토츠카가.

토츠카가 후보로 미는 테니스 토끼는 귀여움 속에 와일드함이 엿보이는 디자인이었다.

베이스는 3등신쯤 되는 코믹한 느낌의 토끼로, 기다란 양쪽 귀에는 테니스 라켓을 하나씩 쥔 채였다. 그리고 중요한 손에는 오른쪽에는 전기톱 비슷한 것을, 왼쪽에는 개틀링 건 비슷한 것을 들고 있었다.

토츠카 검정시험 1급을 딴 나는 「비슷한 것」 정도까지는 파악이 가능했지만…… 보통 사람이라면 언뜻 봐서는 손에 든 게 뭔지 알기 어려울 터였다. 나는 토츠카 검정시험의 급수가 더 올라갔음을 확신하며, 제법 느낌 있는 그림을 그리잖아? 하고 감탄했다.

"가, 강해보이면 좋겠다 싶어서……. 어때?"

"음, 아주 멋진데?"

폭력적이지만은 않은 펑키한 캐릭터를 토츠카는 애정 어린 눈으로 바라보았다.

그런 토츠카를 나는 애정 어린 눈으로 바라보았다.

토츠카 완전 천사, 완전 엔젤.

나는 딱히 신앙심이 깊은 인간은 아니다.

오히려 살면서 신은 없다는 사실을 누누이 통감해왔다.

그러나 토츠카라는 지상에 내려온 천사가 존재하기에, 역설적으로 신의 존재도 입증되는 게 아닐까 한다.

그리하여 나는 오늘도 바겐세일 포스터를 승강장에서 멍하니 바라보며, 현금 카드의 잔액을 헤아리는 것이다.[31]

"하치만도 완성되면 보여줘. 알았지? 기대할게!"

"그러마. 그래도 너무 기대는 하지 말고."

#31 바겐세일 포스터~헤아리는 것이다 타무라 나오미가 부른 「지상에 내려온 천사들」의 가사.

토츠카는 내게 손을 흔들어 인사하고 교실을 나섰다. 오늘도 힘내시게, 부장님.

으음, 본의 아니게 의욕이 샘솟는구만⋯⋯. 그래도 이렇게 단순한 내가 싫지는 않다.

교실 뒤쪽을 보니 유이가하마가 에비나 양과 수다를 떨고 있었다.

"세상에! 히키가야가⋯⋯. ⋯⋯치바 군⋯⋯ 그래서⋯⋯. ⋯⋯부터⋯⋯ 사랑해서⋯⋯ 치바 군의 혀로⋯⋯."

보아하니 유이가하마도 에비나 양에게 마스코트 제작에 관해 상담한 눈치였다.

교실에 있는 다른 학생들의 잡담소리에 묻혀서 간헐적으로 밖에 들리지 않았지만, 그 내용이 다소 섬뜩했다.

"능력일지도 모르지만⋯⋯ 바람도 한 번 정도라면 자극제가 될지 모르지만! 그래도 하야마와 치바 군은 사는 세계가 너무 다르잖아! 그리하여 에비나는 안경 브리지를 손가락으로 올렸다 내렸다 하며 고뇌합니다⋯⋯!!"

아니, 이제는 전혀 간헐적이 아니구만. 잔뜩 흥분한 목소리가 그대로 들려오니까.

후낫시와 결혼을 꿈꾸는 여교사가 있질 않나, 치바 군과 바람을 피우는 남고생이 있질 않나. 소부고도 완전히 망조가 들었구만.

어쨌거나 이왕 마스코트 캐릭터를 만들기로 했으니, 설정도 간단하게나마 짜두고 싶었다.

하는 수 없구만. 이럴 때 정도는 자이모쿠자한테 상의해볼까?

자이모쿠자를 학교 뒤로 불러내서, 마스코트 캐릭터의 컨셉을 정하려는데 뭔가 괜찮은 아이디어가 없느냐고 묻자마자…….

"구름구름, 쇼쇼 하야밍. 캐릭터 설정에 관하여 본관에게 가르침을 청하다니, 놀라운 혜안이로다!"

트렌치코트 자락을 펄럭이며 폭주하듯 달려든 자이모쿠자가 내 팔을 덥석 붙들었다.

"잠깐 자이모쿠자, 역시 이 일은 없었던 걸로……."

"치바 사랑이 남다른 그대에게 본관이 특별히 아껴두었던 설정의 캐릭터를 하사하겠노라!"

자이모쿠자가 증기 기관차처럼 거친 콧김을 내뿜자, 손바닥에 낀 가죽 장갑이 힘겨운 비명을 내질렀다.

"그 이름은『파괴신 치바』만 년에 한 번 치바에 나타난다는 삼치신(三治神) 중에서도 가장 냉혹한 죽음의 여신 그 용모는 앳되고 아름다우며 차디차게 얼어붙은 트윈 테일을 휘날리고 흘끗 시선을 주는 것만으로도 도시 하나를 원자로 환원시키는 인간의 이해를 뛰어넘은 힘을 지녔으나 오타쿠 문화에 마음을 빼앗긴 탓에 주인공만큼은 잘 따르고 수억 년의 세월을 홀로 살아온 고독의 반동도 더해져 참으로……."

…….

………….

……………….

×　×　×

"우웩, 우웨엑…….

나는 구역질을 하며 휘청대는 걸음걸이로 부실로 향했다.

이미지 영상 속에서 내 교복은 갈기갈기 찢어진 상태다. 수십 분 동안 파멸음파에 노출되는 바람에 완전히 초췌해져버리고 말았다.

그 사람, 진짜 못 말린다니까? 이제 그만하라고 해도 도무지 놔주질 않는 거 있지?

설정충의 의욕에 불을 붙이는 게 얼마나 무서운 일인지 뼈저리게 실감했다.

파괴신 치바라니 뭐냐고. 자이모쿠자 녀석, 창작의 벽에 부딪친 끝에 도대체 어떤 몬스터를 탄생시키려는 거냐고. 좀 멋있다고 생각해버렸잖아.

그리하여 나는 만신창이가 되어 봉사부 부실에 도착했다.

"늦었구나……. 오늘은 왠지 눈뿐만 아니라 얼굴에서도 생기가 느껴지질 않네."

"힛키, 괜찮아? 무슨 일 있었어?"

내가 탈진 상태임을 눈치챘는지, 유키노시타와 유이가하마가 위로의 말을 건넸다.

"아, 괜찮아. 살아 있는 것만으로도 감지덕지지."

나는 쓰러지듯 털썩 의자에 주저앉았다. 유키노시타와 유이가하마는 이미 책상 위에 노트와 종이를 펼쳐놓고 의논 중이었던 모양이다. 습작인 듯한 일러스트도 몇 장 보였다.

우리는 우선 각자 생각해온 아이디어를 공개하기로 했다.

먼저 유이가하마가 첫 스타트를 끊고, 스케치북을 책상에 척 세웠다.

"난 말이야, 힛키가 좋아하는 치바 군 요소를 도입해보기루 했어. 기왕이면 아이디어를 내준 힛키가 기뻐할 만한 걸루 하는 게 제일 좋을 거 같아서. 그래서 히나한테 조언을 받았어!"

앞부분만 들었을 때는 솔직히 가슴이 따스해졌는데요, 이상하게 뒷부분과의 인과관계가 전혀 성립하지 않는 것 같습니다만? 이 책, 파본 아니냐?

"짜잔!"

천진난만한 미소와 함께 유이가하마가 스케치북 표지를 넘겼다.

유키노시타와 나는 동시에 스케치북을 들여다보았다.

묘하게 등신비가 높아지고 잘생겨진 치바 군이 벽으로 몰아세운 나(?)의 교복 넥타이를 움켜쥐고 「네 시선, 계속 느껴졌거든……?」 하고 속삭이는 장면이 눈에 들어왔다. 그리고 나(?)는 죄책감과 수치심이 뒤섞인 표정으로 그런 치바 군을 애써 외면하고 있었다.

정말이냐고. 치바 군, 내 뜨거운 시선을 느꼈던 거야……?

아니아니, 이게 아니지.

이거, 에비나 화백의 작품 맞지? 화풍에서 그 뭐랄까, 부정적인 기운…… 아니, 부(腐)정적인 기운이 풀풀 흘러나온다만.

"저기, 유이가하마. 그건 그냥 평범한 치바 군 아니니?"

유키노시타가 난감한 기색으로 물었다.

비주얼과 행동거지는 평범하지 않지만, 따지고 보면 확실히 그냥 치바 군이다. 이걸 봉사부 마스코트로 쓸 수는 없을 것 같다만…….

그 말에 유이가하마가 쯧쯧쯧 하고 보란 듯이 손가락을 흔들었다. 하지만 그렇게 혀를 차도 전혀 폼이 나지 않았고, 입으로 어색하게 소리를 내는 것처럼 들렸다.

"이게 끝이 아니야. 히나가 해준 조언은 말이지, 힛키랑 치바 군을 합체시키란 거였다구!!"

지금부터가 본론이라는 양 유이가하마가 에헴, 가슴을 폈다.

에비나 양의 조언을 받아들여 이루어진 그 합체는 소년만화에 흔히 나오는 합체로 이해하면 되는 거지요? 순수하게 힘을 합친다는 의미인 거 맞지요?

"나 같은 놈과 치바 군이 합체해봤자, 치바(千葉)라서 1000(千)인 치바 군의 파워가 1001이 되는 데 불과한 거 아니냐……? 심지어 잘못하면 지금보다 매력이 떨어질지도 모른다고."

아무리 생각해봐도 나하고 합체해서 득이 될 거 같지는 않단 말이지.

"에이, 아냐! 벌써 이름두 지어놨다구! 힛키…… 즉 하치만이랑 치바 군을 합쳐서 하치바 군! 괜찮은 이름이지?"

"괜찮……."

괜찮기는 뭐가 괜찮냐고 쏘아붙이려다가, 중간에 「어라? 의외로 괜찮은데?」라는 생각이 들어버리고 말았다. 하여튼 난 치바 군에게는 한없이 약하다니까.

"얍, 짜잔!"

유이가하마가 구연동화라도 하듯 스케치북을 넘기자, 훌륭하게 합체에 성공한 치바 군과 내 모습이 나타났다.

……치바 군의 사슴 같은 눈망울이 탁하고 칙칙해져서, 퀭하게 죽은 눈으로 변했잖아……?

"게다가 이거, 눈 빼고는 다 원래의 치바 군 아니냐……?"

앞장과 그림체가 다른 걸 보니 이쪽은 유이가하마가 직접 그린 거겠지. 원래의 치바 군보다 한층 더 데포르메가 들어간, 윤곽이 생략된 형태였다.

이 녀석, 눈은 퀭한 주제에 혀는 왜 또 쏙 내민 건데?

"그치만 힛키랑 치바 군이 합체한 캐릭터란 걸 바로 알아볼 수 있잖아?"

유이가하마가 자신에 찬 눈빛으로 나를 보았다.

"맞아. 최소한 아는 사람은 한눈에 알아보겠지. 히키가야를 이토록 단적으로 표현해 내다니 대단하구나, 유이가하마."

유키노시타도 온화한 미소를 지으며 칭찬했다.

"에헤헤…… 그야 힛키 눈은 이제 안 보구두 그릴 수 있으니까……."

자신작이었는지, 칭찬을 들은 유이가하마는 낯간지러운 듯 머리를 긁적였다. 그리고 내 쪽을 흘끔흘끔 곁눈질하며 기쁜 듯 수줍어하는 티를 냈다.

어쩐지 섣불리 단점을 지적했다가는 피를 볼 것 같은 분위기다만……

내 머리카락이나 교복의 일부라도 좋으니 좀 그려 넣어 달라고. 하치반 군, 벌거숭이인 데다 시뻘겋기까지 하잖아.

엇, 잠깐. 그렇다는 건 결국 합체로 인한 생존경쟁에서 살아남은 게 눈밖에 없단 소리인가?

"그러냐. 난 합체하면 치바 군에게 완전히 지배당하는 거냐……"

기분이 상한 나는 내뱉듯 그렇게 중얼거렸다.

"여전히 향상심이 없구나. 오히려 지금부터 내가 치바 군의 의식을 억눌러서 지배하고야 말겠다는 기개를 보여줄 순 없는 거니?"

그런 내 한심한 작태를 유키노시타가 매서운 눈빛으로 규탄했다.

"맞아! 힛키 성분이 적다 싶음 여기서 더 밖으루 나와두 되구!"

"지금 이게 그런 문제냐……?"

나는 치바 군을 좋아하지만, 그렇다고 치바 군이 되고 싶은 건 아니라고.

트윈 테일을 좋아한다고 해서 실제로 트윈 테일 그 자체가 되고 싶다고 생각하는 사람은 없을 거 아냐? 그거나 마찬가지라니까.

  ……아니, 있을지도 모른다만, 적어도 나는 치바 군과의 일
체화를 꿈꾸지 않는다.

  "그러면 우선 이걸 첫 번째 후보로 삼고, 우리도 발표해보
도록 하자."

  야, 유키노시타. 보류하지 말고 기각하라고. 왜 당연하다는
것처럼 후보에 추가하는 건데?

  그걸 봉사부 마스코트로 삼았다가는 다시는 의뢰가 안 들
어올 거라고.

  속으로 불평하는 사이 유키노시타는 헛기침을 하고 자세를
바로 하더니, 종이 한 장을 우리 앞으로 내밀었다.

  "내가 디자인한 봉사부 마스코트는 이거야. 이름은 『열심
고양이』라고 해."

  종이에는 오만상을 쓰며 덤벨을 들어 올리는 고양이 캐릭터
가 그려져 있었다.

  "우와, 귀엽다~!!"

  유이가하마가 여자애들 특유의 새된 환호성을 지르며 장단
을 맞췄다. 귀여……운가?

  "봉사부다운 요소는 어디 있냐?"

  도저히 묻지 않고는 배길 수 없었다.

  그림 자체는 상당히 잘 그렸지만, 어떤 의미에서는 치바 군
보다도 봉사부와 관련이 없잖아. 아무리 봐도 운동부 마스코
트 같다고.

"봉사란 최선을 다하는 것. 열심히 노력하는 것. 그래서 열심 고양이야."

유키노시타는 의기양양하게 머리카락을 쓸어 넘겼다.

아니, 나는 이름이 아니라 비주얼에 의문을 제기한 거다만⋯⋯. 한 치의 망설임도 없는 맑은 눈빛으로 그렇게 대답하니 더는 반박할 마음이 나지 않았다.

그러고 보니 유키노시타가 좋아하는 팬돌이도 까칠해 보이는 동물 캐릭터지? 토츠카가 그린 마스코트도 무장 상태였고.

혹시 내 감성이 잘못된 거고, 사실 요즘 마스코트에는 험악한 요소가 반드시 들어가야 되는 건가?

"그러는 힛키 건?"

유이가하마가 새치름한 눈으로 나를 쏘아보며 물었다. 큭, 하긴 쟤네들 아이디어에 이것저것 트집을 잡기는 했지만, 그렇다고 내 시안이 완벽하냐면 딱히⋯⋯.

"이, 이거다만. 『봉사해용』⋯⋯."

내가 내놓은 종이에는 코믹한 분위기의 버섯 모양 캐릭터가 그려져 있었다.

복잡한 디테일을 뺀 심플한 디자인을 지향했으나, 한 군데쯤 포인트를 줄 겸해서 몸통에는 소부고 남학생 교복의 넥타이를 달아주었다.

"왜 버섯이야?"

어제는 내 치바 군 그림을 입에 침이 마르도록 칭찬했던 유이가하마도 오늘은 첫인상의 당혹감이 앞서는 눈치였다.

"봉사(奉仕, 호우시)하고 포자(胞子, 호우시)의 발음이 같으니까."

눈물이 앞을 가린다. 망한 개그를 설명하는 기분이라고.

봉사해용의 머리 주위에는 늘 노란 가루가 둥둥 떠다닌다. 그 포자가 최대의 아이덴티티라고 할 수 있었다.

"말장난이잖니……."

"마스코트라기보다 게임의 악당 캐릭터 같아……."

유키노시타와 유이가하마가 짝짜꿍을 맞추어 원투펀치를 날렸다.

크윽, 역시 반응이 영 신통치 않구만.

"말장난이어도 괜찮다고. 마스코트는 그렇게 알기 쉬운 컨셉이 생명이라고 어제 내가 말하지 않았냐? 봉사를 일러스트로 표현하기는 어렵지만, 포자는 쉽게 전달되니까."

그렇게 받아쳤지만 내심 점점 자신감이 사라져갔다. 처음에는 자신 있게 시작했지만, 다 그린 후에 「이거 정말 괜찮은 거 맞나……?」 하고 불안해지는 경우도 많잖아?

내가 잘못했다. 하치바 군도 열심 고양이도 나름대로 매력적이다.

"솔직히 난 셋 중에 어느 걸 골라도 상관없을 거 같다만."

"우음, 못 정하겠어……."

유이가하마가 책상에 놓인 일러스트 세 장을 보며 끄응 신음했다.

"그렇구나……. 그러면 제삼자의 기탄없는 의견을 들어보는 게 어떻겠니?"

유키노시타가 나를 흘끗 보더니, 가방에서 휴대폰을 꺼냈다.

×　　×　　×

강한 기시감에 사로잡혀 있자니, 그로부터 한 시간이 채 못 되어 그 제삼자가 부실로 쳐들어왔다. 힘차게 문을 열어젖힌 사람은 아담한 체구의 소녀였다.

소개하겠습니다. 제 여동생 히키가야 코마치입니다.

"앗, 코마치다! 야헬롱~!"

"네, 마헬롱~ 이에요!"

또다시 야헬롱의 변종이 생겨나고 말았나……. 게다가 이번 건 「마! 헬(Hell)로 (가뿌라)」 같은 어감이라서 썩 탐탁지 않았다.

"마헬롱이라니, 그건 또 뭐냐?"

"당근 코마치의 『마』를 대입한 인사쥐~! 유이 언니, 완전 리스펙트~!"

뜨어, 내 여동생의 말투가 미묘하게 토베화 돼버렸잖아?

근데 그러면 코마치의 「코」를 따서 코헬롱이 되어야 하는 거 아니냐? 「마」라면 내 이름에도 들어가잖아…….

그 지적은 가슴에 묻어두기로 했지만, 그래도 따질 부분은 제대로 따져야 한다. 그렇게 생각하며 나는 유키노시타를 돌아보았다.

"너 사사건건 내 동생을 불러내지 말아주겠냐?"

코마치 말고 다른 외부인 친구는 없는 거냐고.

……없겠지. 미안하다. 그리고 그 문제에 관해서는 나 역시 남 말할 처지가 못 된다.

"현역 중학생 쪽이 유행에 민감할 거라고 생각했을 뿐이야. 이럴 때 코마치는 무척 믿음직스러우니까."

"조금도 부담 가지실 필요 없어요, 유키노 언니! 인터넷 밈이라면 제게 맡기세요! 코마치는 GAFA[32]에 인생을 바친 세대니까요!!"

믿음직스러운 모습을 보여주려는 듯 코마치가 주먹으로 자기 가슴을 탁 쳤다.

GAFA인지 TIBA(치바)인지는 모르겠으나, 아무튼 그 신세대의 기수는 바로 유키노시타에게 자초지종을 듣고 우리가 그린 일러스트를 훑어보았다.

"흐음……. 하치바 군과 열심 고양이 양쪽 다 괜찮은데요……. 죄송해요, 꼭 하나를 골라야만 한다면 하치바 군이 가장 적합할지도 모르겠네요."

"괜찮으니까 신경 쓸 것 없어, 코마치."

코마치가 조심스러운 시선을 보내자, 유키노시타가 쓴웃음을 지으며 어깨를 으쓱했다.

……어라? 봉사해용은?

"근데 마스코트로 삼을 거면 오빠 요소는 빼버리고, 유키노 언니랑 유이 언니 요소를 전면에 내세우는 편이 낫지 않을까요?"

#32 GAFA 구글(G), 아마존(A), 페이스북(F), 애플(A)의 머리말을 딴 것.

저기요, 오빠 요소를 빼버리면 그건 그냥 치바 군입니다만?
뭐야, 유키치바 군이나 유이치바 군이라도 만들자는 거냐고.

"물론 하치바 군이 마스코트가 돼도 코마치는 단골 시청자
가 되어드릴 거지만요☆ ……방금 그 말, 코마치 기준으로 포
인트 높았어!"

나에 대한 배려인지, 코마치가 그렇게 덧붙였다. 그리고 평
소에 입버릇처럼 하는 말과 함께 엄지를 척 치켜세웠다.

십중팔구 「좋아요」 버튼을 눌렀다는 제스처겠지.

그리고 코마치는 곧바로 빠릿빠릿하게 이야기를 진행시켜나
갔다.

"듣자하니 히라츠카 선생님은 유이 언니의 야헬롱에 승부
를 건 것 같으니까, 여기서는 역시 야헬롱을 살려야 한다고
봐요!"

"우, 우웅…… 내 야헬롱에 그럴 만한 가치는 없다구 생각
하는데……."

"천만에요, 자신을 가지셔도 된다니까요! 코마치도 야헬롱
좋아해요!!"

"맞아, 유이가하마. 나도 네 활기찬 인사가 좋아."

유키노시타마저 가세했으니 자신감이 생길 만도 하다. 난감
해하는 기색이었던 유이가하마가 마침내 활짝 웃었다.

"우앙~ 유키농, 좋아해!!"

유키노시타를 와락 끌어안으며 유이가하마가 슬쩍 이쪽을
곁눈질했다.

나도 한마디 해주길 바라는 눈치였으나…… 여기서 의기양양한 얼굴로 야헬롱을 칭찬하자니 그것도 왠지 좀 아닌 것 같다는 생각이 들었다. 그래서 나는 모르는 척 딴청을 피우며 천장을 보았다.

"여기서 코마치가 한 가지 제안할까 하는데요! 봉사부 마스코트는 유키노 언니와 유이 언니의 합체로 하는 게 어떨까요?! 당연히 말버릇은 야헬롱이고요!"

"아핫, 그거 좋다! 유키농이랑 합체~!!"

유이가하마는 뺨을 맞댈 기세로 유키노시타에게 찰싹 달라붙었다. 사이좋구나, 너희들.

"옳거니, 유키가하마란 말이지?"

나는 종이를 가져와서 사각사각 샤프를 놀렸다.

유키노시타의 긴 머리에 당고를 붙이고…… 그런 식으로 두 사람의 특징을 적당히 결합해서, 2등신으로 데포르메한 여고생을 디자인해나갔다.

장난으로 시작했건만, 막상 그려놓고 보니 그럭저럭 봐줄 만한 퀄리티가 나왔다. 뭐야? 이게 대체 어떻게 된 일이냐고?

"우와아, 제법 잘 그리잖아……? 역시 매주 프리큐어를 챙겨보는 사람답네."

감정가 뺨치게 과장된 몸짓을 하며 일러스트를 꼼꼼히 살펴보던 코마치가 나를 돌아보더니, 힘차게 엄지를 치켜세웠다. 한 번 더 좋아요를 받았습니다.

"그리고 유키노 언니랑 유이 언니를 유~심히 봐온 느낌인걸?"

끝으로 그렇게 덧붙이고, 코마치는 손으로 입을 가린 채 씨익 음흉한 미소를 지었다.

하하하, 요 녀석. 관두려무나. 유심히 보기는커녕 최대한 외면하며 사는 중이거든?

"……나쁘지 않구나. 이 마스코트라면 나도 이의는 없어."

본인을 소재로 쓴 거나 다름없건만, 유키노시타는 온화한 미소를 지으며 말했다.

"응! 이거 괜찮다, 힛키! 어쩐지 점점 잘 될 것 같은 예감이 들어!"

유이가하마는 아예 신바람이 나서, 번쩍 치켜든 종이를 끌어안기라도 할 기세로 외쳤다.

뭐야, 그럼 이걸로 마스코트가 결정된 셈인가?

하면 되는 법이구만. 히라츠카 선생님이 채널을 개설하라고 했을 때는 어떻게 되려나 걱정했는데 말이야.

책상에 유키가하마 일러스트를 세워서 고정하고, 휴대폰 카메라를 그쪽으로 향했다.

요즘 영상 촬영 환경은 이 정도면 충분하답니다.

"야헬롱~! 난 봉사부 마스코트인 유키가하마라구 해! 봉사부 채널, 시작합니다~!"

녹화 버튼을 누른 순간, 흑백의 유키가하마에게 목소리라는 이름의 색깔이 덧입혀졌다.

유이가하마, 생각보다 적응력이 뛰어나잖아?

물론 자기 얼굴이 나오지 않는다는 안도감의 영향이 크기는 할 테지만 말이다.

　계속 토크를 이어가려는 유이가하마를 코마치가 디렉터 못지않은 노련함으로 제지했다. 아마 조언을 해주려는 거겠지.

　"첫 영상이니까, 시청자가 이해하기 쉽도록 야헬롱에 관해 설명하는 편이 낫지 않을까요?"

　하지만 그 지적에는 나도 한마디 하지 않을 수 없었다.

　"바보야, 그건 오히려 사족이지. 야헬롱이 인사라는 거야 느낌으로 알 수 있잖아. 오히려 아무 설명 없이 운영하다 보니 어느새 정착된 상태였다는 게 낫다고."

　내 지적에 코마치가 오오, 하고 감탄하는가 싶더니 내 팔을 툭툭 쳤다.

　"흐음, 역시 오빠야. 코마치보다 야헬롱의 이해도가 높잖아? 좀 샘나는데?"

　그건 「사랑하는 오빠가 야헬롱에만 매달리는 건 싫다구~」라는 동생 특유의 깜찍한 질투니? 아니면 「야헬롱은 내가 가장 잘 안다고!」라는 굴절된 감정인 거니?

　어쨌거나 다시 영상 촬영이 시작되었다.

　"오늘은 우리 봉사부 부장인 유키농을 소개할게!"

　"뭐……?!"

　유이가하마는 유튜버가 구입한 가전제품을 리뷰하는 것 같은 분위기로 느닷없이 부장을 소개하기 시작했다. 유키노시타가 경악한 것도 어찌 보면 당연한 일이었다.

그 후로는 대본조차 없는 상태로 거침없이, 유키노시타가 얼마나 대단한지를 열띤 목소리로 술술 설명해나갔다. 착시 현상인지 유키가하마 일러스트가 혼자 움직이는 것처럼 보이기까지 했다.

민망했는지 유키노시타가 반사적으로 손을 뻗었다. 하지만 차마 유이가하마의 리뷰를 중단시키지는 못했고, 그 손은 부질없이 허공을 배회했다.

"그런 유키농이 부장으루 열심히 활동하는 곳이 바로 봉사부야! 그럼 다음에는 부원 힛키를 소개할게!"

조회수 폭락이 불가피하겠구만. 관두라고. 다음에도 유키농 이야기나 하면 되잖아.

"구독과 좋아요를 꼭 눌러줘!"

의례적인 멘트를 끝으로 유이가하마는 영상을 마무리했다.

나도 카메라의 녹화 종료 버튼을 눌렀다.

"……굉장하구나, 유이가하마. 히라츠카 선생님의 눈은 정확했어."

유키노시타는 귀까지 새빨개진 채로 유이가하마의 토크를 듣고 있었지만, 정작 끝나고 나니 그 입에서 나오는 말은 칭찬 일색이었다.

"여태까지는 봉사부의 활동 기록에 관해 생각해본 적이 없었는데…… 유이가하마 네가 봉사부 이야기를 남기는 모습을 보니 근사하다는 생각이 드는구나."

"그, 그래……? 그래두 그렇게 말해주니까 진짜 기뻐!"

맞는 말이다.

봉사부의 활동 기록······ 그것은 유키노시타도 나도 아닌 유이가하마이기에 말로 남길 수 있는 것일 테지. 내 가슴속에 어렴풋한 확신이 싹텄다.

"정말 그러네요~. 코마치도 어쩐지 영상 찍고 싶어졌어. 그치? 오빠."

그건 이 오빠가 용서 못한다. 학부형 필터링을 발동하는 수밖에 없겠구만. 영상을 올릴 때마다 타이시 같은 놈이 일등으로 댓글을 달겠다고 달라붙을 거 같고 말이지.

예상대로 마스코트를 정하는 데까지가 최대의 난관이었고, 시험 삼아 도전해본 영상 촬영은 무척 싱겁게 끝났다.

내일 중에라도 히라츠카 선생님의 확인을 거쳐서, 실제로 봉사부 채널의 첫 영상으로 쓸 수 있을지를 판단하게 되겠지.

그렇지만 적어도 유키가하마가 퇴짜를 맞는 일은 없을 거라고 확신했다.

그만큼 유이가하마와 찰떡궁합이었다.

×　×　×

불러낸 체면상 가는 길이라도 배웅해줘야겠다고 생각한 거겠지. 유키노시타는 코마치를 현관까지 바래다주고 오겠다며 부실을 나섰다.

유이가하마와 나는 누가 먼저랄 것 없이 영상 촬영 후의 뒷정리에 착수했다.

뒷정리라고 해봤자 휴대폰과 종이를 스슥 치우는 게 다였지만 말이다.

유이가하마는 흐뭇한 얼굴로 마스코트 시안이 그려진 종이를 한 장 한 장 다시 살펴보았다.

"이상하게 열의가 넘치던데, 너 원래는 이런 거 싫어하지 않았냐?"

내 물음에 유이가하마는 한순간 어리둥절한 표정을 했지만, 이내 미소를 지었다.

"아하하…… 왠지 기뻐서."

그리고 수줍은 기색으로 덧붙였다.

"야헬롱이라구…… 별 뜻 없이 해온 인사를 다들 좋아한다구 해줬구, 그게 봉사부에게 도움이 된다면 열심히 해야겠다 싶어서…… 의욕이 샘솟더라구. 왜냐면 나 평소 의뢰에선 별 도움이 못 됐잖아."

무안한지 유이가하마가 뺨을 긁적였다. 자학에 일가견이 있는 나조차도 살짝 어이가 없어질 지경이었다.

"그건 자기비하를 넘어서 빈정거림(嫌み, 이야미)으로 들릴 수준이다만. 셰에라고, 셰에. 네가 없으면 봉사부는 진작 파탄 났을걸?"

유이가하마는 어깨를 움찔 떨더니 조심스레 나를 보았다. 뜨겁게 젖은 그 눈동자에 스쳐가는 감정은 무엇일까.

"나하고 유키노시타만 있을 때 부실 분위기가 얼마나 살벌한지는 너도 알 거 아냐? 그 상태에서 네가 해맑게 『야헬롱~!』하고 인사하면서 들어오고…… 그 순간에 비로소 봉사부가 시작된다고."

낯 뜨거운 소리를 했다는 생각이 들기는 했지만, 우회적인 표현이나 비유는 유이가하마가 통 못 알아들으니까. 이렇게 직설적으로 고마움을 전하는 것도 아주아주 가끔은 괜찮지 않을까?

"에, 에이……. 그거야말루 과장이라구."

하지만 「창피하지만 따라해 봤습니다」라는 느낌을 풍겼던 히라츠카 선생님도 어쩌면 의외로 예전부터 써먹어보려고 호시탐탐 기회를 노렸던 건지도 모른다고.

유이가하마가 생각하는 것보다 훨씬 듣는 사람의 머릿속에 깊게 남는단 말이지, 야헬롱.

"사실 나도 야헬롱은 나쁘지 않다고 생각한다만. 우리 코마치도 좋아하고."

아까 이야기할 때는 쑥스러워서 딴청을 피우며 넘겼던 진심을 이번 기회에 확실하게 전했다. 이번에도 약간 쑥스러운 느낌이 묻어나기는 했지만.

"……고마워, 힛키!"

쑥스러워서인지 얼굴에 홍조가 어린 유이가하마가 나를 보며 미소 지었다.

"근데 솔직히 이번 일에는 너무 몰두하지 않는 게 좋아. 학교와 동아리의 공식 채널 개설은 아직 시행착오를 겪는 중이니까. 결국 잘 안 풀려서 학업에 지장을 초래한다는 이유로 어느 날 갑자기 중단될지도 모른다고."

솔직히 그럴 가능성이 크다고 생각한다. 그렇게 될 경우 의욕을 불태웠던 반동으로 유이가하마가 낙담하지나 않을까 염려스러웠다.

"응. 그래두…… 추억을 원한다구 할까? 힛키랑 유키농이랑 쭉 같이 해온 봉사부니까. 뭐든 영상이나 사진으루 남는 건 좋은 일이야."

명확한 형태로 남기고자 하는 까닭은 언젠가 이 시간이 끝난다는 사실을 알기 때문이다.

꼭 오늘만의 이야기가 아니라, 유이가하마는 항상 감상적인 기분으로 이 부실에 머무는지도 모른다.

내가 삐딱하게 받아들였던 그 쓸쓸함에 젖은 채로.

"그런 의미에서는 마스코트를 만들어두는 것도 괜찮은 아이디어일 것 같다만. 유키가하마는 더없이 완벽한 봉사부의 상징이니까."

결국 우리 중 누구의 가방에도 넣지 않고 한곳에 모아두기만 한 일러스트 용지 맨 위에는 유키가하마가 놓여 있었다.

다시 보니 자화자찬이지만 제법 괜찮은걸?

"그거 말인데……."

유이가하마는 그 종이 무더기에서 유키가하마를 집어 들더니, 폴짝 뛰어 내 옆으로 다가왔다.

"우리 마스코트…… 『유키가하만』으루 하자."

"유키가하마가 아니라…… 유키가하만?"

뭐야, 내년에 방영할 슈퍼 전대 시리즈[#33]냐? 하긴 『~맨(マン, 만)』이라는 제목은 안 쓰게 된 지 오래다만.

유이가하마는 미안한 기색으로 유키가하마 일러스트의 눈에 지우개를 댔다.

그리고 곁눈질로 내 반응을 살피며 조심스럽게 문질러 지운 다음, 새로 눈을 그려 넣었다.

"하치만의 만을 합쳐서 유키가하만이야. 이걸루 힛키두 함께야."

그렇게 해서 그려진 눈은 하치바 군과 똑같았다. 외울 만큼 봐서 안 보고도 그릴 수 있다고 장담했던 그 썩은 동태눈이었다. 이건 헷갈릴 여지조차 없는 하치만 군이로군요.

"그러니까 날 구성하는 요소는 눈밖에 없는 거냐고……."

나는 다시 한 번 유키가하만을 빤히 응시했고, 묘하게 가슴에 와 닿는 그 비주얼에 적잖이 놀랐다.

젠장, 윤곽이 미소녀면 눈이 썩어도 그림이 되는 거냐고. 불공평하잖아.

"이게 봉사부의 마스코트(추억)……. 이 정도루 알기 쉬우면 잊을래두 못 잊겠네!"

유이가하마는 손에 든 종이를 보고 웃으며 감회에 젖었다.

[#33] 슈퍼 전대 시리즈 오랜 전통을 지닌 일본 특촬 시리즈. 『ㅇㅇ맨』이라는 제목은 주로 80년대에 많이 쓰였음.

그동안 엮어온 추억을 애틋하게 되새기듯, 앞으로의 추억을 맡기듯.

장난기 어린 눈빛으로 나를 보던 유이가하마가 유키가하마 일러스트를 자기 얼굴 앞에 대고 살랑살랑 흔들어보였다.

그러다 그 뒤에서 빼꼼 얼굴을 내밀더니, 나하고 시선이 마주치자 도로 쏙 종이 뒤로 숨었다.

마스코트라는 가면으로 자신을 감추는 게 아니라, 추억에 생명을 불어넣는 연기자로서. 세 봉사부원의 마음을 하나로 잇는 소녀로서.

유이가하마는 활기차게 인사했다.

"야헬롱~!"

언제가 그 달콤함을
좋아하게 될 것 같은
느낌이 든다

와 타 리 와 타 루

얼마 전부터 우리 집 저녁 메뉴가 하나 늘어났어.

뭐냐면, 후식인데…… 아, 요즘 젊은 친구들은 디저트란 말을 더 많이 쓰지? 미안미안. 내가 단걸 썩 좋아하지 않다 보니 그쪽 문화에 어두워서 말이야.

아무튼 요즘 들어 저녁상에 디저트가 올라올 때가 많아졌어.

딱히 내가 승진을 한 것도 아니고, 연봉이 오른 것도 아닌데 말이지. 심지어 업무량 기준으로 하면 오히려 줄어든 느낌마저 들 정도거든? 요즘 애들 말로는 코스트 퍼포먼스, 즉 『가성비가 떨어진다』고나 할까? 아무튼 요즘 젊은 세대는 대단하다니까. 아저씨인 내 입장에서는 다들 무슨 생각을 하며 사는지 짐작조차 안 가.

아니, 어디까지나 좋은 의미로 그렇다는 거지. 좋은 의미로.
……그런데 이것도 요즘 애들이 자주 하는 말이네. 남의 험담을 할 때도 좋은 의미로 하는 말이라는 전제만 달면 장땡이라고 생각하잖아?

……아, 난 정말 좋은 의미로 한 말이라고! 잘못했어요! 화내지 마세요! 정말 다른 뜻은 없다니까! 언짢은 기색으로 키보드 타닥타닥 두드리지 말아줘! 무섭다고!

아니, 진짜 오해라니까 그러네. 생각해봐, 우리가 자네 정도 나이였을 땐 아직 코스트 개념이 전혀 없었잖아? 우리 윗세대는 버블 경제에 취해서 회사 돈이 곧 내 돈이라며 흥청망청 팍팍 경비를 써재꼈고…….

그래서 다음은 우리 차례라고 생각했더니만, 취업 빙하기니 잃어버린 세대니 온갖 소리를 다 들으며 긴축재정과 경비 삭감에 시달렸잖아. 러닝 코스트(running cost)는커녕 선행 투자를 할 여력조차 없는 팍팍한 상황에서 일해 온 셈이랄까?

그래서 요즘 젊은이들은 참 성실하다고 생각해. 우리보다 더 철저하게 절약하고. 똑똑하구나 싶어 감탄하게 된다니까. 과시용으로 시계나 차를 사지도 않고, 요새는 아예 집도 안 사잖아? 임대면 충분하다는 느낌으로.

응응, 그렇지. 젊은 층에게 돈이 돌지 않아서라는 주장은 이해해.

박봉이라서 죄송합니다! 한낱 월급쟁이인 내가 사과할 일은 아니지만! 우리 회사도 윗자리를 꿰찬 영감님들이 빠지면 조금은……. 아니, 그 이전에 사실 내 벌이도 시원치 않거든? 정말이라니까?

부장이라는 직함을 달기는 했지만 이건 뭐랄까, 주말에도 출근시켜서 마음껏 부려먹기 위한 허울뿐인 관리직이거든? 악덕이라고, 악덕. 악덕기업!

뭐 그만큼 우리 회사도 여유가 없는 거지! 아무리 그래도 망할 정도는 아니지만…… 당분간 실적은 제자리걸음이려나?

그러면 비용을 절감하라는 지시가 내려오니까, 역시 자네들 말이 맞다니까? 나도 전적으로 동감이야.

자네를 비롯한 젊은 사원들은 모두 대단해. 참 열심히 산다고나 할까, 생각들이 깊단 말이지. 하긴 요즘 젊은 세대는 태어날 때부터 완만한 불경기의 시대를 살아온 셈이니까.

그래서인지는 모르겠지만 말이야.

뭐랄까, 아마도 풍요로움의 기준이라는 게 달라진 거겠지.

돈만 있으면 누구나 쉽게 손에 넣을 수 있는 게 아니라, 뭔가 좀 다른 걸 원하는 게 아닐까 하는 생각이 들어.

그 다른 게 구체적으로 뭐냐고……? 그렇게 물어보면 곤란한데……. 그냥 좀 그럴듯한 말을 해보고 싶었을 뿐이라서……. 아, 그래! 생각났다! 그거지? 시간! 자기 시간을 무척 소중하게 여기잖아! 아니면 말고!

우리가 젊었을 때는 아멕스로 롤렉스였지만, 지금은 유형의 스테이터스(status)보다도 무형의 프라이스리스(priceless)라는 느낌이랄까?

어, 이거 라임이 딱딱 맞지 않아? 랩이네, 랩·YI·NE! 그러고 보니 요새 랩이 유행이잖아? 히프마이잖아, 히프마이. 나도 안다니까? 유행이지~. 알아, 알아. 완전 인기지~.

나도 도전해볼까 힙합! 하지만 어려우니까 우왕좌왕!

……저기, 반응에서 짜게 식은 티가 팍팍 나거든?

아, 네, 맞습니다. 죄송합니다. 복창하겠습니다.

『유행에 신경 쓰는 건 여고생과 아저씨뿐』.

아저씨라는 자각은 있지만, 젊은 친구 입으로 들으니 더 뼈 아프네…….

……아니, 오해야. 나한테는 딸이 있으니까, 뭔가 대화의 실마리가 되어주지 않으려나 싶어서 이러는 것뿐이라고…… 아저씨가 아니라 아빠일 뿐이라고…….

우리 딸? 아, 응. 열일곱 살이야. 올해 고3이 됐지.

그래서인가…… 딸하고 이야기하다 보면 그런 생각이 들어. 요즘 애들이 무슨 생각을 하는지 모르겠다고 하는 건 기성세대의 태만이라고.

멋대로 나이 들어놓고, 이해하려는 노력을 안 한다고 해야 하나?

그런 식으로 거만하게 굴었다가는 딸에게 미움을 살 거 아냐? 그러니까 조금씩이라도 다가가 보려고 노력해야겠다 싶어서. 그러다 보니 자네 같은 젊은 사원들을 나쁘게 말할 마음은 안 나더라고.

뭐? 에이 아냐 좋은 아빠는 무슨, 자꾸 그렇게 비행기 태워도 콩고물은 안 떨어지거든? 아, 전혀 상관없는 이야기지만 커피 마실래? 뭐 단 거라도 줘? 리프레시 박스[#34]에서 뭐 좀 가져올까?

필요 없다고? 아, 그래……? 그보다 칼퇴하고 싶다고? 응, 그야 그렇겠지. 저도 그렇습니다. 나도 빨리 퇴근해서 집에서

#34 리프레시 박스 각종 간식거리가 들어 있는 박스. 돈 넣고 자율적으로 가져가는 무인 판매 방식.

저녁 먹고 싶다아…….

좋아, 그럼 후딱 정리하고 집에 가볼까?

× × ×

승객이 콩나물시루처럼 꽉꽉 들어찬 케이요선을 타고, 『지금 가는 중이야~ 저녁밥 기대되네♪』하고 짤막하게 라인을 보냈다. 지나치게 용건만 간단히 스타일인 것도 삭막하니까, 특수문자와 이모티콘도 잊지 않고 덧붙여주었다.

야근으로 묵직하게 결리는 어깨를 빙글 돌리고, 휴대폰을 집어넣었다.

아아, 오늘도 긴 하루였다.

야근을 마치고 부하 직원들을 돌려보낸 다음, 도쿄역 지하 깊숙이 있는 길고긴 지하 통로를 걷고 또 걸어…….

마침내 집 근처 역에 도착하면 밤 아홉 시를 넘기기 일쑤다.

이미 오랫동안 그런 생활을 해왔기에 새삼 힘들다고 느낄 정도는 아니다. 오히려 요즘은 이 귀가 코스가 상당히 마음에 들었다. 거리상 도쿄역보다 유라쿠초에 더 가까운 케이요선 승강장으로 가는 지하 통로도 가볍게 운동하는 감각으로 걷고는 했다.

무엇보다도 밥상에는 홈메이드 디저트가 올라올 테니, 조금쯤 칼로리를 소모해두자는 마음이 들었다.

그 홈메이드 디저트는 매일 나오는 게 아니라 정해진 패턴

없이 변덕스럽게 나오는데, 그런 방식도 왠지 포상 같은 느낌을 주어 집밥에 대한 기대감이 커졌다. 아니, 물론 그게 아니라도 언제나 기대되기는 하지만 말이다.

하지만 왜 갑자기 저녁 메뉴가 하나 늘어났는지, 그 미스터리는 풀리지 않은 채였다.

그러한 변화의 계기가 될 만한 일이 당최 떠오르지 않았다. 직급도 연봉도 그대로고, 적립식 NISA[#35]에도 손대지 않았다. iDeCo[#36] 수령은 먼 훗날의 일이다.

집과 차는 아직 대출금을 갚는 중이고, 최근의 증세와 불경기로 살림은 오히려 더 빠듯해진 느낌마저 났다. 물론 먹고 사는 데 부족함이 없을 정도로는 버니까 큰 문제는 없지만 말이다.

하지만 그래도 갑자기 저녁 코스가 하나 늘어난 데 대한 의문은 풀리지 않았다.

만약 여름이라면, 예를 들어 가지나 오이 같은 채소가 풍작이라서 값이 싸다는 이유라도 있을 테니 어느 정도 납득할 수 있다. 우리 와이프라면 『잔뜩 팔길래 쌀겨절임을 해봤어. 아, 근데 아직 맛이 덜 들어서 오늘은 초절임이야~』하고 신바람 난 얼굴로 생긋 웃으며 말할 테지. 또 가을이면 고구마가 싸게 나왔다며 영양밥과 함께 작은 그릇에 소담하게 담은 맛탕을 곁들여내도 이상할 게 없다. 겨울에는 디저트 대신이라며,

---

#35 **NISA** 비과세 혜택이 적용되는 소액투자 계좌. 개인종합재산관리계좌(ISA)의 일본 버전.
#36 **iDeCo** 소득공제형 개인연금 상품.

박스째로 사들인 귤을 무더기로 쌓아놓기도 한다.

그러나 홈메이드 디저트가 식탁에 올라오기 시작한 것은 초봄부터다. 물론 봄이 제철인 먹거리도 많고, 와이프가 이온 마트에서 특정한 식료품을 왕창 사들이는 경우는 종종 있다.

만약 그 디저트가 제철 식재료를 활용한 스타일이었으면 나도 납득하기 쉬웠을 테지. 평소에 장을 보러 갔다가 우연히 눈에 들어온 식료품을 활용해서 요리를 하는 건 지극히 자연스러운 흐름이니까.

하지만 어느 봄날 저녁, 뜬금없이 밥상에 등장한 것은 복숭아가 올라간 과일 타르트였다.

이상하네, 복숭아는 여름 과일일 텐데……?

다소 의아하기는 했지만, 집에서 만든 디저트는 오랜만이었기에 별 생각 없이 와구와구 먹어치우고 말았다.

신혼 시절에는 쉬는 날이면 애플파이가 나오기도 했더랬지. 단것을 그리 좋아하지 않는 나와 단것을 사랑하는 와이프의 타협점이 바로 럼주에 절인 애플파이였으니까……. 지금 생각하니 눈물이 나네…….

그렇게 생각하며 추억에 잠겨 있자니, 전철이 내가 사는 동네에 도착했다.

저녁에 대한 기대감으로 역 계단을 흥겹게 뛰어 올라가, 그 여세를 몰아 서둘러 마이 스위트 홈으로 향했다.

공동 현관을 가로질러 엘리베이터를 타고 현관으로 직진한다!

"나 왔어."

"수고했어요~."

현관문을 열자 복도 끝자락의 거실 문이 빠끔 열리더니, 애견 사브레를 품에 안은 와이프가 얼굴을 내밀고 나를 반겨주었다.

× × ×

야근을 하면 아무래도 온 식구가 한자리에 모여앉아 저녁을 먹기는 어렵다. 다이어트로 고민하는 한창 나이의 딸을 둔 집이라면 어디나 비슷할지도 모른다.

결과적으로 이 시간에 식사를 하는 멤버는 나하고 사브레뿐이다. 와이프가 해준 집밥을 와구와구 맛있게 먹어치우는 내 발치에서는 사브레가 오독오독 사료를 먹느라 바빴다.

맛있는 밥과 행복을 곱씹으며 잘 먹었습니다, 하고 두 손을 모으자, 사브레도 만족스러운 듯 나직한 숨소리를 내더니 소파에 앉아 쉬고 있는 와이프 곁으로 뽀르르 다가갔다. 그 모습을 곁눈질로 배웅하고, 나는 살며시 배를 쓰다듬었다.

으음, 포식했다는 느낌은 아니고, 딱 적당한 양이려나? 포만감은 충분히 느껴졌지만, 조금은 헛헛하기도 했다.

사실 미묘하게 허기가 느껴지는 까닭은 아까부터 유난히 좋은 냄새가 솔솔 풍겨오는 중이기 때문이다. 고소하고 달달한, 어쩐지 그리운 냄새가……

그 냄새가 나는 곳으로 시선을 향하자, 사랑하는 딸이 앞치마를 입고 부엌에서 끄응 인상을 쓰고 있었다. 의아한 듯 고개를 갸웃할 때마다, 연한 복숭앗빛 감도는 갈색 머리를 느슨하게 틀어 올린 당고가 흔들렸다.

평소 같으면 내가 들어오자마자 재깍 자기 방에 틀어박히는데, 오늘은 왠지 부엌에서 뭔가와 씨름 중이었다. 이상하네……. 평소에는 요리 같은 걸 하는 애가 아닌데…….

"유이, 뭐하니?"

말을 걸자, 유이는 나를 깨끗이 무시하고 쪼그려 앉았다. 뒤이어 성의 없는 대답이 돌아왔다.

"응, 뭐 그냥."

냉랭하다. 냉랭한 반응입니다! 하지만 아빠는 부하 여직원들 덕분에 그런 건 익숙하단다!

"베이킹 하는 거지~?"

그런 내 모습이 보기 딱했는지, 와이프가 중재하듯 끼어들었다.

아하, 그런가. 아무래도 유이는 오븐과 눈싸움을 하는 중인가 보다. 유이가 베이킹이라……. 별일이네. 드문 일이니까 사진 찍어야지! 나는 황급히 일어나 부엌으로 들어가서, 휴대폰으로 한 장 찰칵 찍으려고 렌즈를 들이댔다.

자, 활짝 웃으렴! 좋아, 치~즈! 그렇게 말하려 한 순간.

"……."

유이가 극혐이라는 얼굴로 나를 말없이 노려보았다. 으아, 무서워……. 나는 휴대폰을 바닥에 내려놓고 양손을 든 채 맥

없이 식탁으로 물러났다. 그래, 뭐 사진은 다음에 찍을까……? 유이 기분이 좋을 때. 응, 그러자.

그나저나 유이가 자진해서 요리를 하다니, 쉽사리 볼 수 있는 풍경은 아니다. 와이프는 음식 솜씨가 좋으니까 그 영향도 있으려나……? 멍하니 그렇게 생각하다가, 불현듯 아! 하고 깨달았다.

"유이 엄마, 요즘 자주 식탁에 올라왔던 디저트 말인데……."

"아, 그거~? 꽤 맛있어졌죠?"

와이프의 말에 유이가 후다닥 일어나더니 부엌에서 얼굴을 내밀었다. 그리고 말없이 흘끔흘끔 내 눈치를 살폈다. 그 반응으로 미루어보아 요즘 식탁에 올라온 디저트를 만든 사람은 역시 유이였던 거겠지. 그렇다면 내 대답은 정해진 거나 다름없다.

"맛있어. 너무 맛있어. 바람이 말을 걸어옵니다……."#37

"들었지~? 잘됐구나, 유이."

"응. 사실 아빠 주려구 만든 건 아니지만. ……그냥 단순한 연습이거든?"

유이는 관심 없는 척하며 휙 고개를 돌렸지만, 그래도 그 옆얼굴에는 후훗 뿌듯한 미소가 감돌았다.

"그래……. 유이였구나. 항상 디저트를 만들어줬던 사람이."

지금까지 요리다운 요리를 하는 모습을 보여준 적이 없었던 우리 유이가……. 자식은 모르는 사이에 어른이 되는 법이구

#37 맛있어~말을 걸어옵니다 「쥬만고쿠 만쥬」의 CF 멘트.

나. 감동한 나머지 그만 금빛 여우[38] 끝부분의 효주처럼 되어 버렸다.

아이참~! 그런 건 빨리 알려줬어야지~! 휴대폰, 휴대폰! 휴대폰 어디다 뒀더라?! 유이 엄마, 내 휴대폰 못 봤어? 유이가 만들어준 디저트, 사진으로 남겨놔야지! 사실은 애저녁에 다 먹어치웠지만요!

그래도 이것으로 마침내 봄 시즌 한정 과일 타르트 사건의 미스터리가 풀렸다.

"그랬구나……. 하긴 유이는 복숭아 좋아하니까."

"웅? 아, 웅. 좋아하는 건 맞는데, 갑자기 왜……."

"아, 올봄 들어 처음으로 저녁상에 복숭아 타르트가 올라왔잖아? 그것도 유이가 만들었구나 싶어서. 유이는 옛날부터 복숭아를 좋아했으니까……. 감기 걸릴 때마다 차갑게 식힌 복숭아 껍질을 까서……."

"맞아맞아, 그랬지~. 낫고 나서도 한동안은 찰싹 달라붙어서, 집안에서도 졸졸 따라다니고는 했는데. 그랬던 애가 이렇게 잘 크다니~."

내가 아련한 눈으로 감회에 젖어 중얼거리자, 와이프도 장단을 맞추듯 눈시울을 훔치고 코를 훌쩍이며 은근슬쩍 거들었다. 옆에서 보기에는 코미디가 따로 없을 테고 우리도 당연히 그럴 작정으로 너스레를 떠는 거지만, 사실 의외로 상당히

#38 금빛 여우 동화 제목. 주인공 효주가 매일 집에 밤을 가져다준 게 금빛이라는 여우였음을 깨닫고, "금빛, 너였구나. 항상 밤을 가져다주었던 게." 하고 말하는 장면이 있음.

매우 진심이기도 했다.

그런 기억도 한몫해서, 유이에게 복숭아는 애정과 다정함의 상징으로 인식됐는지도 모른다. 사실 그냥 좋아하는 것뿐일 가능성도 크지만. 그래도 아빠 기준으로는 그렇게 해석하는 게 더 가슴이 따스해지니까!

다만 당사자 입장에서는 어릴 적의 추억이 마구 들춰지는 게 거북했던 거겠지. 유이는 조금 부끄러운 기색으로 당고머리를 꼬물꼬물 매만졌다.

"내, 내가 그렇게 자주 감기에 걸렸어……?"

"음, 여름철에는 자주 걸렸던 거 같은데. 바보는 감기에 걸리지 않는다고들 하는데, 역시 그 말이 맞나봐. 우리 딸은 똑똑하니까!"

엄지를 척 치켜세우고 댄디함이 뚝뚝 떨어지는 미소를 지으며 말하자, 유이는 싸늘한 눈으로 나를 보았다. 어찌나 싸늘한지 내가 감기에 걸리는 거 아닌가 싶었다니까……? 몸을 부르르 떨자, 그 기운이 전염됐는지 이번에는 와이프가 푸훗 몸을 떨었다.

"여름 감기는~[39] ……우후훗♪"

뭔가 떠오른 기색으로 중얼거린 와이프는 안 되지 안 돼, 하고 그 뒷말을 삼켜버리고 재미있다는 듯 웃었다. 그 의미심장한 반응에 유이가 미심쩍은 표정을 지었다.

"……뭐야?"

#39 **여름 감기는** 일본에는 「여름 감기는 바보가 걸린다」는 속담이 있음.

"아무것도 아니야~."

"거짓말! 분명 뭔가 말하려다 말았거든?!"

뭐야 뭐냐고, 하고 유이가 부엌에서 뛰쳐나오자, 와이프는 아무것도 아니라며 소파 위를 데굴데굴 구르며 피해 다녔다. 이윽고 모녀는 소파 위에서 티격태격 실랑이를 벌이기 시작했다.

쓰러지듯 소파에 눕는 와이프와 그 허리에 팔을 감고 몸을 기대는 유이.

그 모습은 옛날에 감기가 나은 유이가 와이프에게 응석을 부리던 몸짓과 판박이였다. 지금도 생생하게 기억한다. 하도 귀여워서 사진으로 찍어뒀거든! 그런 일상의 사소한 풍경도 최대한 기록해두려고 노력한 결과, 우리 집 가족 앨범은 엄청나게 방대한 양이 되고 말았다. 사진이 취미라고 할 정도는 아니지만, 와이프와 유이를 예쁘게 찍기로는 내가 세계 최고라는 자신이 있었다.

그런 만큼 유이의 혼신의 역작이라 할 수 있는 과일 타르트를 사진에 담지 못한 것은 아무리 생각해도 입맛이 썼다.

"그때 그 복숭아 타르트, 사진 찍어둘 걸 그랬네……."

"걱정 마요. 그럴 줄 알고 찍어뒀으니까~."

정말? 만세! 역시(さすが, 사스가) 유이가하마 집안의 마마, 사스가하마마라니까! 그렇게 생각하며, 소파에서 손짓하는 와이프 쪽으로 다가갔다.

"우음, 찍어놨어? 그거 모양이 별루여서 좀 창피한데……."

와이프를 사이에 두고 셋이 나란히 앉아 얼굴을 맞대듯 휴대폰 화면을 들여다보았다. 유이의 말투는 영 찜찜해하는 것처럼 들렸지만, 실제로 사진을 보니 과일 타르트는 예상보다 예쁘게 세팅되어 있었다.

타르트 시트는 완제품을 사용한 듯했지만 크림치즈는 균일하게 잘 채웠고, 복숭아를 비롯한 알록달록한 과일은 지나치게 튀지 않도록 신경 쓴 건지 개수를 줄여 오밀조밀하게 장식했다. 나파주도 립글로스처럼 반들반들하게 윤기가 흘렀다.

"별로라니, 예쁘기만 한데? 봐, 여기도 정성스럽게 잘······."

칭찬하다가, 문득 초봄에 먹었던 타르트가 떠올랐다.

······어라, 잠깐만. 그때 내가 먹었던 건 좀 더 못생겼던 것 같은데? 그래, 이 사진 오른쪽에 있는 것처럼 복숭아는 너절하게 삐져나오고 크림치즈는 백사장처럼 물결치고, 타르트 시트는 이가 빠져 있었지.

돌이켜보면 그때 먹은 타르트는 인상파를 의식한 전위적이면서도 감각적인 비주얼을 뽐냈고, 번들거리는 나파주는 다소 대담한 터치로 독특한 식감을 자랑했었다. 한마디로 홈 베이킹의 손맛을 강조한 의욕적인 작품이었던 것으로 기억한다. 헉, 이게 어떻게 된 거지? 기억 변조? 무서워······. 혹시 우부메의 여름 상태인가······?

그렇게 내가 공포에 떠는데, 마찬가지로 부들부들 떨리는 물체가 시야에 들어왔다. 잘 보니 유이의 손가락이었다. 유이는 민망한지 볼을 발그레하게 물들이고 겸연쩍은 기색으로 어깨를 으쓱하며, 내가 관찰하던 못난이 타르트를 가리켰다.

"……내가 만든 건 그게 아니구, 이거야."

"그, 그래?! 하지만 이것도 예쁘고 근사하고, 또 맛은 최고였으니까! ……그러면 이건 엄마가 시범을 보일 겸해서 만든 건가 보지?"

필사적으로 수습하며 아까 열렬하게 칭찬했던 타르트에 관해 묻자, 유이의 떨림이 딱 그쳤다. 덤으로 휴대폰 화면을 가리키던 손이 슬그머니 머리 위의 당고로 향했다.

"어…… 우움, 응, 뭐 대충 그렇다구 할 수 있을지두 모른다구나 할까……."

"맞아맞아~. 아마 그런 걸 거야~."

유이는 머리 위로 높이 틀어 올린 당고를 쪼물거리며 끼기긱 하는 환청이 들릴 만큼 어색하게 고개를 돌리고 딴청을 피웠다. 와이프는 머리 뒤에 달린 당고를 가볍게 쓰다듬으며 온화하게 생긋 웃었지만, 그 미소가 어찌나 짙은지 눈시울이 한껏 가늘어져 눈빛을 전혀 읽어낼 수가 없었다.

반응을 보니 와이프가 만든 건 절대 아니네…….

아니, 저도 그런 줄 알았다니까요!

유심히 보니 와이프가 만들었다고 치기에는 화사함이 부족한 느낌이 들었다. 유이가 만든 건 반대로 화사함이 과하지만, 사진 속 정체불명의 타르트는 묘하게 점잔 빼고 젠체하는 느낌이 났다.

센스 없는 디자이너일수록 『심플한 게 베스트 아닐까 싶어서요』 하고 뺀질거리며 틀에 박힌 무성의한 디자인을 내놓는 것과 비슷하다고나 할까? 심플한 디자인일수록 센스가 필요하다고 누누이 강조했는데 말이지.

그 타르트는 전체적인 모양새는 깔끔했지만, 어딘지 모르게 『너무 열심히 해도 폼이 안 나니까……』 같은 삐딱한 태도가 느껴졌다. 그런 주제에 『볼품없으면 창피하고……』라는 자존심과 수치심 또는 허영심이 묻어나는 데다, 『화끈하게 즐기질 못하겠어……』라는 분위기 못 타는 아싸 기질마저 엿보였다. 뭐야 이거, 우리 회사 젊은 직원의 일솜씨인가? 그러니까 이 애송이, 지금 부장을 얕잡아보는 거구만?

하지만 나는 회사에서 그럭저럭 유능한 상사로 통한다. 따라서 이런 경우의 대응법도 당연히 마스터한 상태. 신입은 칭찬해서 성장시키는 게 저희 회사의 방침입니다!

"좋은데? 이 시범작, 훌륭해! 근사한걸? 다정함이 느껴진다고나 할까, 성실한 성격이 엿보여! 아빠는 이런 스타일 좋아하거든!"

누가 만들었는지는 모르지만 일단 무작정 칭찬하자, 어딘가 먼 곳을 바라보던 유이의 얼굴이 서서히 이쪽을 향했다.

사람은 칭찬을 받으면 저절로 입이 가벼워지기 마련이다. 그리고 입에 침이 마르도록 칭찬을 해대면, 겸손을 떠느라 자발적으로 자질구레한 실수를 털어놓고는 한다. 후후, 겉멋으로 사내 정치에서 살아남은 게 아니라니까?

예상대로 유이는 당고머리를 만지작거리며 머뭇머뭇 수줍수줍 입을 열었다.

"그, 그래……? 딱히 그렇지두 않다구 생각하는데…… 성실하달까, 완고하달까…… 다정하긴 하지만…….”

"맞아, 진심이 담겨서 좋다고 생각해~. 엄마도 마음에 들어.”

"지, 진짜? 그런가……? 하긴 그럴지두. 과일 색감은 별루 예쁘지는 않달까, 뭔가 밋밋하지만 그래두 열심히 만들었다는 느낌은 들지두…….”

"그래그래, 근사하다니까! 누가 만든 건데?”

에헤헤…… 하고 어딘가 쑥스러운 기색으로 이야기하는 유이에게 나는 밝은 미소로 맞장구를 쳐서 최대한 자연스러운 느낌을 연출하며 무심함을 가장해 그렇게 물었다. 그러자 그때까지는 스스럼없이 말을 이어나가던 유이가 우웃 말문이 막힌 얼굴을 하더니, 또다시 끼기긱 고개를 돌렸다.

"치, 친구…….”

다우트……!!!!#40

저런 식으로 얼버무리다니, 아무리 봐도 단순한 친구는 아니로군요…….

더 캐물을까 말까 망설이는데, 와이프가 「하긴 아직 친구일지도 모르겠네~」 하고 그냥 흘려 넘길 수 없는 발언을 하며 쿡쿡 웃었다.

"아, 슬슬 다 됐을지두!”

변명하듯 말하며 소파에서 벌떡 일어난 유이가 후다닥 부엌으로 달아났다. 그 바람에 물어볼 타이밍을 완전히 놓쳐버

#40 다우트 카드게임. 다른 플레이어가 거짓말을 했다고 판단했을 때 다우트를 외침.

린 나는 얼빠진 얼굴로 멍하니 앉아 있을 수밖에 없었다.

그러는 사이에 유이가 쟁반을 들고 다시 후다닥 거실로 되돌아왔다.

"자, 먹어봐."

그렇게 말하며 내민 것은 갓 구운 파이였다. 모양은 다소 투박했지만, 신기하게도 기시감이 느껴졌다. 어쩐지 그리운 느낌이 드는데……? 그렇게 생각하며 바라보다 문득 깨달았다. 와이프가 구운 애플파이하고 무척 비슷했다. 보아하니 그 레시피를 유이 나름대로 어레인지해서 만든 모양이었다.

하지만 향이 조금 달랐다. 자세히 보니 속도 사과는 아닌 것 같았다. 격자무늬 틈새로 보이는 부드러운 질감의 과육이 칼질한 단면을 타고 걸쭉하게 흘러내렸다.

이건 뭐지? 하고 궁금해 하며 한 조각 먹어보기로 했다. 바삭바삭 와삭와삭한 식감의 고소한 파이 껍질이 입 안에서 사르르 허물어지자, 이내 싱그러운 복숭아 향과 녹아내릴 듯 감미로운 단맛이 사방으로 퍼져나갔다. 아하, 피치 파이였나. 이것도 와이프의 애플파이와 마찬가지로 럼주의 풍미가 느껴졌다.

"……어, 어때?"

"맛있어. 유이가 만든 건 뭐든 다 맛있으니까!"

불안에 찬 유이의 눈빛에 나는 엄지를 척 치켜세우며 대답했다. 하지만 그런 대답을 원한 게 아니었는지, 유이는 땅이 꺼지라 한숨을 쉬었다.

"그런 게 아니구……. 남자가 먹기에 이런 맛은 어떤가 해서 물어본 건데."

"으음…… 이것도 물론 맛있고 아주 마음에 들지만, 개인적으로는 조금 더 산뜻한 맛이 취향이려나?

"아니, 아빠 취향은 물어본 적 없거든?"

유이는 쓸데없는 소리 말라는 듯 휘휘 손사래를 쳤다.

음, 이번에도 냉랭해. 냉랭한 반응입니다. 하지만 아빠는 스무 살 이상 어린 신입사원에게도 그런 대접을 받을 때가 있어서 익숙하단다!

하지만 그런 내 모습이 안쓰러워 보였는지, 와이프가 쓴웃음을 지으며 슬쩍 두둔해주었다.

"으음, 아빠는 단 걸 별로 안 좋아하니까~."

하하하, 그야 달달한 건 지금 이 생활만으로도 충분하니까요! 보세요, 제 와이프랑 딸, 엄청난 미인에다 무지하게 사랑스럽지 않습니까? 그리고 들어보세요. 저에게 쌀쌀맞게 굴 때의 쿨한 목소리와 아빠라고 부를 때의 달콤한 울림, 끝내주지 않습니까? 또 무엇보다도 이러니저러니 하면서도 저에게 디저트를 만들어주고, 조언을 구하며 저를 의지해준다니까요? 이런 생활을 하는데 달달한 게 더 필요할 리 없잖습니까!

그렇게 생각하는 사이, 흠흠 뭔가를 고민하던 유이가 불쑥 고개를 들었다.

"그렇구나……. 단 걸 좋아하는 사람이 아니면 참고가 안 될지두……. 그럼 아빠는 이제 됐어."

단칼에 버림받고 말았다. 으음…… 이 아빠도 아직 회사에서 버림받은 적은 없으니까, 어떤 반응을 보여야 좋을지 좀처럼 감이 안 잡히는걸?

난감해하는 나를 내버려두고 후다닥 부엌으로 뛰어간 유이가 이번에는 접시를 들고 돌아왔다.

"이거, 아까 구운 거야. 이건 안 다니까. ……그냥 시험 삼아 만들어본 거라 좀 그렇지만."

설명과 함께 내민 것은 쿠키였다.

별, 하트, 동그라미, 삼각형, 사각형 등 형태는 다양하지만, 토핑이나 아이싱은 전혀 들어가지 않은 매우 심플한 디자인의 얇은 쿠키였다. 내가 낮은 탁자에 놓인 접시와 유이를 빤히 쳐다보자 무안해졌는지, 유이는 얼른 소파로 파고들어 와이프 뒤로 쏙 숨어버렸다.

그리고 와이프 어깨 너머로 흘끗 나를 보더니, 우물우물 입 속말로 중얼거렸다.

"……제대루 된 건 다음에 만들어줄게."

뭐라고? 얘가 지금 뭐래는 거니? 너무 귀엽지 않습니까?

"정말? 아빠용으로? 일부러 아빠 입맛에 맞춰 단맛을 조절한 유이표 디저트를? 아빠한테? 저, 정말 그래도 괜찮겠니?"

감동한 나머지 흑흑 흐느끼며 묻자, 유이는 당고머리를 만지작거리다가 홱 고개를 돌려 나를 외면했다.

"그 정도야 뭐. ……이것두 다 연습이니까. 아무튼 쓸데없는 소리 그만하구 빨리 먹어."

쑥스러움을 감추듯 못마땅한 기색으로 뺨을 볼록 부풀린

유이가 퉁명스럽게 접시를 내밀었다. 나는 얼떨결에 그 접시를 받아들고, 와이프를 휙 돌아보았다.

"유이 엄마, 우리 집에 신단이 있던가? 없나? 없지. 만들까? 지금 만들까? 그리고 공물로 바칠까?"

"으음, 불단도 괜찮으려나~? ……아, 근데 향냄새가 신경 쓰일지도 모르겠네."

"됐으니까 얼른 먹으라구."

매서운 눈초리로 우리를 보는 유이의 음성에서는 약간의 짜증이 묻어났다. 성화에 못 이겨, 나는 부랴부랴 쿠키를 입에 넣었다.

와삭 베어 문 순간, 포슬포슬 허물어지며 은은한 단맛이 입안으로 퍼져나갔다. 녹아내리는 듯한 식감이 편안한 데다 너무 달지 않아서, 두 개 세 개 자꾸만 손이 갔다.

"음, 이거 맛있는데? 내 취향이야."

단 음식을 즐기는 편은 아니지만 이 쿠키는 부모의 팔불출 보정을 빼고도 맛있다고, 마음에 든다고 말할 수 있었다. 무심코 흘러나온 내 솔직한 감상에 마음이 놓였는지, 유이가 가슴을 쓸어내리며 입가에 미소를 머금었다.

"괜찮은가 보네. 자, 그럼 사브레두 먹어."

그렇게 말하며 유이는 내 앞에 놓인 접시에서 쿠키를 쓱쓱 챙겨가더니, 발치에 누운 사브레 앞으로 내밀었다.

어라? 하고 내가 집어먹던 것과 펄쩍 뛰어 일어난 사브레가 오독오독 먹어치우는 물건을 비교해봤지만, 아무리 봐도 역시 완전히 똑같은 쿠키였다.

"뭐야, 사브레하고 같은 취급이라니……. 그렇다는 건…… 사실 아빠는…… 사브레 못지않게 깊이 사랑받고 있다는 뜻?"

"당신의 그런 긍정적인 태도, 멋져~."

와이프가 짝짝 박수를 쳤다. 후훗, 그렇지? 난 이 넉살 하나로 부장 자리에 오른 몸이니까! 하지만 그래도 마음에 걸리는 점이 아주 없지는 않았다.

"근데 이거, 사브레한테 줘도 괜찮은 거야?"

"당연하지, 다 알아보고 만든 거야. 비지로 만들면 몸에 좋대~."

내 질문에 와이프가 휴대폰을 톡톡 두드려서 레시피를 참고한 듯한 사이트를 보여주었다. 그 페이지에는 『강아지용 홈메이드 쿠키』라고 똑똑히 쓰여 있었다. 으음, 보면 볼수록 강아지가 메인이잖아……?

뭐 인간과 개가 함께 즐길 수 있는 요리를 컨셉으로 해서 만든 거겠지. 그렇다면 내가 먹어도 문제는 없을 터였다. 사브레와 내가 경쟁하듯 맛있다는 말을 연발하며, 혹은 왕왕 짖어대며 와삭와삭 쿠키를 먹고 있자니, 와이프가 유쾌한 기색으로 후훗 웃었다.

"다행이구나. 이거라면 먹어주겠네~."

"어, 엄마. 그런 말은 왜 해……."

뺨에 손을 얹고 만면의 미소를 짓는 와이프와 그런 엄마를 허둥지둥 제지하는 유이.

확실히 이 쿠키는 사브레와 나 양쪽에게 큰 호평을 받았다. 그러니 다른 사람도 먹어주겠지. 와이프의 말은 전적으로 옳았다.

근데 대체 누구에게 주려는 걸까요……? 와이프의 말투와 유이의 당황한 반응으로 미루어볼 때 나는 절대 아닐 테고……. 아무리 봐도 난 머릿수에 포함 안 되는 느낌이잖아! 일 끝나고 부하들이 한잔 하러 가자고 할 때와 같은 분위기가 느껴져!

이럴 때 부장이 할 수 있는 대처는 크게 세 가지 패턴으로 나누어진다.

패턴 1. 못 들은 척한다. 이게 가장 표준적인 대응이다.

패턴 2. 『다들 업무에 지장이 없도록 적당히 마셔~』 하고 한마디 해서, 이해심 있는 상사를 연기한다. 최소한의 커뮤니케이션을 원한다면 이게 최선책이겠지.

패턴 3. 헛기침과 혼잣말로 들었다는 사실을 어필하며, 『나한테도 가자고 하려나 두근두근』 하고 불러주기를 기다린다. 이게 최악의 대처다. 부르든 안 부르든 나중에 『나도 불러달라는 부장님의 어필, 장난 아니었지……』, 『그러게. 우리 쪽을 계속 흘끔거리더라니까?』, 『그 양반이 있으면 술맛이 떨어져』, 『하다못해 계산이라도 해주면 좋을 텐데』, 『돈 받고 아저씨 이야기를 들어주다니, 토크 바 종업원이냐고』 하고 뒷담대회가 시작되어 안주거리로 전락할 가능성이 크다. 그렇게 되면 부하에게 미움 받는 것도 상사의 역할! 하고 스스로를 속여야 하는 처지가 되고 만다.

그러나 이 유이가하마 부장을 얕보면 곤란하다.

"오, 좋아! 그거 괜찮은데? 그러면 우리 강아지 놀이터라도 갈까? 아빠가 차 가져올게! 가는 김에 아울렛에서 쇼핑도 하고! 오는 길에 온천에 들르는 것도 괜찮겠네!"

풍부한 자금력을 바탕으로 경쟁사는 제공할 수 없을 메리트를 제시하는 프레젠테이션! 의도적으로 밝고 적극적인 자세를 취함으로써 소탈함을 연출한다! 장난 같은 분위기로 대화에 끼어들면 『아뇨, 부장님은 부른 적 없는데요』 하고 거절당해도 『어이쿠! 그런가!』 하고 내 이마를 찰싹 때리고 크하하 웃으며 얼버무릴 수 있거든! 뒤탈 없이 그 자리의 우스갯소리로 넘어갈 수 있는 고도의 테크닉이라고!

자, 어떠냐! 아빠가 오랫동안 갈고닦은 크하하 아저씨 프레젠테이션 기술이⋯⋯! 하고 유이의 반응을 살피자, 유이는 질겁한 듯 대놓고 정색을 했다.

"아니, 아빠랑은 안 갈 건데⋯⋯."

어이쿠! 그런가! 나는 크하하 웃으며 이마를 찰싹 때리려 했다. 그때 와이프가 내 손을 덥석 잡았다. 그리고 그대로 나를 쭉 끌어당기더니, 귓가에 대고 나직하게 속삭였다.

"맞아. 데이트를 방해하면 못 써요~."

달콤한 향기와 농염한 숨결에 실려, 그냥 흘려 넘길 수 없는 말이 들려왔다.

극심한 충격으로 말문이 턱 막히는 바람에 그게 무슨 소리야?! 하고 눈으로 묻자, 와이프는 엄숙한 얼굴로 검지를 치켜세우고 떽, 하고 나를 나무랐다. 하하하, 저희 와이프 너무 귀엽지 않습니까? 어찌나 귀여운지 깜빡 속아 넘어가고 말 것 같다니까요? 근데 데이트라니 뭐야? 그게 대체 무슨 소리냐고요?

나는 금붕어처럼 입을 뻐끔거리며 대답을 찾아 사방을 두리번거렸다. 그러자 쪼그리고 앉아 사브레를 쓰다듬으며 나직하게 중얼거리는 유이의 모습이 눈에 들어왔다.

"역시 어렵네, 베이킹. 어떤 맛이 좋을지 헷갈리구."

그 얼굴에는 고민하는 것 같기도 하고 즐거워하는 것 같기도 한, 그리고 사랑에 애태우는 것 같기도 한 희미한 미소가 감돌았다.

아아, 그런가. 단지 그 생각만이 들었다.

더 복잡하고 많은 감정을 느끼게 될 줄 알았고, 나 역시 냉정하게 받아들이지는 못할 거라고 걱정했건만. 놀랍게도 꼬치꼬치 캐물을 마음도, 덮어놓고 결사반대할 마음도, 누군지 모르는 그 자식을 작살내러 갈 마음도, 장난인 척 놀릴 마음도 전혀 나지 않았다.

저토록 슬프고 온화한, 그럼에도 행복해 보이는 부드러운 미소를 보고 나니 아무 말도 할 수 없었다.

……그렇구나. 넌 정말로, 진짜 사랑을 한 거구나.

입 밖에는 절대 내지 않고, 그저 욱신욱신 아파오는 가슴속으로만 중얼거렸다. 코를 훌쩍이는 티가 나지 않도록 크게 숨을 들이쉬자, 녹아내릴 듯 달콤하고 고소한 피치 파이의 잔향이 내 가슴에 먹먹하게 차올랐다.

· 특별할 것이라고는 없는 평범한 밤, 우리가 매일 생활하는 거실, 가족이 나란히 앉은 패브릭 소파.

그렇게 너무나도 당연한 일상에 눈물을 흘리기는 조금 아까웠기에, 나는 간접조명이 말갛게 번지는 천장을 올려다보았다. 눈물은 언젠가 먼 훗날, 축하의 장을 위해 아껴두자.

아무에게도 들키지 않도록 습기 찬 한숨을 천천히 천천히 내쉬자, 어깨 쪽에 살포시 무게감이 느껴졌다. 돌아보지 않아도 팔에서 전해져오는 체온을 통해 와이프가 내게 몸을 기댔음을 알 수 있었다.

"서두르지 말고 천천히 하면 돼. 먹어줬으면 하는 사람, 기뻐해줬으면 하는 사람을 생각하며 만들다 보면 결국 유이 너만의 맛이 완성될 테니까. 그렇게 해서 딱 좋은 맛을 만들어나가는 것도 홈 베이킹의 즐거움이거든."

와이프는 조용한 음성으로 딸에게 말했다. 평상시의 다정하고 달콤한 말투가 아니라, 비밀로 해온 소중한 주문을 알려주듯 진지함이 감도는 목소리로.

"우음, 그치만 그게 어렵다구……."

유이는 에헤헤 난감한 듯 웃더니 당고머리를 살며시 매만졌다. 그 부드러운 미소에는 기쁨과 부끄러움과 쑥스러움 같은 사랑스러운 감정뿐만 아니라, 가슴이 미어질 듯한 슬픔과 착잡함도 담겨 있었다.

와이프도 그 애달픈 분위기를 감지한 눈치였다. 나직하게 한숨을 내쉬더니, 미소를 지으며 「하긴 그렇지~」 하고 평소처럼 따스한 목소리로 맞장구를 쳤다.

"아빠는 단 걸 싫어한다지만, 우리 집 애플파이는 좋아하잖니~?"

"아, 응. 듣구 보니까 그러네. 엄마가 해주는 애플파이, 단데."

"뭐?"

……어라? 잠깐만요? 저는 단 건 취향이 아니라서, 럼주를 넣어 단맛이 덜한 우리 집 고유의 애플파이 레시피를 와이프와 함께 만들어온 거였습니다만? 단 걸 좋아하는 유이가 달다고 할 만큼 달지는 않을 텐데……?

의아해하는데, 와이프가 내 어깨에 머리를 기대고 장난에 성공한 어린아이처럼 후훗 유쾌한 미소를 지었다.

"그러니까 「서두르지 않고 천천히」가 관건이라니까~? 눈치채지 못할 정도로 조금씩 조금씩 점차 달게 해나가는 거지."

"아하……."

유이는 납득한 분위기입니다만…….

"……그거, 독에 대한 내성을 기를 때 쓰는 방법 아냐? 꼭 닌자 수행 같은데?"

나는 쓴웃음을 지으며 말하고, 사브레와 함께 쿠키를 먹었다.

이 쿠키도, 그 피치 파이도, 조만간 맛이 변해가기 시작할지도 모른다.

그리하여 언젠가 유이만의 손맛이 완성되는 거겠지.

단 걸 좋아하는 누군가를 생각하며 서두르지 않고 천천히,

시간을 들여 조금씩 조금씩 함께 만들어나갈 테지.

그 과정은 한없이 달콤할 게 틀림없다. 하지만 내게는 조금 씁쓸할 것 같아서……

……지금은 아직 그 달콤함을 좋아할 수 없을 것 같았다.

×　×　×

일찌감치 일을 접고 회사를 나섰다.

야근도 부하들과의 잡담도 전부 내일로 미루고, 도쿄역의 긴긴 지하통로를 잰걸음으로 가로질렀다.

평소보다 꽤 이른 시간이어서인지, 케이요선 전철은 크게 붐비지 않았다. 문 옆에 서 있으니 창밖으로 디스티니 랜드의 야경이 흘러갔다.

옛날에는 셋이서 자주 갔었지……

지금 사는 아파트로 들어오기 전까지는 일가족이 생활하기에는 조금 비좁은 공영 아파트에서 셋이 오손도손 의지하며 살았다. 와이프가 알뜰살뜰 살림을 꾸려나가다 목표로 한 저축액에 도달하면 다 함께 축하하자며 놀러가고는 했더랬지.

그 후로 내 수입이 늘면서 이사를 했고, 줄곧 로망이었던 강아지도 키우고 가끔은 가족여행도 다니게 됐지만, 가족 단위로 디스티니에 가지 않게 된 건 언제부터였을까? 유이가 초등학교 고학년 때부터는 친구들과 같이 가게 됐던가?

그렇게 조금씩 딸과 보내는 시간이 줄어가고, 어느 날 문득 내가 모르는 딸의 모습에 놀라게 되겠지.

감기 걸리는 일도 줄어들고, 염색을 해서 멋을 내고, 베이킹을 시작하고, 사랑을 하고, 그리고…….

후우 애수 어린 한숨을 내쉬고, 나는 휴대폰을 꺼냈다.

오늘은 늦을지도 몰라. 그렇게 메시지를 보내고, 집에서 두 정거장 앞 역에 내렸다.

와이프가 해주는 음식과 딸이 만들어주는 디저트는 정말 최고고 항상 기대되지만, 바로 어제 그런 일이 있었던지라 곧장 귀가할 마음이 나지 않았다.

가볍게 한 잔 하고 가자.

하지만 선술집이나 주점에 갈 기분도 아니었다.

어디 마땅한 집 없으려나 하고 어슬렁어슬렁 정처 없이 걷다 보니, 고급 호텔이 늘어선 구역으로 접어들었다.

혼자서 조용히 마실 작정이라면 호텔 바도 괜찮을지 모른다. 즉흥적으로 떠오른 생각에 나는 가장 가까운 호텔로 들어가서 엘리베이터 버튼을 눌렀다.

도착한 곳은 최상층이었다. 촛불처럼 그윽하고 따스한 빛이 은은하게 비추는 차분한 느낌의 라운지가 눈앞에 펼쳐졌다. 다른 손님의 모습도 드문드문 눈에 띄었지만, 대체로 품위 있게 조용한 시간을 만끽하는 분위기였다.

나직하게 울려 퍼지는 재즈 피아노 소리를 무심하게 흘려들으며, 플로어 끄트머리의 아늑한 공간에 위치한 바 카운터에 자리를 잡았다.

손님은 나 말고도 몇 명 더 있었다.

내게서 두 자리 띄어 앉은 호리호리한 남자는 문고본을 읽으며 온더락 글라스를 천천히 기울이고 있었다. 그 여유로운 행동거지에는 어딘가 기업 임원진 같은 분위기가 감돌았다. 다만 올백으로 손질한 머리에서 이따금 앞머리 몇 가닥이 발처럼 흘러내렸고, 그것을 쓸어 넘기는 조금 거친 손놀림에서는 먼 옛날 말썽꾸러기였던 흔적이 엿보였다.

그 반대편으로 내게서 하나 떨어진 자리에는 삐죽삐죽 자란 수염에 선글라스를 끼고, 부스스하게 뻗친 긴 흑발에 느슨하게 펌을 한 수상쩍은 남자가 있었다. 이쪽은 하이볼을 꿀꺽꿀꺽 들이켜더니, 맥켈란을 가리키며 온더락으로 달라고 주문했다. 그리고 술이 나오기를 기다리는 동안 땅콩을 맛있게 먹어치우고 콧노래를 흥얼대며 태블릿을 들여다보기 시작했다.

정확한 나이는 가늠하기 어렵지만, 십중팔구 둘 다 나하고 비슷한 연배일 테지.

잡음 없는 어른의 시간이 흘러갔다.

이런 날은 드라이한 술이 제격이다.

나는 라프로익 쿼터 캐스크를 스트레이트로 주문하고, 홀짝홀짝 핥아먹듯 마시기 시작했다. 스모키하고 알싸한 독특한 풍미에 만족스런 한숨을 내쉬자, 불현듯 산뜻한 허브 향이 콧속을 간질였다.

맛있군……. 감흥에 젖어 중얼거리자, 가슴속에 맺힌 응어리가 녹아내리는 것 같았다.

그래서인지도 모른다. 누구인지도 모르는 바 메이드에게 말을 건 까닭은.

"딸에게 남자친구가 생길지도 모르겠어……."

나직한 목소리로 불쑥 말하자, 술잔을 닦던 바 메이드가 멈칫했다. 얕게 새어나온 숨결에서 망설임이 엿보였다. 아무래도 자기한테 한 말인지 혼잣말인지 헷갈리는 눈치였다.

"이럴 때 아버지는 어떻게 해야 되는 걸까……. 응?"

"으, 으음……. 그, 글쎄요……. 지, 지켜봐주는 게 좋지 않을까 싶습니다만……."

푸른빛 도는 흑발의 바 메이드는 곤혹스러운 기색으로 간신히 그렇게 대답했다. 언뜻 보기에 우리 딸보다는 조금 나이가 많을 듯했다. 스무 살쯤 됐으려나?

젊은 아가씨를 난처하게 하다니, 아저씨로서 실격이다. 나는 헤실 웃으며 얼버무리기로 했다.

"그렇겠지? 미안해요. 이상한 걸 물어봐서."

"아뇨……."

희미하게 쓴웃음을 지은 바 메이드는 꾸벅 고개를 숙여 보이고 다시 술잔을 닦기 시작했다. 어쩐지 미안한걸……? 머쓱함을 달래듯 나는 다시 홀짝홀짝 술잔을 기울였다.

한 잔 더 마실까 생각하며 빈 술잔을 바라보는데, 불쑥 내 앞에 코스터가 놓였다.

"실례합니다. 갓파더입니다."

그 말에 고개를 들자, 달그락 소리를 내며 온더락 글라스가 놓였다. 호박색 액체 안에 각진 얼음이 떠 있었다. 주문한 적 없는데? 하고 고개를 갸우뚱하자, 바 메이드가 조심스럽게 내 오른쪽을 가리켰다.

"저, 저쪽 손님께서, 보내신 겁니다……."

바 메이드는 어둑어둑한 실내에서도 티가 날 만큼 빨개진 얼굴로 설명했다. 하긴 그럴 만도 하지. 이렇게 느끼한 대사를 실제로 입 밖에 내려면 아무래도 좀 쑥스러울 테니까. 그럼에도 제대로 말해준 프로 의식에 경의를 표하며, 나는 고맙다는 말과 함께 술잔을 들었다.

그리고 저쪽 손님이라는 사람을 돌아보았다.

내게서 두 자리 떨어진 곳에 앉아 있던 올백 씨가 앞머리를 살짝 쓸어 넘기고, 까닥 고개를 숙였다.

"죄송하지만 말씀하시는 게 들려서 말입니다. 사양 말고 드십시오. 한 잔 사드리고 싶은 기분이었거든요."

이지적인 용모는 차가운 인상이 강했지만, 멋쩍은 기색으로 웃으니 의외로 어려 보였다.

이런 일은 처음이지만, 사주는 술은 감사히 얻어 마시는 게 예의겠지. 나는 한 자리 옆으로 붙여 앉아서 술잔을 살짝 들어 보였다.

"고맙습니다. 잘 마시겠습니다."

올백 씨도 웃으며 내게 고개를 끄덕여 보이고, 자리를 하나 붙여 앉았다. 그런데 그 표정이 갑자기 어두워졌다.

"실은 제 딸도 그랬거든요……. 저한테 인사시키고 싶은 사람이 있다고요……."

"……그건 좀 뼈아프겠네요."

실제로 내가 그런 말을 들으면 어떤 반응을 보여야 좋을지 모르겠다. 딸에게 남자친구가 있는지조차도 무서워서 확인할 수가 없을 정도니까.

아무래도 올백 씨는 아버지로서 나보다 한 발짝 앞서 있는 눈치였다. 그렇다면 나도 위대한 신배에게 경의를 표해야 마땅할 테지.

"이 분에게도 같은 걸 줘요."

잠시 후 올백 씨 앞에도 온더락 글라스가 놓였다. 우리는 쓴웃음을 지으며 술잔을 들고, 챙 가볍게 부딪쳐 건배했다.

한 모금 마시자 아몬드를 연상시키는 고소함이 피어올랐고, 차츰 행인두부와 비슷한 달달한 향이 퍼져나갔다. 위스키와 아마레또를 섞었을 뿐인 심플한 칵테일이지만, 그런 만큼 중후한 풍미가 느껴졌다.

"뼈아프다기보다는…… 뭐라고 해야 좋을까요? 쓸쓸한 것하고도 조금 다르고 말이지요. 딸의 성장과 행복은 솔직히 기쁩니다만……."

"아…… 확실히 뭐라고 표현하기가 어렵지요. 굳이 말하자면 시원섭섭하다고나 할까요?"

"네, 그런 느낌입니다."

올백 씨는 쓴웃음을 지으며 천천히 술잔을 기울였다.

"……아까 여기 바 메이드 아가씨가 이야기한 것처럼, 우리

아버지들이 할 수 있는 일은 결국 지켜봐주는 거겠지요."

"그러게요……. 우리는 응원 말고는 할 수 있는 게 없는지도 모르겠습니다……."

연애는 논리가 아니다. 어쩌면 꿈 역시 그렇겠지. 우리가 제 아무리 입이 닳도록 떠들어본들 딸의 마음은 딸 혼자만의 것이며, 간단히 바꿀 수 있는 게 아니다.

아니, 더 정확히는 누군가가 바꾸어도 되는 게 아니다. 가령 다른 누군가가 내 딸의 마음을 짓밟으려 한다면 나는 그것을 결코 용납하지 않을 테지.

그러므로 우리는 지켜보며 응원해주고, 원할 때는 언제든지 돌아올 수 있는 장소로 존재하는 것 말고는 할 수 있는 게 없다.

내 입에서 새어나온 것은 반쯤은 혼잣말에 가까운 중얼거림이었다.

그러나 그 말에 반응한 사람이 있었다.

"천만에, 그건 아니지……. 그 방식은 잘못됐다고."

불현듯 다소 껄렁한 음성이 들려왔다. 올백 씨의 차분한 말투와는 달리 나른하고, 패기라고는 전혀 느껴지지 않는 목소리였다.

반사적으로 그쪽을 돌아보자, 와작 땅콩을 씹어 먹는 수염 씨의 모습이 눈에 들어왔다.

"……아버지로서 할 일은 지켜보는 것도, 응원하는 것도 아닙니다. 막아서는 거지요. 그러기 위해 온갖 계획을 세우는 거고요."

말을 마친 수염 씨가 빈정거리듯 한쪽 입꼬리를 씨익 휘어 올렸다. 수염 씨가 한바탕 지론을 펼치고 나자, 카운터에는 다시 정적이 흘렀다.

이거 혹시 나한테 하는 말인가……? 불안해져서 옆을 보자, 올백 씨는 글쎄요? 라는 얼굴로 어깨를 으쓱해보였다. 바 메이드를 보니 그쪽은 심기일전해서 술잔을 닦는 중이었다.

……그래, 나인가. 나밖에 없겠는데. 내가 물어보는 수밖에 없겠어.

"저어, 계획이라면 구체적으로는……."

머뭇머뭇 말을 걸자, 수염 씨는 마치 물어봐주길 기다렸다는 양 흠흠 헛기침을 했다. 그리고 턱수염을 쓰윽 쓰다듬더니, 의기양양한 표정으로 입을 열었다.

"우선 장남을 준비합니다."

"시작부터 차질이 생긴 거 같은데요……. 우리 애는 외동딸이라서요……."

"아, 그래요……? 감시와 가드를 맡기기에는 장남이 가장 안전한데……. 그럼 별 수 없군요. 방법을 바꿔보죠."

수염 씨는 끄응 생각에 잠기는가 싶더니 아, 하고 손뼉을 쳤다.

"우선 난 절대 인정 못한다! 하고 무작정 악을 쓰면 되지 않을까요? 아니면 말고요."

"무계획도 유분수지……."

옆에서 듣던 올백 씨가 할 말을 잃은 얼굴로 중얼거렸다. 나도 어안이 벙벙했지만, 이내 헉 하고 정신을 차리고 수염 씨와의 대화를 시도했다. 죽도록 치졸하고 터무니없이 난폭한 발언이었지만, 심정적으로는 그 주장도 이해가 가니 탈이다.

"아니, 그게…… 아무리 그래도, 딸의 마음도 생각해야……."

"아버지한테도 마음은 있잖습니까!"

"뭐야, 이 양반……. 더없이 진지한 얼굴로 궤변을 늘어놓잖아? 그, 그야 물론 아버지한테도 마음은 있지만 말입니다……."

드라마 『북쪽 고향에서』에서 라면을 치웠을 때[#41] 타나카 쿠니에 같은 기세로 반론하는 바람에 납득할 뻔했잖아……. 내가 움츠러들자 찬스라고 생각했는지, 수염 씨가 또다시 역설했다.

"고작 내 반대에 못 이겨 포기한다면 어차피 그 정도에 불과하다는 소리잖습니까? 그래서야 잘 될 리가 없죠. 그렇다면 만사 제쳐두고라도 일단 무조건 부정하고, 맹렬하게 반대하는 게 부모의 도리 아니겠습니까?"

"그거요. 저희 회사 같으면 직장 내 괴롭힘이거든요?"

"에이, 뭘요. 괜찮습니다. 우리 회사 같으면 간당간당하게 세이프를 넘어서 그게 신입 사원 연수일 정도니까요!"

수염 씨는 크하하! 하고 넉살 좋게 웃었다. 이 사람, 정말 괜찮은 건가……? 아무래도 멀쩡한 회사에 다니는 게 아닌 모양이다. 우리 회사 같으면 내부 윤리 규정 위반으로 원 스트라이크 아웃에다 인사부에 마련된 상담실에 익명으로 투서가

#41 드라마 『북쪽 고향에서』에서 라면을 치웠을 때 부자(父子)가 라면집에서 식사하는데 종업원이 그릇을 치우려 하자, 배우 타나카 쿠니에가 "애가 아직 먹고 있잖습니까!"라고 버럭 화내는 장면이 있음.

들어갈 거라고……. 망했다. 이 양반, 위험한 사람이었군…….
그렇게 생각하며 거리를 두려고 몸을 슬쩍 뒤로 물리는데, 그
런 내 어깨너머에서 올백 씨가 고개를 내밀었다.

"……흐음, 듣고 보니 일리가 있군요."

이 사람은 또 왜 맞장구를 치는데? 여태까지는 수염 씨가
하는 말을 거지반 흘려들었으면서, 갑자기 팔짱을 끼더니 흠
흠 고개를 끄덕인다. 아하, 그러니까 이 양반도 건실한 회사원
은 못 되는구만? 어쩐지 묘하게 인텔리 조폭 냄새가 나더라니.

홀로 두려움에 떠는데, 수염 씨가 웃음을 거두더니 갑자기
아련한 눈빛을 했다. 아니, 사실은 선글라스를 껴서 전혀 안
보이지만.

"딸의 행복을 위해서라면 미움 받아도 개의치 않는다. 그게
아버지의 자세 아닙니까? 게다가 반대가 심하면 심할수록 더
타오르는 법이잖아요? 발버둥치고 고민하고 괴로워하며, 그
만큼 진심이 되기 마련이니까……."

온더락 글라스를 빙글빙글 돌리면서 호박색 액체를 물끄러
미 응시하는 수염 씨의 말투에서는 아까와 달리 따스한 분위
기가 묻어났다.

수염 씨는 술을 쭉 들이켜더니 달그락 얼음 소리를 냈다.

"……우리도 그랬잖습니까? 아니면 말고요."

한쪽 입꼬리가 삐딱하게 올라간 빈정대는 듯한 웃음이었지
만 그 말에 비꼬는 기색은 없었고, 오히려 친근감이 묻어났
다. 오늘 처음 만난 사이건만, 꼭 옛 추억담을 나누는 것 같

았다.

그 바람에 불현듯 떠올랐다.

늦은 밤에 긴 통화를 할 때, 수화기 저 너머에서 들려오던 언짢은 목소리.

집까지 바래다줬을 때, 헤어지기 싫은 마음에 문 앞에서 이야기꽃을 피우고 있으면 뻔질나게 들락날락하던 퉁명스러운 얼굴.

정식으로 인사하러 갔을 때, 자리가 마무리되자마자 쌩하게 떠나가던 뒷모습.

지금이야 간도 쓸개도 다 빼줄 만큼 손녀 사랑이 지극하고 인자한 할아버지지만, 그 시절에 마주한 『딸의 아버지』는 분명 벽처럼 나를 막아서는 존재였다.

그런 기억이 뇌리를 스쳐간 사람은 나뿐만이 아니었나 보다. 옆에 있는 올백 씨의 입가에도 미소가 어렸다. 올백 씨와 나는 자연스럽게 얼굴을 마주하고 쓴웃음을 지었다.

"저 분에게도."

"같은 걸 주세요."

우리는 입을 모아 수염 씨에게 술 한 잔을 선물했다.

"아, 이거 고맙습니다. 감사히 마시겠습니다."

수염 씨 앞에 온더락 글라스가 놓이자, 우리는 묵묵히 잔을 맞댔다. 전장은 다를지언정 같은 진영에서 싸워온 동지들과 나누는 건배였다.

아무 말 없이 천천히 술잔을 기울여 홀짝홀짝 마시고 있자니, 휴대폰이 부르르 떨렸다.

확인하니 와이프가 보낸 라인이었다. 멘트 없이 사진만 첨부되어 있었다. 터치해서 확대하자, 앞치마를 두른 유이가 오븐에 파이를 집어넣는 모습이 보였다. 오늘도 디저트를 만들어주려나 보다.

……지금 나가면 딱 완성될 타이밍에 맞춰서 들어갈 수 있으려나?

안절부절못하며 고민하는데, 덜커덕 의자 빼는 소리가 났다. 그쪽을 휙 돌아보자, 수염 씨가 자리에서 일어서는 모습이 눈에 들어왔다. 잔을 꺾어 단숨에 술을 비운 수염 씨가 후우, 만족스러운 한숨을 내쉬었다.

"그럼 저는 이만 실례하지요. 갓파더, 잘 얻어마셨습니다."

고개를 까닥 숙여 우리에게 인사를 건넨 수염 씨가 바 메이드를 불렀다.

"계산해줘요. 아참, 그리고 늘 먹는 걸 인원수만큼 부탁해도 될까?"

"……알겠습니다."

바 메이드는 못마땅한 얼굴로 나직하게 한숨을 쉬더니, 뒤에 있는 냉장고에서 뭔가를 꺼냈다.

"술 깨는 데는 안성맞춤이라서 들여놔달라고 부탁했거든요. 괜찮으시면 하나씩 드시죠."

수염 씨의 설명과 함께 카운터에 등장한 것은 캔 커피였다. 노란색과 검은색으로 이루어진 키치한 디자인이 눈에 익었다.

그래봐야 별로 마신 적은 없지만, 지독하게 달았던 기억만은 남아 있었다.

"맥캔인가요? 옛날 생각나네…… . 디자인이 바뀌었나?"

올백 씨는 캔 커피를 집어 들고 반가운 기색으로 후훗 웃었다. 죄송한데 디자인까지는 기억 안 나거든요……? 그렇게 생각하며 나도 맥캔을 집어 들었다. 뭐 확실히 귀여운 디자인이기는 하지만 말이야.

뚫어지게 쳐다보는 사이, 계산이 끝났는지 수염 씨가 가볍게 손을 흔들었다.

"그럼 언젠가 또 봅시다."

서로의 이름도 연락처도 모르건만, 재회를 기약하는 인사였다. 십중팔구 다시 볼 일은 없을 텐데도.

하지만 그걸로 됐다. 그들도 나도 우연히 여기서 만난 데 불과하지만, 모두가 딸을 사랑하는 아버지라는 사실만 알면 그것으로 충분하다.

그렇기에 올백 씨도 후훗 부드러운 미소를 지은 거겠지.

"예, 또 보지요."

"네, 또 봐요."

나 역시 그들처럼 이루어지지 않을 바람임을 알면서도 그렇게 화답했다. 3인3색으로 제각기 댄디한 미소를 입가에만 머금은 채로.

수염 씨가 떠났고, 이윽고 올백 씨도 자리를 떴다.

뒤이어 나도 바를 나섰다.

기분 좋게 헤어져놓고, 호텔에서 나오자마자 딱 마주치는 사태를 피하기 위해 피차 신경을 쓴 거겠지. 역으로 가는 길에도 그들의 모습은 보이지 않았다.

집 방향도 다른지, 승강장에서도 눈에 띄지 않았다.

전철을 기다리면서 와이프에게 『곧 들어가』라고 라인으로 답장을 보낸 다음, 나는 휴대폰을 가방에 넣었다.

그 순간, 뭔가 서늘한 감촉이 느껴졌다.

꺼내보니 수염 씨가 준 맥캔이었다. 마지막으로 마신 게 언제였더라? 기억을 더듬으면서 칙, 캔을 땄다.

그리고 한 모금 꿀꺽 마셨다.

"달아……."

상상했던 것보다 7조배쯤 달아서, 나는 무심코 성분표시를 살펴보고 말았다. 뭐야 이거, 원래 이렇게 달았나?! 방금 전까지 위스키 베이스의 술을 마셔서 그런가, 유난히 더 달게 느껴지는데…….

……음, 그래도 의외로 나쁘지 않지만. 싫지는 않지만. 익숙해지면 이것도 나름대로 괜찮다. 아니, 어쩌면 오랫동안 길들여진 끝에 내가 단 걸 좋아하는 입맛으로 변했는지도 모른다.

앞일은 알 수 없지만, 시간을 들여 조금씩 앞으로 나아가다 보면 무언가가 달라지기 마련이다.

딸의 사랑의 행로와 그 후의 인생도 아마 그럴 테지.

그렇게 달콤한 생각을 하며, 꿀꺽꿀꺽 맥캔을 들이켰다.

가당연유와 설탕이 목구멍으로 넘어갈 때쯤에야 비로소 커피다운 풍미가 뒤따라왔다.

지독하게 달지만, 조금 쌉싸름하다.

언젠가 그 달콤함을 좋아하게 될 것 같은 느낌이 들었다.

끝

Author's Profile

카 와 기 시 오 우 교
Ougyo Kawagishi

작가. 저서로 『사신 오오누마』 시리
즈(가가가 문고), 『인생』 시리즈(가가
가 문고), 『편집장 죽이기』 시리즈(가
가가 문고) 등이 있다.

시 라 토 리 시 로
Shirou Shiratori

작가. 저서로 『변태왕자와 웃지 않는
고양이.』 시리즈(MF문고J), 『외로움
쟁이 로리페라투』(가가가 문고), 『제
자에게 협박당하는 것은 범죄인가
요?』 시리즈(MF문고J) 등이 있다.

사 카 이 다 요 시 타 카
Yoshitaka Sakaida

작가. 저서로 『여름의 끝과 리셋
그녀』(가가가 문고), 『청춘 반드시
박살맨인 나에게 구원은 필요 없
다.』(가가가 문고) 등이 있다.

다 나 카 로 미 오
Romeo Tanaka

작가, 시나리오 라이터.
게임 『CROSS † CHANNEL』 등 다
수의 각본을 맡았다. 저서로 『인류는
쇠퇴했습니다』 시리즈(가가가 문고),
『AURA ~마류인 코우가 최후의 싸
움~』(가가가 문고), 『마지널 파이트』
(KADOKAWA) 등이 있다.

하치모쿠 메이

Mei Hachimoku

작가. 저서로 『여름으로의 터널, 이별의 출구』(가가가 문고), 『어제의 봄에서 너를 기다린다』(가가가 문고) 등이 있다.

미즈사와 유메

Yume Mizusawa

작가. 저서로 『저, 트윈 테일이 됩니다.』 시리즈(가가가 문고), 『포쿨 애프터』 시리즈(가가가 문고), 『SSSS. GRIDMAN NOVELIZATIONS』(쇼가쿠칸) 등이 있다.

와 타 리 와 타 루

Wataru Watari

작가. 저서로 『요괴 이야기』 시리즈(가가가 문고), 『역시 내 청춘 러브코메디는 잘못됐다.』 시리즈(가가가 문고) 등이 있으며, 『프로젝트 퀄리디아』에서는 작품 집필과 애니메이션 각본도 맡고 있다.

■작가 후기(카와기시 오우교)

『역내청』독자 여러분, 아마 처음 뵙는 분이 많을 것 같습니다. 카와기시 오우교라고 합니다.

쟁쟁한 작가군단이 이번 앤솔로지에 이름을 올린 가운데, 슬그머니 말석에 끼게 되었습니다. 누가 뭐래도 말석 중의 말석, 요괴「말석의 오점」같은 존재이므로, 저를 모르는 분도 많지 않을까 싶습니다. 그런 와중에 모처럼 이렇게 귀한 기회를 얻었으니, 후기 공간을 빌려서 제 소개를 해볼까 합니다.

그래봐야 주어진 분량이 한 페이지뿐이므로 간략하게, 이것만 기억해주셨으면 하는 중요한 사실만을 말씀드리도록 하겠습니다.

……카와기시 오우교는 와타리 와타루 작가님과 데뷔 동기!#42

그 점만 기억해주시면 감사하겠습니다! 그런 사전지식을 바탕으로 「와타루 작가님하고 데뷔 동기라니 한번 읽어볼까?」 같은 발상이나, 「데뷔 동기라면 곧 동일인물일지도?」 같은 착각을 해주셨으면 하고 살짝 기대해보는 바입니다.

#42 데뷔 동기 두 작가 모두 2009년 제3회 쇼가쿠칸 라이트노벨 대상의 수상작으로 선정되어 데뷔함.

각설하고, 정식으로 『역시 내 청춘 러브코메디는 잘못됐다.』 시리즈의 완결을 축하드립니다! 와타리 와타루 작가님과 관계자 여러분, 그리고 독자 여러분, 고생 많으셨습니다!

　덤으로 와타리 와타루 작가님께서는 또다시 「나랑 동기라니까?」 하고 자랑할 수 있는 신작을 내주시기를 기대합니다!

■작가 후기(사카이다 요시타카)

처음 뵙겠습니다. 또는 오랜만에 인사드립니다, 사카이다 요시타카입니다.

쟁쟁한 멤버들, 그것도 감수성 풍부한 10대 시절부터 동경했던 작가님들이 참여하신 이 책에 유일하게 지명도가 바닥을 기는 저 같은 사람이 끼게 되다니 몸 둘 바를 모르겠습니다.

제가 처음 『역내청』을 접한 것은 열여덟 살 때였습니다. 진지하게 작가가 되겠다는 생각조차 해본 적 없는 순박하고 엉뚱한 문학 소년이었던 제가 『뭐야? 이 주인공, 완전 나잖아? 하지만 is 나. 진짜 비슷해……』 하고, 어떤 의미로는 이 작품에 빠져드는 전형적인 코스를 밟았음은 굳이 설명할 필요도 없지 않을까 합니다. 친구도 없거니와 중2 능력도, 사기 스킬도 없지만, 그럼에도 가슴을 펴고 당당하게 살아가는 히키가야 하치만은 그 시절의 저에게 틀림없는 히어로였습니다.

앤솔로지 작업에 앞서 역내청을 초반부터 다시 읽으며, 그런 소년이었던 지난날을 떠올리듯 쓴 이번 단편, 어떻게 보셨는지요?

저와 같은 세대인 역내청 팬 분들도, 그리고 물론 그렇지 않은 독자 분들도 재미있게 읽어주셨다면 더 바랄 나위가 없겠습니다.

앞으로도 오래오래 함께 역내청을 사랑해나갑시다. 그러면 저는 이쯤에서 물러가겠습니다.

■작가 후기(다나카 로미오)

오레하마치(제 전용 약칭)[#43] 완결을 축하드립니다.

앞권에서도 같은 멘트를 쓴 기억이 나지만, 경사는 여러 번 축하해도 나쁠 게 없으니까요.

그나저나 이 작품의 주인공인 하치만은 MAX 커피를 즐겨 마십니다만, 저도 직업상 상당한 커피당입니다. 주목적은 카페인이고 워낙 서민적인 입맛의 소유자라서 맛을 까다롭게 따지는 편은 아닙니다만, 작업 파트너로서 커피는 빼놓을 수 없습니다.

이번 권에 실릴지는 모르겠지만, 제가 쓴 단편에 하치만이 스벅에 가는 걸 거부하는 장면이 나오는데요. 저는 개인적으로 그런 카페를 무척 좋아해서 즐겨 찾는 편입니다. 다만 한 가지 가벼운 트라우마가 있어서, 글을 쓰다가 문득 그때의 해프닝이 생각났습니다.

꽤 오래된 일이라 스벅이었는지 어디였는지는 잊어버렸습니다만, 그 비슷한 분위기의 카페에 들어가서 커피 사이즈를 지정할 때 제가 "보통으로 주세요."라고 하자, 세상에 어떻게 이

#43 오레하마치(제 전용 약칭) 일본에서 주로 쓰는 「역시 내 청춘 러브코메디는 잘못됐다」의 약칭은 「오레가이루」와 「하치만」임.

런 일이! 점원이 집요하게 "톨 사이즈 맞으신가요?"라는 질문을 연발하는 게 아닙니까?

"보통이요.", "톨 사이즈 말씀이신가요?", "네네, 보통이요.", "저희는 톨 사이즈라고 합니다.", "보통이요…….", "톨 사이즈……."

죽어도 「톨 사이즈」라는 경박한 단어를 쓰기 싫었던 당시의 긍지 높은 저는 순식간에 궁지에 몰렸고, 그런 타입의 카페를 약간 껄끄럽게 여겼던 시기가 있었습니다. 지금이요? 네이티브 뺨치는 발음으로 "TALL SIZE yo!" 하고 주문합니다.

■ 작가 후기(하치모쿠 메이)

여러분, 처음 뵙겠습니다. 하치모쿠 메이라고 합니다.

어디서 뭘 하다 왔는지도 모를 저 같은 신인 작가가 이 호화롭기 그지없는 집필진에 이름을 올리다니, 지금도 믿어지지 않습니다. 대체 무슨 일이 벌어진 걸까요? 현실을 직시했다가는 오금이 저려 아무것도 못 쓰게 되어버릴 것 같으니, 잠시 과거를 돌이켜보려고 합니다.

제가 역내청이라는 작품을 만난 건 고등학생 때였습니다. 가뜩이나 감수성이 풍부한 시기에 변변한 친구도 없거니와 동아리 활동도 안 하고 연인도 없는, 그야말로 없음으로 점철된 학창시절을 보냈던 저에게 역내청은 분명 하나의 안식처였습니다. 특히 히키가야 하치만이 끼친 영향은 헤아릴 수 없을 정도입니다.

다른 많은 분들과 마찬가지로 저 역시 때때로 고독에 시달립니다. 나 같은 건 없는 게 낫지 않나 하고 비탄에 빠질 때도 적지 않습니다. 하지만 그럴 때면 하치만의 말이 뇌리를 스쳐가고는 합니다. 「왜 지금의 자신을 인정하지 못하는 거냐」고, 「혼자 있는 건 악이 아니다」라고 말이지요. 고독을 자랑하는 하치만의 말에 지금까지 얼마나 많은 용기를 얻었는지 모릅니다.

고맙습니다, 역내청. 그리고 히키가야 하치만. 앞으로도 당신은 제 영웅입니다.

마지막으로 귀중한 기회를 주신 와타리 와타루 선생님께 진심으로 감사드립니다.

■작가 후기(미즈사와 유메)

유키노 편에 이어(정확히는 동시 진행입니다만) 유이 편에도 참여하게 되었습니다. 미즈사와 유메입니다.

혹시 이번 권만 구입하신 분이 계시다면, 유키노 편도 읽어주시면 정말 감사하겠습니다.

역내청의 매력 중 하나가 애정 넘치는 풍부한 치바 드립이 아닐까 합니다.

시골 사람인 제가 최근에 치바를 방문한 것은 (지금은 종료된) 토에이 히어로 월드[#44]를 보러 마쿠하리 신도심에 갔을 때 정도입니다만, 그만큼 치바에 관한 지식이 없는데도 각종 치바 드립에 웃을 수 있다는 게 대단하다 싶었습니다. 그래서 개인적으로 좋아하는 치바 드립을 소재로 하여 단편을 써보았습니다.

참고로 제가 사는 아오모리의 지역 마스코트 중에서는 「냥고스타」라는 드러머 캐릭터를 좋아합니다. 치바 군처럼 빨간색입니다.

이번 이야기에서는 유튜버를 다루었지만, 역내청 애니메이션 3기 방영도 시작되었고 하니 꼭 실제로 V튜버[#45] 모델이

#44 토에이 히어로 월드 토에이에서 제작한 특촬물 히어로 전시회
#45 V튜버 버추얼 유튜버의 줄임말. 실제 인물이 아닌 가상의 캐릭터가 유튜버 활동을 하는 것.

제작되어 활약해주었으면 좋겠습니다.

　아무튼 유이가하마라는 활기차고 씩씩한 히로인의 매력을 조금이나마 담아내는데 성공했다면 다행이겠습니다만…… 그 밖에도 여러 훌륭한 단편들이 풍성하게 담겨 있으니, 역내청 독자 여러분께서는 감상 및 응원의 편지를 가가가 문고에 보내어 이 앤솔로지가 5탄, 6탄으로 계속 이어져나가게 해주셨으면 하는 바람입니다.

　만약 다시 제의가 들어온다면…… 그때는 토베 카케루 메인으로 40페이지를 쓰게 해주시면 감사하겠습니다.

■ 작가 후기(와타리 와타루)

안녕하세요. 와타리 와타루입니다.

저는 오늘도 이곳, 도쿄 칸다 진보초에 위치한 쇼가쿠칸[#46]에서 후기를 쓰고 있습니다……

이제 후기를 쓰는 일은 없겠구나……. 그렇게 생각했던 시기가 저에게도 있었습니다.

얼마 전에 『역시 내 청춘 러브코메디는 잘못됐다. 앤솔로지』 1~2권 작업을 마치고 「캐치 미 이프 유 캔(Catch me if you can)!」이라고 외치며 멋지게 떠났다고 생각했습니다만, 어쩌면 「킬링 미 소프틀리(Killing me softly)」라고 했던 건지도 모르겠습니다. 비슷해서 헷갈렸나……?

앞으로는 「아일 비 백(I'll be back)!」 하고 엄지를 치켜세우며 말하고 멋지게 떠날까 합니다. 분명 내일이면 다시 돌아올 거니까!

왜냐하면 앞으로도 『역시 내 청춘 러브코메디는 잘못됐다』는 조금 더 계속될 테니까요……

이야기가 일단락되기는 했지만 그렇다고 해서 그들의 삶과 세계가 끝난 것은 아니고, 요즘도 불쑥불쑥 사소한 일상과

....

#46 쇼가쿠칸 역내청 일본판을 내는 출판사.

먼 미래, 또는 본 적도 없는 과거의 모습, 그리고 때로는 아예 뜬금없는 에피소드들이 뇌리를 스쳐가고는 합니다.

그럴 때면 내가 쓰든 말든 그들의 일상은 앞으로도 계속되어가겠구나, 하고 멍하니 생각합니다.

그래서 써야 해…… 하고 초조함에 시달리며, 내일도 이곳으로 오게 되는 것입니다.

아마 모레도, 글피도, 그글피도 오게 될 테지요.

그렇게 이어나간 나날들 끝에서 무언가 또 새로운 것이 보인다면, 그때는 여러분께도 선보일 수 있기를 바랄 뿐입니다.

……그래봤자 앞일은 모르는 거지만요! 심지어 내일 착실하게 여기 올지조차 알 수 없는 노릇이고 말이지요!

그런 마음으로 『언젠가 그 달콤함을 좋아하게 될 것 같은 느낌이 든다.』를 보내드렸습니다.

『역시 내 청춘 러브코메디는 잘못됐다. 앤솔로지 1 유키노 side』에 수록된 『그리하여 그 앞에 새로운 적은 나타난다.』와 함께 읽어주시면 더 재미있게 즐기실 수 있을 것 같으니, 그쪽도 잘 부탁드립니다! 아니, 더 정확히는 앤솔로지 전체를 잘 부탁드리겠습니다! 꼭이요! 솔직히 이거 진짜 대단하다니까요? 완전 쩔어. 오지고 지리고 렛잇고. 이 앤솔로지 기획, 진짜 미쳤다니까요? 미쳤어…….

이 앤솔로지는 역내청이 완결되면 언젠가 해보고 싶다고 꿈꿔왔던 환상의 기획으로, 한마디로 말해서 파이널 판타지입니다. 어떤 내용인지 설명 드리자면 「이 사람들이 써주면 좋겠다」라는 제 머릿속 드래프트 회의를 현실화한 것으로, 간단하게 말해서 게임 『프로야구 팀을 만들자!』 같은 겁니다. 이 정도면 대충 설명이 됐겠지……?

이 『역시 내 청춘 러브코메디는 잘못됐다.』 앤솔로지는 총 네 권이 출간될 예정인 무모하고 터무니없는 기획입니다. 유이 side와 유키노 side, 올스타즈, 온퍼레이드를 다 모아서 히죽히죽하자! 난 이미 히죽히죽하고 있다고!

마지막으로 감사의 말 코너입니다.

카와기시 오우교 님, 사카이다 요시타카 님, 시라토리 시로 님, 다나카 로미오 님, 하치모쿠 메이 님, 미즈사와 유메 님.

감사 이외의 감정은 다 버렸습니다. 감사하다는 말 이외에는 다 잊었습니다. 하지만 주옥같은 글들을 읽자 가슴속에 따스한 것이 싹터, 잃어버렸을 터인 마음이 되살아나고 감동과 감상이 솟구쳐 올랐습니다. 이 굉장함을 말로 정확하게 전하고 싶지만, 어휘력만이 여전히 사망 상태여서 말이지요. 그야말로 최강으로 재미있었습니다. 정말 감사합니다.

우카미 님, U35(우미코) 님, 카스가 아유무 님, 콧카 님, 쿠로 님, 시라비 님, 토베 스나호 님.

찌잉찌잉 열매 능력자인지라 입을 열면 찌잉~ 이란 말밖에 나오지 않아서 죄송하지만, 가슴 찌잉하고 귀엽고 근사한 일러스트를 그려주셔서 감사합니다. 하나하나 영접할 때마다 마음이 평안해지고 사랑으로 충만해졌습니다. 여러분 덕분에 새는 노래하고 꽃은 만발하며 세상에서 전쟁이 사라지지 않을까 싶습니다. 지나치게 러브&피스해지는 게 아닐까요? 최고입니다. 감사드립니다.

풍칸⑧ 신.

갓은 너무 갓갓해. 이번 표지, 대박을 넘어 세계를 제패했잖아……. 정말이지 언제 어느 때나 갓은 최고라니까요! 매번 감사합니다! 다음번에도 그 후에도, 계속 쭈우욱 잘 부탁드려요!

호시노 담당 편집자님.

두 달 연속으로 도합 네 권이라는 미친 기획을 실현시켜주셔서 감사합니다. 앞으로도 쭉 함께 미친 짓을 해나가자고요! 에이, 다음에야말로 껌이라니까요! 크하핫!

가가가 편집부 여러분, 그리고 협력해주신 여러 회사 관계자 분들.

여러분이 힘을 보태주신 덕분에 이번 기획이 실현될 수 있었습니다. 여러 작가 분들과 일러스트레이터 분들에게 컨택해주시고, 편집에 도움을 주셔서 대단히 고맙습니다. 바쁘신 와중에 이번 기획에 참여해주신 점 진심으로 감사드립니다.

끝으로 독자 여러분.

『역시 내 청춘 러브코메디는 잘못됐다.』가 이 앤솔로지, 그리고 다른 매체로 파생되어 지금도 그 세계를 확장해나가고 있는 것은 다 여러분이 응원해주신 덕택입니다. 그대가 있기에 내가 있다.[47] 그 사실을 뼈저리게 실감하는 요즘입니다. 앞

#47 내가 있다 『역시 내 청춘 러브코메디는 잘못됐다』의 일본 공식 줄임말 『오레가이루(俺ガイル)』는 「내가 있다」는 뜻이기도 함.

으로도 여러분과 함께 역내청의 세계를 즐길 수 있다면 그보다 더한 기쁨은 없을 겁니다. 그러니 우선 애니메이션을! 7월부터 방영 중인 『역내청 ―완―』을 함께 즐겨주세요! 자세한 사항은 공식 홈페이지 등에서 확인하실 수 있습니다! 정말 감사합니다. 앞으로도 잘 부탁드립니다!

그럼 『역시 내 청춘 러브코메디는 잘못됐다. 올스타즈』에서 다시 만나요!

3월 모일, 매주 목요일 심야[48]를 대비해 잠기운을 쫓고자 MAX 커피를 마시며

와타리 와타루

---

[48] **매주 목요일 심야** 『역내청 ―완―』이 예정되었던 방영계획이 매주 목요일 심야. 애니메이션은 방영연기로 2020년 10월부터 방영되었고 현재는 종영되었음.

역시 내 청춘 러브코메디는 잘못됐다. 앤솔로지 3
유이 side

초판 1쇄 발행 2021년 2월 10일

지은이_ 와타리 와타루 외
옮긴이_ 박정원
일본판 오리지널 디자인_ numata rina

발행인_ 신현호
편집부장_ 윤영천
편집진행_ 김기준 · 김승신 · 원현선 · 권세라 · 유재슬
편집디자인_ 양우연
관리 · 영업_ 김민원 · 조인희

펴낸곳_ (주)디앤씨미디어
등록_ 2002년 4월 25일 제20-260호
주소_ 서울시 구로구 디지털로 26길 111 JnK디지털타워 503호
전화_ 02-333-2513(대표)
팩시밀리_ 02-333-2514
이메일_ lnovelpiya@naver.com
ㄴ노벨 공식 카페_ http://cafe.naver.com/lnovel11

YAHARI ORE NO SEISHUN LOVE COME WA MACHIGATTEIRU.
ANTHOLOGY 3 YUI side by Wataru WATARI etc.
© 2020 Wataru WATARI
All rights reserved.
Original Japanese edition published by SHOGAKUKAN.
Korean translation rights in Korea arranged with SHOGAKUKAN
through Shinwon Agency Co.

ISBN 979-11-278-5835-3 04830
ISBN 979-11-278-5802-5 (세트)

값 8,000원

©2020 Wataru WATARI / SHOGAKUKAN

역시 내 청춘 러브코메디는 잘못됐다. 앤솔로지 1~4권

와타리 와타루 외 지음 | 박정원 옮김

청춘 군상 소설의 금자탑 「역내청」, 대망의 완결!
지난 9년간의 궤적과 애니메이션 3기 방영을 축하하며 앤솔로지 4권을 연속 출간!!
본작 「올스타즈」는 역내청을 주제로 한 자유 창작 단편과 일러스트를 모은 책으로,
잇시키 이로하, 히라츠카 시즈카, 카와사키 사키, 토츠카 사이카, 하야마 하야토 등의
이야기를 이시카와 히로시, 오 쟈쿠손, 카와기시 오우코, 사카이다 요시타카,
사가라 소우, 텐신 무카이 등 초호화 작가진이 집필!
또한 인기 일러스트레이터 우카미, U35, 에나미 카츠미,
에렛토, 나나세 메루치, 모모코의 대인기 일러스트레이터와
와타리 와타루, 퐁칸⑧ 콤비도 참여!

전작 미공개 단편으로 구성된 주옥같은 작품집!

라이트노벨의 새로운 빛! L노벨의 신간은 매월 10일에 발매됩니다. http://cafe.naver.com/lnovel11

©Kou Yatsuhashi/OVERLAP
Illustration Mito Nagishiro

왕녀 전하는 화가 나셨나 봅니다 1권

야츠하시 코우 지음 | 나기시로 미토 일러스트 | 이진주 옮김

왕녀이자 최강의 마술사인 레티시엘은
전쟁으로 목숨을 잃고 천 년 뒤의 세계에 전생한다.
그녀는 마력이 없다는 이유로 무능영애로 취급 당하지만,
레티시엘로서 익힌 「마술」은 사용할 수가 있었다.
그 뒤, 학원에서 레티시엘은 천년 뒤의 「마술」을 직접 목격하고—
그 조잡함에 격노한다!
레티시엘이 선보인 「마술」은 학원을 경악시키고,
이윽고 국왕에게까지 알려지기에 이른다.
정작 레티시엘은 「마술」 연구에 몰두하느라
그 사실을 전혀 알아차리지 못하는데—?!

전생 왕녀가 자신의 길을 걷는
최강 마술담, 개막!!

아빠는 영웅, 엄마는 정령, 딸인 나는 전생자. 1~3권

마츠우라 지음 | keepout 일러스트 | 이신 옮김

연구직에 몰두하던 전생(前生)을 거쳐 전생(轉生)했더니
원소의 정령이 되어 있었습니다.
아버지는 전 영웅이고 어머니는 정령의 왕.
저 또한 치트 능력을 받았습니다……
아버지와 어머니, 그리고 정령들에게 사랑을 듬뿍 받으며
쑥쑥(본의 아니게 겉모습만 빼고!) 자라던 어느 날,
아버지와 함께 방문한 인간계에서 어쩌다 보니 임금님의 주목을 받게 되고,
그 탓에 가족이 위기에……?
"확실히 부숴버릴 테니 각오해 주세요."

**정령 엘렌, 전생의 지식과 정령의 힘을 구사하여
소중한 가족을 지키겠습니다!**

©Miku 2018/Futabasha Publishers Ltd.
Illustration U35

진화의 열매 1~8권

미쿠 지음 | U35(우미코) 일러스트 | 송재희 옮김

어느 날, 히이라기 세이이치가 다니는 고등학교가 학교째 이세계로 이동했다.
돼지&못난이인 세이이치는 반에서 따돌림을 받아 혼자 숲을 헤맨다.
클레버 몽키가 가지고 있던 『진화의 열매』를 먹어 허기를 달래지만
스테이터스 중 《운》이 제로인 세이이치는 카이저콩 사리아의 습격을 받는다.
그러나……
"나, 처음. 그러니, 부드럽게 부탁해?"
어째선지 사리아에게 구혼 받아다아아?!

『소설가가 되자』 연재작, 대인기 애니멀 판타지!

© Kei Azumi/AlphaPolis Co., Ltd.
illustration Mitsuaki Matsumoto

달이 이끄는 이세계 여행 1~10권

아즈미 케이 지음 | 마츠모토 미츠아키 일러스트 | 김성래 옮김

어느 날, 부모의 사정으로 인해 츠쿠요미노미코토에 이끌려
이세계로 가게 된 나, 미스미 마코토.
치트 능력도 하사받고 이건 그야말로 용사 플래그인가! 라고 생각했더니
이 세계의 여신에게 「너 얼굴 못생겼다」라는 이유로 거절당하고
나는 「세계의 끝」으로 전이당하고 말았다…….
……뭐, 어쩔 수 없지. 기왕에 이렇게 된 거 이세계를 즐겨볼까!
이렇게 오직 내 한 몸만 가지고
타인의 온기를 찾아 여행을 시작하게 되었지만,
만난 것은 향기로운 냄새가 나는 오크 소녀, 시대극에 심취한 드래곤,
마조히즘 속성을 지닌 변태 거미 etc—
……내 주위는 멋들어질 정도로 이종족 페스티벌입니다.
젠장! 웃기지 마! 난 절대로 지지 않을 거니까!!

제5회 알파폴리스 판타지 소설 대상 「독자상 수상작」!

라이트노벨의 새로운 빛! L노벨의 신간은 매월 10일에 발매됩니다. http://cafe.naver.com/lnovel11

중고라도 사랑이 하고 싶어! 1~13권(완결)

타오 노리타케 지음 | ReDrop 일러스트 | 이진주 옮김

"웃기지 마! 이 비처녀가!" 고등학생 아라미야 세이이치는
교내에서 제일가는 불량 학생 아야메 코토코의 말썽에 휘말린 사건을 계기로
아야메 코토코가 끈질기게 따라다니는 상황에 처하게 되고, 심지어 고백까지 받는다.
그러나 세이이치는 신념에 따라 그것을 거절한다.
"야겜의 히로인 말고는 흥미 없어." 미인이지만 중고라는 소문이 도는
코토코는 아예 논외였다. 그것으로 포기하리라고 생각했건만……
"반드시 네 이상이 돼주겠어."
그렇게 선언한 코토코는 게임의 히로인과 같은 트윈테일 미소녀로 변신!
이건 대체 무슨 야겜? 인가 싶을 만큼 억지스러운 방법으로 세이이치에게 접근한다!!
불량소녀와 오타쿠.
얽힐 일이 없을 터였던 두 사람의 이야기는 어디로 향할 것인가?!

『소설가가 되자』에서 화제가 된,
「사실은 일편단심 순정 소녀」계 러브코미디!!

라이트노벨의 새로운 빛! L노벨의 신간은 매월 10일에 발매됩니다. http://cafe.naver.com/lnovel11